LA FLOR PERDIDA del CHAMÁN de K

«Cuando se acerca el fin,
ya no quedan imágenes del recuerdo;
solo quedan palabras.»

JORGE LUIS BORGES, *El inmortal*

Editorial Bambú
es un sello de Editorial Casals, SA

Título original: *Il fiore perduto dello sciamano di K*

© 2019, Davide Morosinotto, por el texto
© 2022, Melina Márquez, por la traducción
© 2022, Editorial Casals, SA, por esta edición
Casp, 79 – 08013 Barcelona
editorialbambu.com
bambulector.com

Ilustración de la cubierta: Paolo Domeniconi
Diseño de la colección: Estudi Miquel Puig

Primera edición: septiembre de 2022
ISBN: 978-84-8343-824-4
Depósito legal: B. 11179-2022
Printed in Spain
Impreso en Anzos, SL
Fuenlabrada (Madrid)

El papel utilizado para la impresión de este libro
procede de bosques gestionados de manera sostenible.

Las ilustraciones de las páginas 11, 12-13, 125, 126-127,
255, 256-257, 364-369, 382-397, 407 y todos los símbolos
zoomórficos que abren los capítulos son de Andrea
Guerrieri.

Los elementos gráficos y fotográficos de cubierta
e interior del libro tienen licencia de Shutterstock.

El desarrollo gráfico es de Stetano Moro.

Davide Morosinotto

LA FLOR PERDIDA del CHAMÁN de K

Un increíble viaje de los Andes a la Amazonia

Traducción de Melina Márquez

bam bú
EDITORIAL

En caso de pérdida, se ruega que lo devuelvan al hospital Santo Toribio, calle de las Maravillas, Lima, Perú.

Se ofrece generosa recompensa.

Estoy a punto de morir. Esta es la verdad.

Y tú lo sabes mejor que nadie.

Solo tengo cuántos doce años..., ha sido difícil para mí aceptarlo. He tenido que ser valiente. Pero ahora mi cómo se dice cuándo estás en crisis preocupación es otra, la de no conseguir llegar hasta el final.

Porque (tú también sabes esto) es una historia larga y complicada esta, y se entreteje como esas así cestitas de *chambira* que la vieja tejedora intentó enseñarnos mientras nos llenaba la cabeza de esas que se cantan canciones y leyendas de la jungla y yo lloraba por mi pobre walkman, que ya no funcionaba.

En fin. Espero conseguir hacer, bueno, en fin, conseguir llegar hasta el final, justo hasta el final.

Si pudiese te dejaría la como cuando tienes algo que hacer... tarea, es más, estaría bien porque así terminaríamos antes... Pero creo que tú aún no las oyes. Las voces, digo. No las oyes. Sin embargo, yo sí. Así que me toca a mí hacer ¿cómo se dice?

Y lo intento.

Pero tú no me dejes. Quédate a mi lado.

¿Lo prometes?

Tú y yo, como siempre.

Juntos hasta el final.

PRIMER ESPÍRITU
EL CRISTO POBRE

Lima, Perú
Mayo, 1986

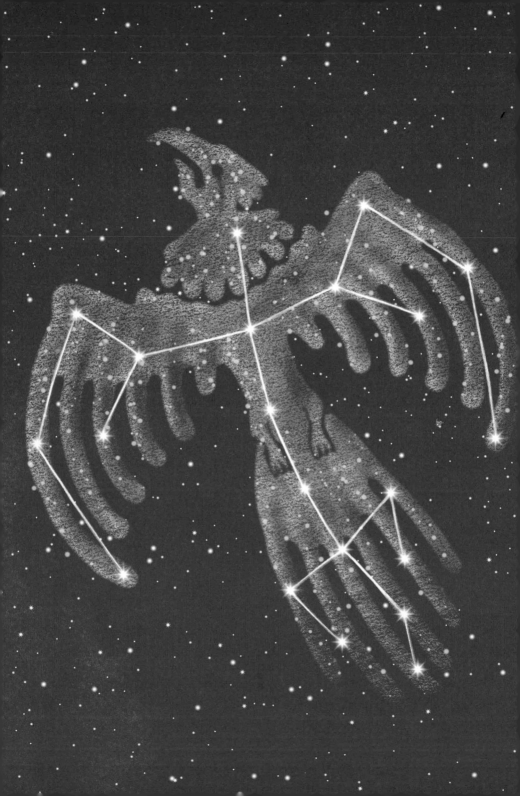

Aquella noche fui a cazar a la selva.
Corrí durante horas en la oscuridad y entre
los árboles, hasta que llegué a una roca que
dominaba la llanura.
En lo alto vi a un cóndor de la selva,
sus plumas eran estrellas de plata.
El pájaro me picó y gritó:
—¡Está comenzando! ¡Está comenzando!
—¿El qué, cóndor?
—La historia. Comienza en un lugar lejano.
Tres espíritus los protegerán,
pero les aguardan muchos peligros.
No conseguía entender nada.
—¿De qué estás hablando?
El cóndor no respondió, se fue volando
rápidamente, como un pensamiento olvidado.
Me quedé a solas y lancé mi rugido a la luna.

Cuando entramos en los Barrios Altos, el conductor subió las ventanillas y bloqueó las puertas. El calor se volvió asfixiante y, después, llegó el silbido del aire acondicionado.

El señor Tanaka sonrió. Mi madre, en cambio, me apretó la mano.

Se llama Outi, que es un nombre finlandés, porque somos de allí. En cambio, el señor Tanaka es japonés y es el secretario de mi padre. Aquella mañana debería haberme acompañado él (en el último momento hubo un problema en la embajada y no pudo).

Mamá se enfadó mucho y también estaba nerviosa ahora porque murmuró:

—Bloquear las puertas del coche... ¿es realmente necesario? Me agobia.

—Este es un distrito peligroso —explicó el señor Tanaka—. Pero según el profesor De la Torre tiene el mejor hospital neurológico de todo Perú.

Mamá se quedó callada, pero yo sabía que no estaba contenta. La idea de que su hija Laila, es decir, yo, fuera ingresada en un hospital peruano no le hacía mucha gracia. Si hubiera sido por ella, me habría montado enseguida en un avión con destino a Europa, o a Estados Unidos, donde tenían *los mejores tratamientos*.

Pero De la Torre había insistido. Había venido muchas veces a visitarme a casa, a hacerme un montón de pruebas, y ahora era necesario ingresarme. Era el director del Santo Toribio de Lima y había prometido que allí, con él, estaría en muy buenas manos.

Al final, mis padres se convencieron, quizá porque el profesor tenía razón o porque mandarme al extranjero era un riesgo para la carrera de mi padre (nuestra familia tenía *responsabilidades*).

Mientras tanto, yo miraba la calle, los coches con las ventanillas bloqueadas, las casuchas destartaladas, las caras que me observaban desde la acera.

Tenía miedo, por eso me agarré más fuerte a mi adorado bolsito de tela con ositos bordados. Sí, ya sé que era demasiado mayor para una cosa así, pero era mi amuleto y siempre lo llevaba conmigo. Dentro había tres libros que el señor Tanaka había elegido para mí, escritos en las tres lenguas que conozco. Uno en finlandés, que es la de mis padres. Uno en inglés, que me enseñan en la escuela. Y uno en español, que aquí en Sudamérica hablan todos (más o menos).

Por otro lado, el señor Tanaka custodiaba la maleta de cuero con mis otras cosas: el cepillo de dientes, el jabón y el champú de lavanda, un par de pantuflas, ropa interior, dos camisones azules y tres pijamas también azules porque es mi color favorito.

Todos esos libros y pijamas eran necesarios porque iba a quedarme en el hospital bastante tiempo.

–No te preocupes –dijo mamá–. Si no te gusta, encontraremos otro sitio.

Parecía estar más asustada que yo.

El coche giró en la calle de las Maravillas y entendí que la pared de la izquierda era la del hospital. En medio se abría un arco con un portón rojo, como una lengua entre una fila de dientes sucios.

–¿Me paro aquí? –preguntó el conductor.

–Ay, no, no –imploró mi madre–. En la acera no. Podrían vernos.

–La señora tiene razón –intervino el señor Tanaka–. Da la vuelta, en la parte de atrás debe de haber una entrada para ambulancias.

Dimos la vuelta en dirección al río, después embocamos la calle Amazonas y allí, efectivamente, había una verja de hierro con dos hombres que montaban guardia.

Se dieron prisa por abrir, quizá impresionados por la matrícula diplomática. Después, entramos a un aparcamiento de cemento. Alrededor, muchos edificios cuadrados, de una planta, con el techo plano.

Mi madre parecía muy preocupada. El señor Tanaka, como siempre, sonrió.

–Un momento –dijo.

Levantó el seguro y salió a una vaharada de calor.

Yo aproveché para observar mejor el aparcamiento.

Por el otro lado, un jardín rodeado de un seto bajo de plantas con hojas rojizas y un bonito cenador de buganvillas, justo entre las casitas que formaban el hospital.

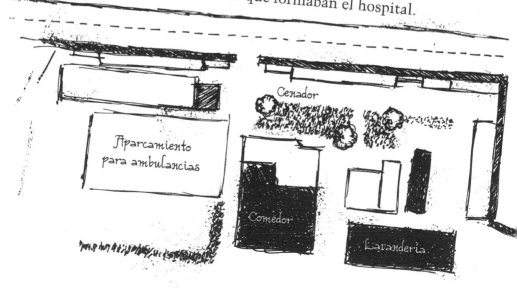

Me preguntaba si me darían permiso para salir allí, de vez en cuando, a la sombra.

El señor Tanaka volvió después de un rato con el profesor De la Torre y un séquito de otros médicos en bata blanca.

–Todo va bien –me susurró mamá.

Abrí la puerta del coche y el calor me pareció el aliento de un monstruo.

A la boca del monstruo, Laila, me dije, y salí agarrando fuerte el bolso, que parecía mucho más pesado que antes.

De la Torre me saludó en español, bromeando como si fuera su mejor amiga, mientras los demás doctores asentían en silencio.

Nos condujeron al patio principal del hospital, donde había muchos parterres con una gran fuente en el centro. Estaba rodeada por un anillo de hierba y por el típico seto rojizo, mientras los demás setos, de boj, estaban tallados con formas curiosas (uno parecía Mickey Mouse).

Los edificios, a ambos lados del jardín, tenían amplias ventanas y pórticos con bancos, mientras que al fondo estaba el tercer edificio con el arco de la entrada por el que mi madre no había querido pasar. Allí delante, otros guardias vigilaban las entradas.

En el cuarto lado del jardín, adonde habíamos ido a parar nosotros, había una capilla con el techo en forma de punta.

–Pediatría está justo aquí –dijo De la Torre, y señaló el edificio a

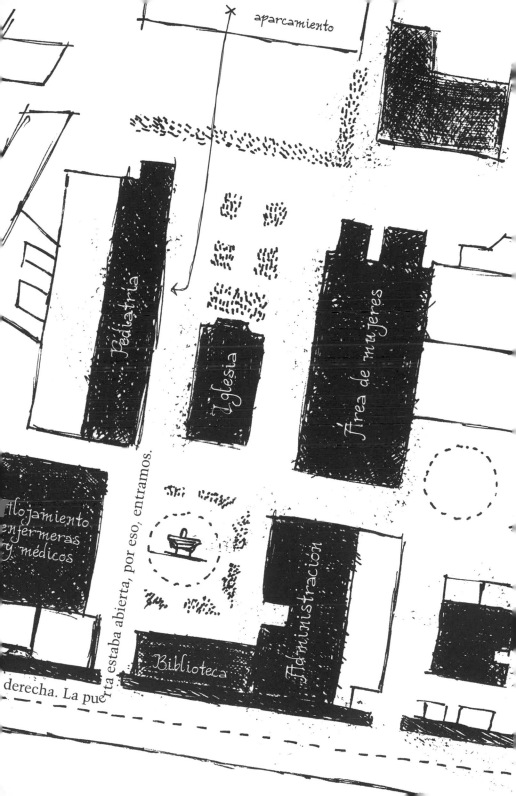

La unidad de Pediatría era una sola estancia grande con paredes de azulejos azules y dos filas de camas blancas.

En un primer vistazo vi a una niña con la cara contraída en una mueca de dolor, a un niño en silla de ruedas y a una enfermera empeñada en dar de comer a un chico que babeaba sobre la sábana.

Sentí que un nudo me apretaba el corazón. Durante un tiempo viviría allí. Me parecía imposible. Aquel lugar no tenía nada que ver conmigo.

–Quiero irme –murmuré.

Había prometido que no me quejaría, pero se me escapó. Por suerte, mi madre estaba tan alterada que no oyó nada. No obstante, el señor Tanaka sí, él siempre lo oía todo.

Se giró hacia mí con una sonrisa alentadora.

–*Ganbarimasu* –murmuró.

Es una palabra japonesa que significa «hagámoslo lo mejor que podamos», pero también «fuerza» y «afrontemos lo que nos espera de la mejor manera posible». Era un deseo, al fin y al cabo, y lo repetí en voz baja.

Ganbarimasu.

Ánimo, Laila, que, de todas formas, ya no hay vuelta atrás.

Entró en el Nido y se quedó allí plantada como un bloque de hielo.

Y quizá lo fuera, con aquella piel tan clara. Tenía en la mano un bolsito de tela y la expresión en la cara de quien se acaba de tragar un ratón.

Que conste que la entiendo. La primera vez que se entra allí, el Nido impresiona. Especialmente en los días «no», cuando Mila tiene toda la cara amorrada hacia la derecha y Carlos se dobla sobre la silla de ruedas como un saco vacío. En cuanto a Bert..., bueno, él siempre impresiona. Está mal hecho. Tiene la cabeza hinchada como un monstruo marino.

La Novata estaba a punto de ponerse a gritar, me había quedado claro por su cara, pero entonces aparecieron detrás de ella sus Ángeles de la Guarda; es decir, una mujer igual de blanca que ella y un hombre con la espalda rígida, pero no así la sonrisa.

–¿Esta es la unidad de Pediatría? –preguntó la Ángela de la Guarda más o menos en español.

–Sí –respondió De la Torre.

–Y ¿no hay habitaciones privadas?

No las había, obviamente.

–Pero ¡los chicos y las chicas están juntos!

–En dos filas separadas –observó De la Torre.

–Debería haberlo dicho antes. Nunca lo habría permitido... Es completamente inaceptable.

Los Ángeles de la Guarda se pusieron a discutir, el profesor De la Torre sugirió que fueran a su despacho. A todo esto, dejaron a la Novata con su bolso, sola solita.

Qué manera más fea de ser recibidos en el Nido.

Yo había visto la escena desde debajo de la cama de Mila, me había escondido para jugar y pensé que podía salir de golpe y vete a saber qué cara habría puesto.

Pero, después, la Novata se giró sobre sus talones y se dirigió de nuevo al patio.

Mientras tanto, desde el despacho del profesor se oía a la Ángela de la Guarda: «Usted lo sabe bien... ¡Es la hija de un diplomático extranjero! ¡No puede dormir en una habitación común!»

Y el profesor: «Es que no hay habitaciones privadas en pediatría.»

Y el Ángel: «¿Quizá podría trasladarla a otra unidad?»

Y el profesor: «No hay habitaciones privadas en ninguna unidad...»

Y la Ángela: «Entonces ¡nos volvemos a casa y seguimos con las visitas privadas!»

Y el profesor: «Señora, este es un barrio con mala fama, de acuerdo, pero el hospital es una isla protegida y todos la respetan. Además, aunque algunos espacios sean viejillos, el personal y el equipo son excelentes. Justo lo que necesita Laila...»

Al final eligieron para la Novata el sitio más alejado de la puerta, ese al fondo de la sala, justo después de la cama de Fortuna. Pusieron alrededor biombos de tela y no le pidieron a la Novata su opinión, pero parecía estar contenta. Quizá estuviese feliz de no ver a Mila, a Carlos, a Jordi y a todos los demás. De hecho, tras colocar la maleta debajo de la cama, ella y sus Ángeles de la Guarda salieron enseguida al jardín.

Durante el tiempo que duraron todas esas operaciones, nosotros permanecimos callados como hipnotizados, pero en cuanto se fueron, comenzó la cháchara de siempre del Nido.

–Según vosotros, ¿de quién se trata? –preguntó Cisco.

–Una Princesa... –murmuró Mila.

–Para ti todas son princesas –dije yo–. Sin embargo, ya habéis oído a la Ángela de la Guarda. Es la hija de un diplomático extranjero.

–¿Qué es un *piplomático*?

–Carmelita, déjalo, te lo contamos otro día...

–Según vosotros, ¿habla, igual, habla, como nosotros, habla? –preguntó Jordi.

Esa era una buena pregunta. Porque si sabía español, entonces podíamos acogerla en el Nido. Si no, no.

Era una cuestión importante sobre la que había que indagar, así que me despedí de los demás y me fui a buscar a la Novata. Además, ya había descubierto su nombre: Laila. Porque así la llamaba la Ángela de la Guarda. Pero, para mí, Novata era más acertado.

Los encontré a los tres bajo el cenador, comiendo tamales que habían conseguido vete a saber dónde, porque los miércoles en el comedor del hospital había arroz con pollo.

Estaban cada uno por su cuenta con la cabeza gacha y un libro en la mano.

Qué extraño, pensé, si estaban juntos, ¿por qué no hablaban? ¿Qué sentido tenía hacerse compañía en silencio?

Estuve un rato espiándolos, pero como no hacían nada interesante, volví al Nido, y de vez en cuando regresaba al cenador para echar un vistazo y ellos seguían allí.

No se movieron hasta las cinco, cuando la doctora Carogna fue a llamarlos con su vocecita chillona:

–La hora de visitas ha terminado. Debéis dejar el hospital.
Se refería a los dos Ángeles de la Guarda.

Ante esas palabras, los ojos de la Novata se llenaron de lágrimas y la Ángela insistió en ir de nuevo al despacho de De la Torre, que se ve que estaba de buenas porque dejó que se quedaran juntos otra hora. Después, no se pudo hacer más. Los dos Ángeles tuvieron que montarse en su coche, un trasto increíble negro, con el morro largo.

–Vendré mañana por la mañana en cuanto abran las puertas –prometió la Ángela a la Novata.

Esta asintió con unos lagrimones que me encogieron el corazón y se quedó mirándolos hasta que el coche desapareció al otro lado de la verja.

En aquel momento, yo estaba a punto de salir del escondite y presentarme, pero la Novata salió corriendo, entró en el Nido y se refugió directamente detrás de los biombos.

Permaneció allí toda la noche, sin tan siquiera levantarse para hacer pis, y lo peor de todo es que la oímos sollozar, **SNIFF, SNIFF**, en la oscuridad.

Pensé en animarla con una broma, pero Carlos me dijo que era mejor que no y quizá tuviera razón.

Aquellas lágrimas me produjeron demasiada tristeza, así que me fui a dormir a la ferretería, yo solo, como siempre.

Al día siguiente, a las ocho en punto, empezó el horario de las visitas médicas en la unidad. De la Torre llegó con un grupo de médicos que se agolparon alrededor de mi cama haciéndome un millón de preguntas sobre mí y mi «problema».

Todo había comenzado un año y medio antes, es decir, poco después de que mi familia se trasladara de Perú a Buenos Aires (en Argentina, un lugar muy bonito donde tenía un montón de amigos). Una tarde estaba montando en monopatín por los pasillos de la embajada, que es algo que está prohibido, pero que es muy divertido, de no haber sido porque, de pronto, acabé en el suelo con una brecha en la cabeza.

Me llevaron a urgencias y cuando una doctora me preguntó cómo me había caído, yo le respondí con la verdad:

–Había una banqueta y no la vi.

Algo normal para mí, pero no para ella. Habló con mi madre y la convenció de mandarme al oftalmólogo. Que me derivó a otro médico y así sucesivamente.

Hasta que el último de la serie dijo:

–El problema no está solo en los ojos.

De esta manera, terminé ante el profesor De la Torre, que es un experto en enfermedades neurológicas raras (el nombre oficial del hospital Santo Toribio es Instituto Nacional de Ciencias Neurológicas).

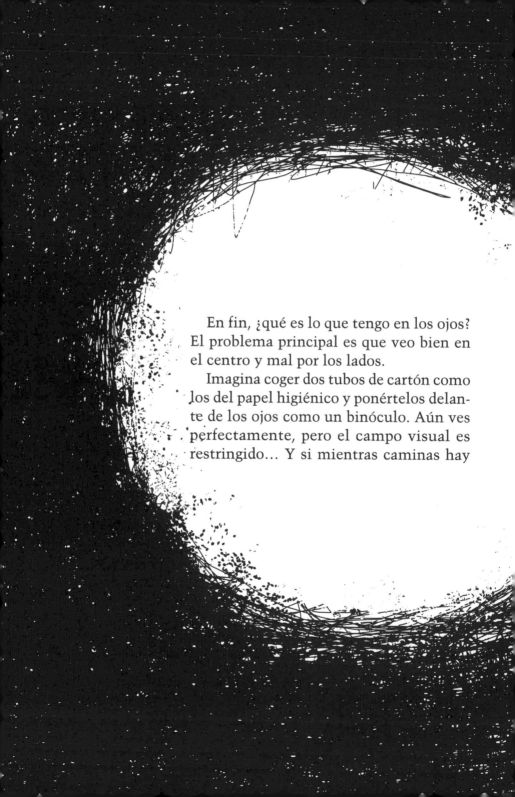

En fin, ¿qué es lo que tengo en los ojos? El problema principal es que veo bien en el centro y mal por los lados.

Imagina coger dos tubos de cartón como los del papel higiénico y ponértelos delante de los ojos como un binóculo. Aún ves perfectamente, pero el campo visual es restringido... Y si mientras caminas hay

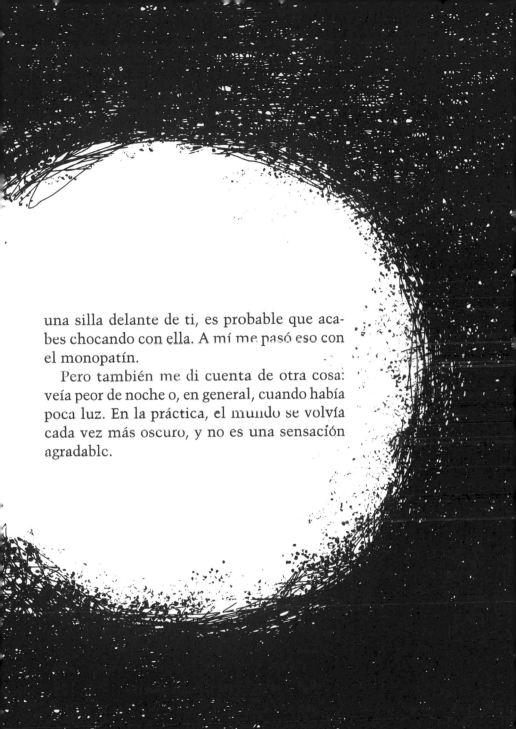

una silla delante de ti, es probable que aca-
bes chocando con ella. A mí me pasó eso con
el monopatín.

Pero también me di cuenta de otra cosa:
veía peor de noche o, en general, cuando había
poca luz. En la práctica, el mundo se volvía
cada vez más oscuro, y no es una sensación
agradable.

De la Torre me examinó durante mucho tiempo, disparándome lucecitas a los ojos y mandándome hacer los típicos ejercicios extraños como tocarme la punta de la nariz con el dedo. Después, sus ayudantes apuntaron en el historial un montón de pruebas más para los días siguientes y se fueron.

Un muchacho gordo apareció detrás de los biombos y me miró.

—El primer día siempre es, como, en fin, siempre es, en fin, siempre, no fácil, en fin, duro —dijo. Bufaba y se comía las palabras, no conseguía entenderle casi nada.

—Cállate, Jordi, tengo jaqueca —prorrumpió otra chica, y él salió corriendo sin añadir nada más.

Cuando mamá vino a verme a las nueve, puntual, por poco no me eché a llorar.

Nos refugiamos en el jardín y seguimos como el día anterior, es decir, nos quedamos bajo las buganvillas y ella me leyó la novela en finlandés que se titulaba *Taikurin Hattu*, «el sombrero del mago,» y que hablaba de los Mumin, que son criaturas graciosas, blancas y tiernas.

A las cinco, la doctora Gonzales avisó de que el horario de visitas había terminado y me resigné a pasar otra noche sola.

Fue peor que la primera.

El chico que hablaba extraño se encontró mal y hubo todo un tropel de gente que corría. Lo veía desde detrás de los biombos como un espectáculo de sombras chinas.

Cuando la situación se resolvió estaba tan alterada que no conseguía dormirme.

Después, pasado un tiempo, empecé a sentir un ruido extraño, como si escarbaran ruidosamente justo debajo de mi espalda. Pero ¿qué era? ¿Un ratón? ¿Insectos que se arrastraban? ¿Escarabajos?

—¿Quién es…? —susurré en el silencio de la habitación.

Lentamente me estiré hasta el borde y miré hacia abajo, pero en el suelo solo estaba mi maleta.

Quizá, pensé, fuera mi imaginación.

Volví a meterme en la cama y, tras un instante, el ruido empezó de nuevo.

–¿Quién es? –balbuceé–. ¡Para ya, por favor!

En cambio, el ruido se volvió cada vez más fuerte y poco después se añadió una especie de aullido:

–¡uuuuuuuuuuuuuuuuuuuuh!

No hay muchas criaturas en el mundo capaces de hacer un grito parecido: los fantasmas, que no existen; los lobos, que no están en los hospitales.

O bien los niños estúpidos cuando quieren gastar una broma.

–¡uuuuuuuuuuuuuuuuuuuuh! –insistió la voz de debajo de la cama.

La primera vez me había movido despacio, por eso ahora intenté ser rápida.

Retiré las sábanas, caí sobre el suelo de un salto y metí una mano por debajo de la red.

Agarré algo que se parecía a un pie desnudo. Apreté fuerte.

–¡Ey! ¡Qué haces! ¡Déjame!

–Y un cuerno te voy a dejar –respondí en español.

–Mira que muerdo.

Me pareció algo muy estúpido, puesto que lo tenía agarrado por el tobillo y habría tardado menos en darme una patada. Me eché a reír.

–¿Por qué te ríes? Tonta.

–Tú eres el tonto.

–No, tú.

En ese momento le clavé las uñas en la piel. El fantasma de debajo de la cama se intentó zafar; no quería que huyera, así que tiré de él.

Salieron un pie y un tobillo, después el borde de un pantalón, toda la pierna, una camiseta y, finalmente, un chico.

Tenía más o menos mi edad, la piel oscura, el pelo corto y negro y un increíble par de orejas de soplillo.

Me habría gustado fijarme en otra cosa, pero no veía muy bien en la oscuridad.

–¿Quién eres? Y ¿por qué quieres asustarme?

Estaba muy enfadada. Ya era lo suficientemente difícil pasar la noche en aquel horrible lugar...

–¿Y bien? –insistí.

–Ufff –respondió–. Porque sí. Me apetece.

Se puso de pie para liberarse de mi agarre. Después, se dio la vuelta, me sacó la lengua y desapareció tras el biombo.

–Oye, ¡espera! –intenté detenerlo–. ¿Qué quieres de mí? ¿Quién eres?

Oí cómo se reía desde el otro lado.

–Soy El Rato –dijo.

Se oyó el ruido de sus pasos, corriendo, a través de la sala (me lo imaginé saliendo disparado hacia la puerta), hasta que se deslizó al patio.

Fuera, en la noche, en compañía del viento y de la luna.

Cada vez que llega alguien nuevo al Nido, los doctores están siempre a su alrededor, todos felices como niños el día de Navidad.

Por esta razón, la Novata tenía el aliento de todos sobre la nuca. Sobre todo, el de De la Torre y sus fieles ayudantes, es decir, el doctor Fernández y la doctora Carogna. Cada mañana esos tres tenían una novedad especial apropiada para ella: tomaban muestras, le hacían análisis de sangre o electroencefalogramas, que es cuando te ponen un casco en el cabeza lleno de sensores y después una máquina escribe sobre una hoja los garabatos del cerebro. O algo así.

A mí, nunca me habían hecho un electroencefalograma, ¡y pensar que vivía en el Santo Toribio desde que nací! Así que estaba un poco celoso.

Sin embargo, por aquella época estaba aún más celoso de sus Ángeles de la Guarda. Ella los esperaba cada mañana y pasaba todo el día con ellos. Además, siempre le traían un montón de regalos, por ejemplo, helados buenísimos que ella se comía enteros sin ofrecer ni siquiera un mordisco.

Pero lo más bonito era una cajita de metal con botones y un cable con cascos. Dentro ponía las cintas de casete y podía escuchar música durante una hora, o dos, ¡con pilas!

Lo llamaba walkman. Y a mí me habría gustado muchísimo probarlo, así que cuando la Novata se ponía a escuchar, yo intentaba merodear a su alrededor. Vete a saber, quizá se distraía y yo conseguiría cogérselo prestado.

Una tarde, me la encontré a solas. Estaba bajo el porche del alojamiento de los enfermeros, sentada en uno de los bancos, leyendo un libro. Era gordo, con una cara terrorífica en la portada y la inscripción «Stephen King» y también *The Stand*, que yo no sabía qué significaba.

En el asiento que había a su lado estaba el bolso de tela y, encima, el walkman. Todo triste y apagado, solo solito.

El banco estaba contra la pared, así que no podía acercarme por detrás, pero podía aproximarme como si nada, agacharme, cogerlo y salir corriendo. Ella estaba leyendo, quizá ni siquiera se daría cuenta; de todas formas, yo podía correr más que una chica.

Me fui arrimando poco a poco y la Novata no se movió, entonces me armé de valor y me acerqué aún más.

Cuando me faltaba un pelo, en el último momento, ella saltó y me agarró el brazo.

¿Qué iba a hacer yo?

La saludé.

–Hola, Laila.

–¡Te he pillado! ¡Ahora huirás!

–¿Por qué debería huir?

Realmente tenía curiosidad.

–La otra vez intentaste gastarme una broma y yo te di una lección.

–¿Cuándo?

–Cuando estabas debajo de la cama.

No me parecía que hubiera ocurrido *justo* así.

–¡Y ahora querías robarme el walkman!

–¿Por quién me has tomado? –protesté–. No soy un ladrón. Es más, quizá la ladrona eres tú, porque yo tengo un walkman igualito a este y, mira qué casualidad, no lo encuentro desde aquel día.

Ella se mordió el labio, después replicó:

–¡No es verdad! ¡Tú nunca has tenido un walkman!

–¡Claro que sí! Y si me lo das te lo demuestro.

De esta manera, al menos podía tenerlo en la mano por una vez.

–¡Ni hablar! Y, por cierto…, ¿cómo sabes mi nombre? Antes me has llamado Laila.

En aquel momento me entraron ganas de reír.

–Es fácil –dije–. Conozco a todos los de la unidad de Pediatría. No es que seamos muchos.

Me lanzó una mirada de sospecha.

–¿También eres un paciente? Entonces ¿por qué no llevas el pijama?

–Tengo un permiso especial –respondí–. Yo prácticamente vivo aquí desde siempre. Debes saber que soy un paciente muy particular. Un caso muy interesante. ¡Único en el mundo! Los mejores médicos están escribiendo libros sobre mí.

–No pareces enfermo.

–Podría decir lo mismo de ti.

–Eso es verdad. Pero si realmente eres un paciente, entonces ¿por qué no duermes en la unidad con nosotros?

Ahí estaba, había solo una cosa que no soportaba, y eran las preguntas, en especial sobre mi vida privada.

SOBRE MI SECRETO.

–Lo prefiero así. Y puedo hacerlo porque soy hijo de un médico. No pongas esa cara, también los hijos de los doctores enferman, ¿sabes?

Tenía la impresión de que aquella chica no me creía, entonces levanté la nariz con aires de importancia:

–Mi nombre es Juan Pablo Brown Mamani.

–El primer apellido es el del padre, ¿no? Y el segundo, el de la madre.

–Claro –respondí. Me parecía de lo más normal. En Perú siempre es así.

Ella parecía sorprendida. Mientras tanto, había metido el walkman en el bolso y lo agarraba contra el pecho. Mi esperanza de poder cogerlo se había esfumado.

–Espera un momento. Si el primer apellido es el de tu padre, y tú eres Brown, ¿quiere decir que eres el hijo del doctor Brown? –Laila inclinó la cabeza hacia atrás y empezó a reírse, lo que, debo decir, fue bastante antipático por su parte–. ¡No es posible! El doctor Brown debe de tener más de noventa años. No puede ser tu padre.

–Pues lo es.

–No te creo…

–Pues es verdad; es más, si te convenzo, a cambio tienes que dejarme escuchar una canción con el walkman. ¿Qué dices?

Lo pensó por un instante.

–Vale.

Sabía que en aquel momento el doctor Brown daba unas cabezadas en Neuromotricidad; de hecho, lo encontramos justo allí, tumbado en un colchón cerca de las espalderas y demás instrumentos del gimnasio: balones medicinales, esterillas de gimnasia, etcétera.

En efecto, era un señor muy anciano, tenía la piel gruesa y brillante, que recordaba a la de las tortugas, y llevaba las gafas sujetas con cinta adhesiva. Estaba jubilado desde hacía un tiempo, pero seguía yendo al Santo Toribio todos los días y los otros médicos le pedían opinión, y no por amabilidad, sino porque era verdaderamente el que más sabía del tema.

–La medicina es cuestión de números –decía De la Torre–. Para ser bueno debes ver a muchos pacientes. Y el doctor Brown los ha visto a todos.

En fin, aunque fuera viejo, era muy competente; de hecho, en cuanto entramos, abrió los ojos.

–¡Papaíto! –lo saludé con entusiasmo–. Mira a quién te he traído.

–Ah, Laila –dijo–. ¿Cómo estás? ¿Te estás acostumbrando a la vida de aquí?

–Bueno..., más o menos.

–Se necesita paciencia, sobre todo al principio. Espero que El Rato te esté ayudando a aclimatarte, pero ten cuidado de no meterte en líos. Mi hijo es un canalla, siempre está enredando...

Empezó a reírse, después, la risa se transformó en un medio ataque de tos.

Comprendí que tendría para rato, así que nos despedimos y nos fuimos corriendo.

–¿Has oído? –pregunté en cuanto volvimos a estar al aire libre–. Te ha dicho también él que soy su hijo. ¿Me crees ahora?

–Te creo. Pero ¿por qué te llama El Rato? Es un mote un poco raro... Significa «el momento», ¿no es verdad?

–Justo eso –murmuré–. Lo inventó mi madre. Ella ya no está.

–Lo siento.

–Ah. Sucedió hace mucho tiempo. De todas formas, mamá siempre decía que mi nacimiento fue el momento más importante de su vida. Decía que cada uno de nosotros tiene un momento que es el más importante de todos, y que un día lo encontraría yo también.

Ella se me quedó mirando como si esperara que dijese algo más, pero en realidad no tenía nada más que añadir. Solo pensaba que por fin me merecía el walkman.

Alargué la mano y Laila lo sacó del bolso. Era realmente moderno y reluciente. En la esquina de plata estaba escrito SONY, y RECORDING WALKMAN. Debajo, sobre la puertecilla, estaba escrito AUTOREVERSE.

Ignoraba el significado de aquellas palabras, pero me parecían fantásticas.

–Por desgracia, solo tengo una cinta y no es nada especial –dijo Laila–. Una mezcla de rock peruano, ya sabes, los Frágil, cosas de ese estilo.

–Los Frágil me gustan mucho –la tranquilicé. En realidad, no tenía ni idea de quiénes eran.

–¿Tú qué escuchas? Yo en casa tengo montones de discos. Me gusta el rock, como Pink Floyd. Pero también el heavy metal. ¿Has escuchado alguna vez a los Iron Maiden?

–Prefiero a los Frágil.

–Ya, bueno, porque son peruanos. De todas formas, tendré que pedirle al señor Tanaka que me traiga algunas cintas nuevas. Si mientras tanto quieres escuchar esta…, ponte los cascos y aprieta el botón. Es fácil.

Probé a hacer como ella decía, apreté el botón y ¡BUM!

Un solo de guitarra eléctrica me explotó en los oídos, después una descarga de batería tan fuerte que mi cerebro retumbó.

En aquel preciso instante descubrí dos cosas muy importantes.

La primera era que los Frágil me gustaban de verdad.

Y la segunda, que también me gustaba Laila.

Conocer a El Rato fue lo mejor que me podría haber pasado.

Era un poco más alto que yo y delgado, con la piel oscura y rasgos indígenas: un mestizo cholo (que es una palabra un poco ofensiva, aunque los peruanos la usen muy a menudo).

A veces me parecía que estaba un poco chalado. Pero no conseguía estar lejos de él. Como un imán y un trozo de hierro.

La tarde después del asunto del walkman, en cuanto se fueron mamá y el señor Tanaka, me lo encontré a mis espaldas todo sonriente.

–¿Libre por fin? –me preguntó.

Se convirtió en nuestro pequeño ritual. Cada día, en el aparcamiento desolado, en cuanto el coche de la embajada se llevaba a mi madre y, con ella, mi antigua vida, llegaba él.

–¿Libre por fin?

Como si hubiera tenido que estar contenta de estar allí, sola, en el Santo Toribio.

–Pero si estás sola es por tu culpa –me dijo en un momento dado–. En todo este tiempo aún no has conocido el Nido.

–¿Qué nido?

El Rato se echó a reír y me llevó a la unidad de pediatría, llena de niños.

–¡Tachán! ¡Bienvenida al Nido! –dijo.

Estaba un poco desilusionada. Vete a saber qué esperaba encontrar.

Después, todos se giraron hacia mí y me sonrieron. Era la primera vez que sucedía desde que estaba allí.

–Señoras y señores –anunció El Rato–, ¡la Novata ha decidido entrar a formar parte de la familia!

Estalló un gran aplauso. El chico que iba en silla de ruedas se puso a hacer piruetas, la niña con la cara rara saltó de la cama y corrió a darme un abrazo.

–Eres una princesa, ¿verdad? –me preguntó–. En cambio, Bert piensa que eres una *piplomática*.

Le acaricié el pelo (Vete a saber de qué estaba hablando), después hubo una ronda de presentaciones: Mila, Carlos, Carmelita, Álvaro, Bert, Adrián, Cisco, Fortuna, Jordi, Pía...

Sabían un montón de cosas sobre mí, como que me gustaba leer y que era extranjera, aunque hablase español, y que mi padre era diplomático.

Sus atenciones me hicieron sentir culpable, porque yo no me había interesado por ellos en absoluto. Para mí eran «cabeza grande», «sábana sobre la cara» y cosas por el estilo.

Qué estúpida había sido.

–¿Quieres jugar a las cartas? –propuso Carlos, sacando un mazo arrugado.

–No sé cómo se hace –respondí.

–¿Ni siquiera sabes jugar a Truco?

–Truco es fácil –dijo Mila.

–Truco es, es, algo, en fin, Truco es, en fin, yo, Truco, no sé jugar –comentó Jordi, desconsolado.

–Sin ofender, amigo, para ti también es difícil subirte la cremallera de los pantalones. Estoy seguro de que Laila podría aprender. Intentémoslo.

Así que me enseñaron las reglas. Se jugaba solo con tres cartas y luego había que decir «Envido» o «Truco», y los demás podían responder «Quiero», es decir, acepto, o «No quiero», es decir, no acepto, y se contaban los puntos de una forma un poco complicada, por eso lo hacía Carlos.

De todas formas, gritar «¡Truco!» era divertido y nos pasamos así toda la tarde.

Descubrí que cada uno estaba en el hospital desde un momento distinto: Mila, once días; Fortuna, catorce; Bert, ya un mes. Y había quien había cumplido ya varios ingresos, como Carlos, que había llegado al Nido un día antes que yo, pero no era su primera vez.

En general, ninguno sabía cuándo volvería a casa y, mientras tanto, El Rato había sido elegido comandante de la banda. Esto se debía a diversas razones: solo para empezar, llevaba más tiempo en el hospital que ningún otro (desde siempre, había dicho Fortuna). Además, no estaba obligado a ponerse el pijama, ni a dormir en la unidad, y a las ocho no tenía que soportar el suplicio de la ronda de reconocimiento.

El Rato lo sabía todo, conocía a todos, era libre de hacer como le apetecía.

Intenté descubrir más cosas sobre él hablando con los chicos, pero cada uno tenía una explicación diferente.

–Es que es hijo de un médico.

–A mí me ha dicho que es un *príncipe* de incógnito.

–Qué va, es que una vez el director estuvo a punto de morir asfixiado y él le salvó la vida con una maniobra; desde entonces, lo adora.

–El Rato es, como, El Rato es, bueno, como, ¿qué estaba diciendo?

Había renunciado enseguida a preguntarle directamente a él. No había manera de hacerle hablar, se inventaba siempre algo absurdo para distraerme.

Como el domingo en el que mamá llegó más tarde de lo habitual y cuando se bajó del coche dijo:

–Tengo una sorpresa.

En el asiento estaba mi amiga Ana.

También ella era hija de un político, y en Lima íbamos juntas al colegio y compartíamos pupitre. Me resultaba simpática también porque era la única chica a la que conocía que, al igual que yo, tenía que pasar las tardes entre cenas oficiales y aburridos cócteles de gala, diciendo cosas como «Encantada» y «Exquisito» y «Qué honor».

Entre unas cosas y otras, no la veía desde hacía bastante tiempo, así que corrí a abrazarla, y después me di cuenta de que se sentía violenta.

–¿Por qué... vas... en pijama?

–Aquí van todos en pijama. Es un hospital, ¿sabes? –dije.

–Ah. ¿Me enseñas tu habitación?

Me sonrojé, mamá le explicó:

–Laila no tiene una habitación privada porque, por desgracia, no hay. Pero hemos encontrado una solución agradable, con biombos. ¿Quieres enseñarle a tu amiga dónde duermes?

Obviamente no, no quería. Me imaginaba la cara de Ana al ver a los chicos del Nido. Se habría agarrado a la puerta justo como me había pasado a mí la primera vez.

–Quizá más tarde... ¿Vamos debajo del cenador? ¿Charlamos?

–Eso es, buenas chicas, mientras tanto, yo aprovecharé para hablar con el profesor De la Torre.

Sabía que mamá estaba nerviosa porque aún no habían descubierto qué tenía y había pasado ya un cierto tiempo y aquí seguía... Empezaba a no fiarse demasiado (si es que se había fiado alguna vez).

Así que la observé cómo se iba y me senté junto a Ana en un banco. Balbuceé que echaba de menos mi casa e incluso la escuela. Ella se rio con picardía:

–Claro.

Después me contó las últimas novedades, como que Eva se había emparejado con Aldo, y que Diego había hecho un papelón durante el ensayo de música y cosas así. Me esforcé por parecer interesada, pero la verdad es que me aburría mortalmente.

Por suerte, pasados unos minutos vi a El Rato, o, mejor dicho, él nos vio a nosotras. Saltó el arbusto y nos dedicó una gran sonrisa.

–Hola, Laila, ¿quién es tu amiga?

–Soy Ana.

–El Rato.

–¿El... momento?

–¡Y qué momento! –asintió él.

–Ana es una compañera de la escuela. El Rato vive aquí, como yo.

–¿Eres un paciente? –preguntó Ana, observando horrorizada su ropa y sus pantuflas llenas de polvo.

–Desde que nací –exclamó él con alegría–. Soy un caso muy muy raro. ¿Te ha presentado Laila a los pirados?

¿A... quién?

–A los chicos del Nido. Impresionan un poco, pero son buena gente. Pero ten cuidado con Carmelita, últimamente tiene la manía de hacerse pis por todas partes. Si te acercas demasiado, podría salpicarte el vestido.

Ana palideció y en cuanto volvió mi madre dijo que no se encontraba bien y que si podía acompañarla a casa.

Yo me enfadé mucho con El Rato. ¿Qué le costaba ser más amable?

Pero él se encogió de hombros.

–Se te notaba un montón que estabas hasta las narices. –soltó–. Además, confía en mí, es mejor así. La gente de fuera no nos comprende. Somos los enfermos, y ellos, los sanos. Es como una barrera, ¿entiendes? Te he ahorrado horas y horas de aguantar a tu amiga y sus estupideces.

–Ana no está tan mal. ¿Nunca has tenido un amigo fuera del hospital?

–¡Tengo muchísimos!
–Y ¿quiénes son?
–Quizá algún día te lo contaré. Mientras tanto, ven al Nido. Tengo una idea fantástica.
–¿Qué idea?
El Rato sonrió y me cogió de la mano.

–¡Ven y lo descubrirás!

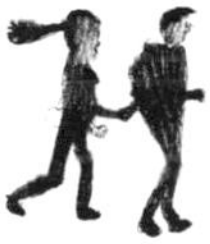

No había tenido ninguna gran idea. Solo que Laila se estaba acercando a mi Secreto y no tenía ninguna intención de dejar que lo hiciera.

Así que le dije la primera cosa que se me pasó por la cabeza y, en el tiempo que se necesita para llegar desde el cenador hasta la sala de pediatría, pensé en algo.

–¡Hoy vamos a hacerle una emboscada a sor Felipa! –grité en cuanto entramos en el Nido.

Sor Felipa era una de las religiosas que se ocupaban de la capilla y, los domingos, en torno a la hora de comer, visitaba las diferentes secciones para dar la comunión y bendecirnos a todos.

No es que nos cayera muy bien, porque se conmovía siempre que nos veía y decía «Pobres niños» y «Ángeles del Señor» y cosas de ese estilo.

–¿Cómo hacemos para montarle una emboscada? –preguntó Carlos.

–Nos escondemos debajo de las camas.

–Yo no puedo... con esta silla...

Levanté los ojos al cielo. A veces los del Nido me volvían loco con sus lamentos, pero no había nada que hacer. Siempre me tocaba a mí resolver los problemas.

–Tú estarás detrás de los biombos de Laila. Cuando la hermana llegue, no encontrará a nadie y se preocupará. Y nosotros saldremos de repente y haremos que se asuste.

–Es algo muy malo para hacerle a la pobre –intervino Laila–, que, además, es anciana.

–En mi opinión, es una tontería –exclamó Fortuna.

–Ah, sí. Entonces ¡votemos!

Obviamente vencí yo, con todos los votos a favor excepto los de las dos chicas.

Era casi la hora, así que nos dirigimos a nuestros puestos. Yo me metí debajo de la cama de Mila; esta, debajo de la de Carlos, y así. A las dos pelmas que estaban en contra de nuestro juego, Laila y Fortuna, las convencimos de colocarse detrás de los biombos, así al menos no estropearían la sorpresa.

Yo era el que más cerca estaba de la puerta y fui el primero en ver los zuecos de la hermana cuando entró en la sala.

–Pobres niños, ángeles del Señor –masculló la religiosa–. Pero... ¿dónde estáis? ¿Dónde están todos? Santo cielo, han desaparecido. Misericordia, ¡los han secuestrado!

Desde mi puesto la vi girar sobre sus tacones de un salto.

–¡Ayuda! ¡Los niños han desaparecido!

Entonces saltamos fuera todos a la vez y gritamos: ¡BU!

–¡Ah! ¡El corazón!

La monja se tambaleó y Carlos salió desde el fondo de la sala con la silla de ruedas. Aceleró y después inició un esprint poderoso.

Quién sabe, quizá en otro momento, sor Felipa habría conseguido esquivar aquella silla, pero no se la esperaba y Carlos se le echó encima peor que un misil, acribillándola de lleno.

Terminó en el suelo de culo con las piernecillas agitándose en el aire.

Era una escena tan cómica que empezamos todos a reírnos como locos, y lo habríamos disfrutado mucho más de no haber sido porque, para colmo de nuestra mala suerte, detrás de sor Felipa apareció la doctora Carogna y nos embistió a todos con una regañina de esas infinitas. Que nuestro comportamiento era inaceptable, que sor Felipa podía haberse hecho daño, que habría informado a De la Torre, etcétera.

–Un poco de razón tiene –dijo Laila más tarde–. Deberíais pedirle perdón.

–No sabía que fueses religiosa.

–No lo soy, vamos, ni siquiera he estado nunca en la capilla..., pero me parece lo justo.

Yo no es que tuviera muchas ganas, pero Laila insistió tanto que fuimos a la iglesia. Era pequeña, con vidrieras de colores y unas pocas filas de bancos con aspecto desgastado. Al fondo había un gran crucifijo de madera reluciente.

–La estatua de Cristo Pobre –le expliqué–. El pobre Cristo. Ven.

–Parece muy nueva –comentó ella señalando la pintura perfecta.

–En realidad es muy antigua. Creo que tiene cientos de años. Está hecha completamente de madera, excepto los dientes y las uñas.

–¿De qué son? ¿De celulosa?

–Quizá. ¿Ves que son diferentes? De cualquier modo, han sido creados a partir de una planta muy especial. Sagrada. De Perú…

En realidad, me habían contado esa historia una vez, pero no la recordaba muy bien. Bueno, tampoco había nadie que me pudiera corregir.

–¿Sabes cómo nació este hospital? –le dije–. Había un fraile que se llamaba José de Figueroa. Un día de hace un montón de siglos decidió irse a dar una vuelta por los Barrios Altos, una zona que ya entonces tenía mala fama. En cierto momento pasó cerca de un vertedero donde había basura de todo tipo, restos de animales, etcétera. Y oyó una voz que pedía ayuda.

–¿En serio?

–Y tanto. Yo, créeme, me habría ido. El fraile, sin embargo, fue a ver y encontró a un hombre a punto de morir. Entonces, lo recogió, se lo cargó a hombros y se lo llevó a casa para curarlo. Y en aquel momento, ¡TACHÁN!, estalló una gran luz. El enfermo no estaba enfermo, era el Cristo Pobre, que solo había fingido estar muriéndose de hambre, y, por el contrario, se quedó ahí completamente iluminado.

Laila me dirigió una mirada incrédula.

–Después, ¿qué sucedió?

–El Cristo Pobre le propuso al fraile volver al vertedero y construir encima un hospital para los incurables. Y le dijo que lo protegería siempre y que haría muchos milagros, etcétera, etcétera, amén.

Laila, durante todo el tiempo, había estado mirando la estatua, casi como si esperara verla brillar.

–Según tú, ¿eso es verdad? –preguntó.

Pensé un poco y después le sonreí, la cogí de la mano y la saqué de la iglesia. Así conseguí no pedir perdón a sor Felipa, a pesar de que, en efecto, era lo justo, solo que no me apetecía nada, digámoslo así.

El Rato tenía razón sobre una cosa: que el hospital lo cambiaba todo. El muro que me separaba de quien estaba fuera se volvía cada día más alto.

Prácticamente, vivía en una burbuja. Los días eran siempre iguales, y lo que sucedía en el exterior ya no tenía nada que ver conmigo.

Era todo un poco asfixiante.

Sin embargo, El Rato estaba convencido de lo contrario.

—¿No estás contenta de estar aquí? —me preguntó—. Este lugar es fantástico. ¡El más bello del mundo!

Me pareció una tontería y se lo dije.

—Bueno, es porque aún no conoces bien el Santo Toribio. Aquí tienes todo lo que podrías desear. ¡Y mucho más!

Empezó a enumerarme los lugares maravillosos (según él) que nos rodeaban.

El comedor, la lavandería, la ferretería, el edificio de consultas. Los ambulatorios con todas esas máquinas que zumban.

La farmacia llena de tarros y probetas y medicamentos extraños.

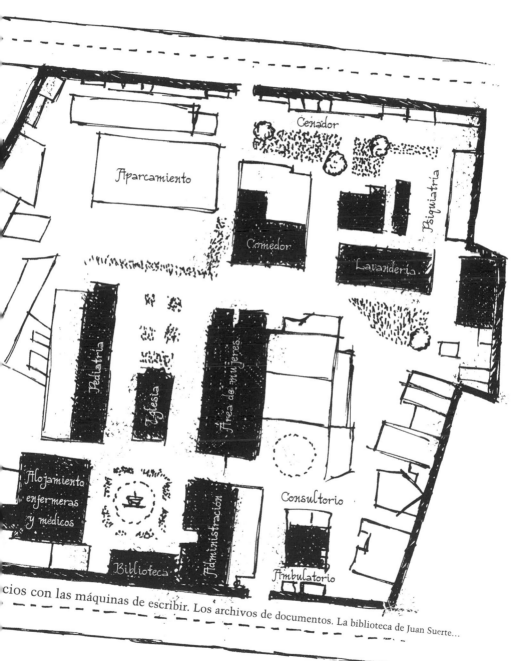

cios con las máquinas de escribir. Los archivos de documentos. La biblioteca de Juan Suerte...

Debí de poner cara de desconfianza porque me preguntó:

–¿No me crees?

(En efecto, no lo creía).

–Entonces, te demostraré que este lugar está lleno de sorpresas. A ti te gustan las novelas de miedo, ¿no?

–¿Cómo lo sabes?

–Ese que lees, *The Stand*, tiene una portada que parece de un libro de terror.

Lo era, y el más terrorífico que había leído en mi vida. Trataba de una enfermedad horrible que exterminaba al 99% de la población mundial, dejando el mundo prácticamente deshabitado.

Estaba lleno de detalles macabros y, bueno, no era precisamente la historia perfecta para una niña ingresada en un hospital (mi madre se habría opuesto, seguro), pero yo lo adoraba.

–¿Qué tiene que ver con esto? –pregunté.

–Ven conmigo –dijo El Rato.

Llegamos a un edificio pequeño, en la parte de atrás del hospital. Había una puerta de metal y giramos el pomo. Nada. Cerrada con llave.

–Qué mala suerte...

–Solo un pequeño obstáculo.

Sacó del bolsillo un mazo de llaves.

–¿Y esas quién te las ha dado?

–¡Tengo muchos recursos! ¿Soy o no soy El Rato?

Entramos en una habitación oscura llena de armarios oscuros y altos hasta el techo.

–Tienes razón –masculló–. Este lugar es realmente feo. Y apesta a moho. Pero definirlo como de terror...

–Espera –dijo él.

Y abrió el armario más cercano.

Yo me acerqué solo unos pasos.

Dentro había tarros.

Decenas y decenas de tarros, uno al lado del otro, llenos de un líquido un poco amarillento.

Y suspendidos en el líquido… había cerebros. ¡Dios mío! Cerebros de verdad. Humanos. Enteros. En rodajas. Grandes. Pequeños. Enfermos, con manchitas negras dentro como un enjambre de insectos. Carcomidos. Horribles. Apagados.

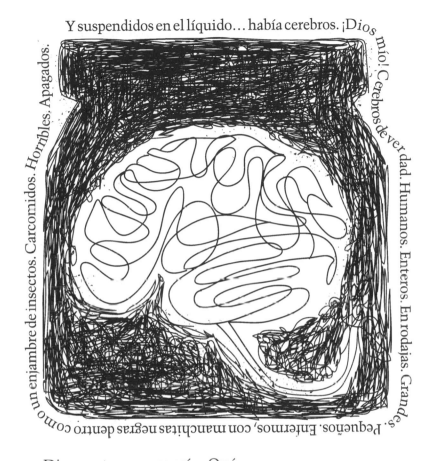

–Dios santo –murmuré–. Qué…

–Es una colección de cerebros. Mi padre la inició cuando trajo los primeros. Dice que un día podría hacerse un museo; mientras tanto, la usan para enseñar a los estudiantes cómo estamos hechos dentro de la cabeza. –Se giró hacia mí, parecía estar terriblemente serio–. Ahora, ¿quieres ver lo más terrorífico?

No estaba segura de si quería; es más, estaba segura de que no, pero El Rato abrió rápidamente otro armario.

Debido a mis ojos, la penumbra de la habitación era como una noche cerrada, prácticamente no conseguía ver nada.

Y menos mal. Porque también el segundo armario estaba lleno de tarros.

Solo que esta vez dentro había... niños.

Muy pequeños, aún nonatos. Doblados sobre sí mismos. Como gatitos. Verdaderos. Muertos.

Lancé un grito y corrí afuera respirando fuerte. De nuevo a la luz, en cuanto El Rato me alcanzó, lo llené de puñetazos como una furia. Para desahogarme, para vaciarme. Para eliminar aquellas imágenes de mi cabeza.

–Pero ¡qué estúpido eres! –le grité–. Qué... Pero tú...

–Sí, lo sé, impresiona. Te he dicho que era terrorífico.

–¡No es terrorífico! Es solo... triste. Eran personas, ¿lo entiendes? O habrían podido serlo. Y, sin embargo, están ahí, dentro de un armario, nadando para... siempre...

Se me ahogó la voz, tenía dentro de mí un tumulto y las lágrimas eran el único modo de sacarlo. Sollocé.

El Rato se acercó.

Abrió los brazos y los apretó a mi alrededor.

–Tienes razón –dijo–. Perdóname. Es muy triste. No obstante, si piensas en ello... Esos niños están muertos, sí, pero gracias a ellos los médicos aprenderán algo, así los de hoy, los que aún viven, ya no morirán.

Su pecho era delgado y huesudo, oía su corazón, que latía fuerte. A la confusión que sentía se añadió algo más. Consuelo. Quizá.

–¿Qué quieres hacer? –me preguntó–. ¿Proseguimos con la ruta turística por el Santo Toribio?

–Quizá en otra ocasión –dije enseguida, porque, aunque no quería ofenderlo, se me habían quitado las ganas.

–Vale, como quieras. Volvamos con los demás. A lo mejor Carlos querrá echar una partida de Truco...

Me cogió de la mano otra vez.

Y yo me dejé arrastrar.

Fue gracias a Juan Suerte como encontramos el diario del doctor Clarke.

Juan era el guarda de la biblioteca del Santo Toribio, un indio alto y ancho, como una lavadora, con el pelo recogido en una trenza.

Su principal tarea era dormir.

La biblioteca estaba reservada a los doctores, enfermeros y estudiantes, y era pequeña, con apenas tres salas. En resumen, iba poca gente, así que Juan llegaba a las ocho, se tumbaba sobre el escritorio y dormía hasta la hora de volver a casa.

–¿Lo oyes? –le dije a Laila–. Ese ruido no es de una motosierra… Es Juan Suerte que ronca. –Me reí burlonamente y le señalé la puerta de la biblioteca, al otro lado de los parterres del jardín–. Allí no te he llevado aún. Podríamos darnos una vuelta ahora.

–Pero ¿para qué?

–Bueno –respondí–. El otro día prometí enseñarte las cosas fantásticas del Santo Toribio, y la biblioteca es el lugar más aventurero.

Ella hizo una mueca.

–Las aventuras están solo dentro de los libros. Las bibliotecas, normalmente, son lugares tranquilos…

–Es que Juan Suerte siempre duerme, ¿vale? Entonces quizá pienses que es un bonachón. Sin embargo, tiene un carácter terrible, sobre todo si lo despiertas en mitad de la siesta. Pero yo, un par de veces al día, entro a escondidas y hago caer un libro o muevo algo, etcétera. Así él se despierta y se vuelve loco intentando cogerme.

–¡Qué! Y ¿por qué lo haces?

–Para mantenerme en forma.

Estaba claro que Laila no lo entendía, la única manera era hacerle una demostración práctica.

Abrí la puerta de la biblioteca lo bastante para ver que Juan Suerte dormía. El escritorio estaba colocado de tal manera que obstruía la entrada, había que pasar justo a un centímetro de distancia.

Entré el primero, haciendo gala de mi famoso paso de gato sigiloso. Pero tendría que haberle explicado mejor a Laila qué hacer, porque, detrás de mí, apoyó mal el pie y el suelo de madera chirrió con un ruido muy agudo.

¡SKIIIK!

Juan Suerte se enderezó de golpe y gritó:

–¡EL RATO!

Tenía la boca abierta de par en par, peor que los tiburones a los que había visto en los libros, parecía que quisiese comerme.

Así que grité a Laila:

–¡CORRE!

Eché a correr hacia la puerta para salir de la biblioteca y volver al patio. Pero el guarda fue más rápido: empujó el escritorio contra nosotros, cortándonos la vía de escape. Por poco no acabé encima de él. Conseguí darme la vuelta en una medio voltereta y escapé hacia la otra parte, dentro de la biblioteca, entre los libros.

Un momento después, Juan se lanzó a nuestra persecución.

–¡No podéis entrar aquí! Como os coja...

No tenía ninguna intención de descubrir qué nos habría hecho, así que pasamos entre dos filas de estanterías y giramos a la derecha.

Lo oía cada vez más cerca.

–Por aquí –ordené.

–¿Dónde?

–¡A la izquierda!

Obviamente giré hacia la derecha en una astuta maniobra de despiste. Solo que Laila no era muy experta en maniobras de despiste y, de hecho, ella giró a la izquierda de verdad.

Y tiró de mi mano.

Yo tiré de la suya.

Y puesto que soy más fuerte, se encontró parada en mitad del pasillo.

El guarda saltó y consiguió agarrarla del bolso de tela. Laila perdió el equilibrio e hizo una pirueta, después cayó sobre una estantería llena de libros viejos.

Que tembló.

Se tambaleó.

Chirrió.

Así, con un quejido crepitante

se balanceó

y empezó a

hacia ella. inclinarse

Recuerdo que pensé:

Ay, no,

por favor...

Justo después

PA-TUNF

CRAC

¡SPAM!

libro libro libro libro libro libro libro libro libro libro libro libro libro libro A Laila la embistió una montaña de papel. libro

No pude hacer nada para evitar el desastre, y me quedé embelesado viendo a aquellos dos, que quedaban enterrados bajo los libros.

Estaba preocupado, pero debo admitir que también fascinado.

Quién lo habría dicho, que bastaba un golpecillo de nada para montar un lío así.

Legendario.

Después, del montón salió una mano que era demasiado pálida y pequeña para ser la de Juan Suerte, y la aferré.

–¿Te has hecho daño?

–Bueno, que yo sepa no.

–Está bien, lo importante es que estás entera.

La ayudé a ponerse de pie. Laila permaneció un momento mirando a su alrededor, a la montaña de libros caídos, la estantería doblada como un árbol abatido y el guarda que intentaba levantarse.

–Mi libro. Se me ha caído de la mochila...

–Laila...

–¡Me hace falta!

Como si no pasara nada, se arrodilló a hurgar en la montaña de papel hasta que agarró el libro.

–¡Venga, Laila! –Tiré de ella mientras se guardaba la novela en el bolso.

Pisoteamos aquellas ruinas para pasar a la otra parte, cruzamos de nuevo la biblioteca y nos escabullimos por el patio. Sabía que Juan Suerte tardaría poco en perseguirnos, así que necesitábamos un lugar seguro donde escondernos. Señalé la lavandería, porque a aquella hora de la tarde nunca había nadie.

Abrí la puerta con el habitual mazo de llaves maestras y dirigí a Laila por la habitación atestada de carritos, sacos de sábanas y lavadoras con las portillas que parecían ojos abiertos como platos.

Nos sentamos sobre un paquete de sábanas para recobrar el aliento.

Entonces fue cuando miré bien el libro que sobresalía del bolso de Laila.

–¿Estás segura de haber cogido el que era? –me acerqué–. Parece diferente... ¿La portada no era negra y azul?

Se inclinó para revisarlo.

–Ay, no, creo que tienes razón. Con las prisas debo de haber cogido otro.

Lo sacó y me lo mostró, era extraño que los hubiese intercambiado porque este era completamente diferente. La portada era de piel desgastada, y las páginas tenían líneas llenas de palabras redondas.

–¿Qué es?

–No lo sé. Está escrito a mano... Parece una libreta.

La primera página dice:

> Este es el diario personal del doctor Robert R. Clarke de Bloomington, Minnesota, Estados Unidos de América.
>
> En caso de pérdida, se ruega que lo devuelvan al hospital Santo Toribio, calle de las Maravillas, Lima, Perú. Se ofrece generosa recompensa.

–¡Hala! –silbé–. ¡Una recompensa! ¿Qué significa «generosa»? En mi opinión, quiere decir ¡un montón de dinero!

Ella resopló.

–Te recuerdo que tú y yo estamos precisamente en el Santo Toribio.

–¿Y qué?

–Que este cuaderno, si se perdió, ya fue devuelto hace un montón de tiempo, por lo que la recompensa ya se la habrá llevado otro. ¿No ves qué viejo es?

Se puso a revisar el interior y me señaló los numeritos de la parte de arriba de la página. Eran fechas de 1941. Hacía más de cuarenta años.

–Se remonta a los tiempos de la Segunda Guerra Mundial –observó ella–. Y, aparte de la primera página, todo está escrito en inglés. El propietario, Robert, era un doctor venido de Estados Unidos que trabajaba aquí. Por eso pedía que lo devolvieran al hospital…

Me parecía una verdadera injusticia. ¡La recompensa nos correspondía a nosotros!

–¿Tú sabes inglés? –pregunté.

–Sí, sí, intentaré traducírtelo.

Laila abrió el diario a boleo por el medio y empezó a leer:

Lima, 12 de junio de 1941. Las noticias que llegan de Europa son cada vez más terribles y la guerra podría incluso llegar a América. Tengo miedo de que eso ocurra: soy médico, sería mi deber ayudar a nuestros soldados en los campos de batalla. Sin embargo, mi único deseo es volver a la selva. Durante la última expedición por poco nos dejamos la piel: yo, por la malaria, y mi querido Miguel, por una infección. Y, sin embargo, ahora pienso en aquellos episodios con nostalgia. El Infierno Verde tiene su modo misterioso de robarte el alma. El calor, los colores, el cielo. ¡Y todas las muestras de plantas que encontramos! Es increíble la riqueza que se esconde en la región amazónica: cada hoja custodia secretos insospechados…

Laila se interrumpió.

–No era solo un médico –observó–. Por lo que parece, también era un explorador.

–La selva es como los peruanos llamamos a la jungla –expliqué–. La selva amazónica.

–Ya lo sé.

–Bueno, quizá no...

La puerta de la lavandería se abrió golpeando con un fuerte SBENG.

Después, en el umbral apareció el doctor Fernández con el pelo despeinado.

–¡EL RATO!

Me puse en pie de un salto. Laila también, pero solo después de haber escondido el diario en el bolso, lo que me pareció muy inteligente.

–¿Se-se-señor? –balbuceé.

–Todo el hospital te está buscando. Más bien, os he está buscando desde hace rato.

Nos lanzó una mirada feroz, que era peor que una flecha envenenada.

–¿Por qué se os ha ocurrido asustar al pobre Juan? ¡Habéis puesto media biblioteca de patas arriba!

–Ha sido... un accidente –me justifiqué.

–Primero, la broma a sor Felipa, y ahora, esto. Lo siento, pero esta vez os llevo ante el director. A los dos. Vamos.

Así que lo seguimos, recibimos la regañina colosal de De la Torre, después nos tocó también pasar la tarde volviendo a poner los libros en su sitio.

Sin embargo, se habían caído por culpa de Laila. ¿Qué pintaba yo allí? Debería haberlo hecho sola.

De todas formas, y en resumidas cuentas, todo me había salido bien.

Durante un tiempo, había tenido miedo de que a De la Torre se le escapara mi secreto.

Ante Laila, además.

Pero no. Al menos, eso no.

Y, en el fondo, reordenar unos cientos de libros era un precio aceptable para mantener seguro mi Secreto.

A pesar de todo, las cosas me estaban yendo bien.

Mis ojos no mejoraban, pero tampoco iban a peor y, en comparación con los demás chicos del Nido, me sentía afortunada.

A ver, era una lata, pero me curaría, y mientras tanto podía hacer lo que me pareciera, como los sanos. Quizá debía estar un poco atenta a no tropezar, pero podía ir en monopatín y en bicicleta... y, en el fondo, también sor Felipa tropezaba continuamente, sobre todo si Carlos se le echaba encima con la silla de ruedas.

En resumen, no podía quejarme. Todo iría bien.

¿Verdad?

Para nada.

Me equivocaba.

Y era un error total y absoluto.

Sucedió una mañana un poco antes de las nueve. La ronda de reconocimiento había durado más de lo normal porque habían dado el alta a Cisco y en su lugar había llegado un niño nuevo y los médicos habían estado a su alrededor durante mucho tiempo.

En cuanto me fue posible, corrí afuera para ir al aparcamiento, pero llegaba tarde, el coche ya había aparcado.

Había algo raro. Mamá estaba muy pálida y el señor Tanaka la sujetaba como para que no se cayera. Me metí por la primera puerta que encontré. Cuando pasaron por delante de mí sin darse cuenta, los escuché hablar.

–Nada de miedo, organizaremos todo. De la Torre nos ha llamado para eso...

En aquel momento decidí espiarlos.

Entraron en Administración y se refugiaron en el despacho del director (esto lo vi desde la puerta del patio, que acababan de abrir por el calor).

De la Torre se levantó y les hizo sentarse (esto lo vi mientras miraba desde la ventana que daba al patio).

Puesto que estaba en un lugar de paso y alguien podía sorprenderme fisgoneando, intenté adquirir una pose para disimular. Me apoyé en el muro y fingí estar muy ocupada pensando en mis cosas.

Podía mirar en dirección a la oficina girando un poco la cabeza, con circunspección. Incluso con mi limitado campo visual conseguía tener un buen encuadre: el escritorio de madera, la bandera de Perú colgada de una asta y el archivo lleno de carpetas.

De la Torre cogió una, se la enseñó a mi madre y empezó a hablarle. Ella escuchó todo, después rompió a llorar. Lo más extraño es que también el señor Tanaka se dobló sobre la silla como un folio arrugado y se golpeó con los puños contra las sienes. Entonces me di cuenta de que su espalda se alzaba y se bajaba bruscamente. ¡Estaba sollozando! Esto era algo completamente imposible para el señor Tanaka.

De la Torre esperó a que se calmaran, después dijo algo más, ellos hicieron preguntas, y el médico negó con la cabeza.

Habría dado cualquier cosa por poder oírlos, pero nada. Desde donde estaba, me llegaba apenas un zumbido quedo y tenía que estar atenta continuamente a que no me vieran los enfermeros, los enfermos y las visitas que iban a lo suyo.

En cierto momento, De la Torre cogió un libro y buscó una página, justo una en concreto, que enseñó a mi madre. Ella empezó otra vez a llorar y siguió así durante un tiempo que me pareció infinito, después se irguió y golpeó el libro con un puño. De repente, parecía estar muy enfadada.

–¡Usted no ha entendido nada! –gritó–. Se está equivocando... ¡Sabía que no debía fiarme!

–Por desgracia, el examen histológico es muy claro...

–¡Y Laila es una niña extraordinariamente fuerte y dotada! Habla tres idiomas... Lo que usted dice es imposible. Cogeré a mi hija y la llevaré a otro sitio, ¡a un lugar donde realmente puedan ayudarla!

–Señora –siguió De la Torre–. Entiendo que sea una noticia terrible... Claramente es libre de buscar una segunda opinión, pero debo avisarle de que no le dirán nada diferente. Lo siento mucho. Lo siento muchísimo.

Estas últimas frases las dijeron en voz mucho más alta, por eso las pude oír. Sentí un extraño peso en el fondo del estómago, como una bola de hierro.

¿Estaban hablando de mí? ¿Cuál era la terrible noticia?

De la Torre acompañó a mi madre y al señor Tanaka fuera del despacho y en aquel momento decidí lo que iba a hacer. La ventana era grande y desde donde estaba no me llegaba ni al ombligo. Saltar era cosa de niños. Además, conociendo a De la Torre y, sobre todo, a mi madre, era probable que se quedaran hablando aún durante un rato.

Me cercioré de que por el patio no pasaba nadie, apoyé las manos en la barandilla y pasé al otro lado de la ventana de un saltito. Aterricé en la moqueta color crema.

Llegué al escritorio con el corazón que se me salía por la boca. La carpeta de cartón fino decía LAILA RASKINEN y dentro había hojas escritas a máquina con el membrete del hospital.

Mi historial clínico.

Enseguida pensé en meterla en el bolso y escapar antes de que alguien pudiera sorprenderme, después decidí que leer una o dos líneas no me llevaría mucho tiempo.

Y así lo hice, leí.

La primera hoja procedía de un laboratorio de anatomía patológica (estaba escrito arriba) e iba dirigida al profesor De la Torre. Decía así:

Estimadísimo:

He concluido el análisis ultraestructural de la biopsia cutánea de la joven RASKINEN.

He encontrado depósitos de lipofuscina-ceroide con estructura en huella digital y en una célula intersticial (fibroblasto), lisosomas con inclusiones de tipo curvilíneos.

Por lo tanto, creo que el caso entra en el cuadro de la ceroidolipofuscinosis de Batten.

Firmado: profesor S. Charpentier

No tenía ni idea de lo que significaba aquello, por eso lo leí dos veces. La parte importante parecía el final, cuando decía: «Creo que el caso entra en el cuadro de la ceroidolipofuscinosis de Batten».

Me costaba respirar. ¿El caso era el mío? Entonces, quizá esas cosas de Batten fueran mi enfermedad. Era un nombre realmente asqueroso, pero ¿qué quería decir?

Las demás páginas de la carpeta clínica estaban llenas de resultados de pruebas y no se entendía nada, así que dejé de hojearlas y pasé al libro que estaba en el centro del escritorio. Aún estaba abierto.

Tal y como esperaba, De la Torre se lo había enseñado a mamá justo porque contenía una explicación

Por ceroidolipofuscinosis neuronal juvenil (LNCJ), o enfermedad de Batten, se entiende un grupo de ceroidolipofuscinosis (LNC; ver término) caracterizadas por la aparición
en edad escolar precoz con pérdida de la vista seguida de
retinopatía, epilepsia y deterioro progresivo de las capacidades intelectivas y motoras. La casuística mundial no es
elevada. Las LNC son más frecuentes en países escandinavos. La forma clásica de la LNCJ se manifiesta con un deterioro de la vista en edad comprendida entre los 6 y los
10 años en un niño por lo demás sano. La ceguera aparece
poco después. Tras la aparición de los problemas visuales,
la capacidad cognitiva comienza a deteriorarse y empieza la
epilepsia. La demencia y los trastornos motores empeoran
progresivamente. Durante el periodo inicial de la enfermedad puede sospecharse de una retinitis pigmentaria (ver
término). Durante el curso de la enfermedad, el diagnóstico diferencial debe incluir otras causas de demencia y de
convulsiones en edad escolar. El tratamiento es únicamente
sintomático y debe consistir en un cuidado paliativo, junto con la administración de medicamentos anticonvulsivos,
así como un manejo educacional, psicológico y psiquiátrico.
El pronóstico de las LNCJ es grave. La esperanza de vida
es variable. Algunos pacientes pueden sobrevivir hasta la
tercera década.

Volví a tomar aliento.
Estaba tan nerviosa que no conseguía enfocar las palabras,
el aire se había vuelto polvo.
Intenté volver a leer.
La ceguera aparece a los pocos años.
... demencia.

Deterioro progresivo de las capacidades intelectivas y motoras.

¿Significaba que me volvería ciega y estúpida? ¿Y acabaría en silla de ruedas, como Carlos? No era posible, como decía mi madre, ¡yo era fuerte! Caminaba perfectamente.

... es grave.

Esto ya lo había entendido.

La esperanza de vida es variable.

¿En qué sentido?

Algunos pacientes pueden sobrevivir hasta la tercera década.

Tres décadas, es decir, treinta años. Algunos pacientes podían sobrevivir hasta los treinta años. ¿Y los demás? Podían vivir mucho más, ¿no?

O menos.

(Algunos sobreviven hasta los treinta años, porque el resto se muere antes.)

Ahora todo estaba claro.

Moriría.

Estaba a punto de morir.

Pero, ¿por qué en el libro no se hablaba de tratamientos? ¿Cómo haría para curarme?

El tratamiento es solo sintomático...

... cuidados paliativos.

Otra vez palabras difíciles, por suerte leía muchos libros y, por tanto, sabía qué significaba «paliativo». Algo que no resuelve el problema, sino que se limita a mantenerlo bajo control. Como cuando me rompí el brazo y, antes de llevarme al hospital, el señor Tanaka me dio una pastilla para el dolor: ya no me dolía, pero el hueso aún seguía roto.

Entonces, la verdad me golpeó con una fuerza aplastante.

Qué estúpida era.

Claro.

Por eso el libro no decía cómo se curaba.

Por eso mi madre se había enfadado y había dicho que me llevaría a otro hospital.

Y De la Torre había respondido que no serviría de nada.

Y el señor Tanaka había llorado.

La verdad.

Estaba todo tan claro.

La verdad.

Para mi enfermedad no existía cura.

No había nada que hacer.

Estaba condenada.

Caí en la oscuridad

Debería haberme escondido, haber salido de aquel despacho, haber hecho cualquier cosa. Pero no conseguía moverme. Mis pies estaban clavados en el suelo como raíces.

En cierto momento, entró De la Torre, me vio delante de su escritorio y dijo:

–¡Laila! –muy enfadado. E inmediatamente después–: Laila...

Vino hacia mí y me tocó; no sentí nada, mi cuerpo prácticamente se había apagado. Empezó a hablarme, pero yo no escuchaba.

También entró mi madre con el señor Tanaka y se produjo un desastre: empezaron a gritar, mamá dijo que esto era demasiado, su hija, es decir, yo, no se quedaría en aquel hospital.

–¡Ni un minuto más!

De la Torre intentó calmarla, entraron el doctor Fernández y la doctora Gonzales, y juntos, los tres, me regañaron porque no debería haber leído aquellas hojas y se pusieron a darme un montón de explicaciones sobre mi enfermedad.

No entendí nada, pero creo que lo hicieron aposta: en alguna parte había leído que los médicos no pueden mentir a los pacientes, por eso deben evitar decir estupideces como «Mejorarás» o «Te curarás», porque sabían que ninguna de esas cosas era verdad.

Nada de cura.

Nada.

Cura.

De la Torre era un aluvión de palabras, no paraba de decir un montón de cosas a mi madre, quien, sin embargo, gritó de nuevo:

–¡Ni un minuto más!

Ella y el señor Tanaka me arrastraron fuera del despacho, llenaron mi maleta, me cambiaron de ropa como si fuera una muñeca y poco después estaba ya en el coche, puertas cerradas y ventanillas bloqueadas, por los Barrios Altos hacia el distrito de San Isidro, donde estaba la embajada finlandesa.

No me había despedido de El Rato.
¿Qué importancia tenía ya?

Mi vida estaba terminando.

Entré en el Nido con una gran sonrisa.

–¡Laila!

Todos se dieron la vuelta para mirarme. Carlos, Mila, Bert, el nuevo, etcétera.

–¿Y bien? –pregunté–. ¿Qué os pasa? Parece que os hayáis comido un lagarto.

Mila estaba a punto de decir algo, pero Carlos la detuvo.

–¿Qué? ¿A qué vienen estas caras tan largas?

Después, noté que el Nido era diferente al día anterior. Me llevó un momento entender el porqué: los biombos. Ya no estaban. La cama de Laila era como la de los demás.

–¿Solo eso? ¿La Ángela de la Guarda ha decidido que ya no sois tan feos?

–¡Se ha ido! –lloriqueó Mila.

–Chis –dijo Carlos.

–Pero si es verdad. Se ha ido, se ha ido, no está, se ha ido. Se la han llevado. ¡No está! ¡No está!

En aquel momento se pusieron a hablar todos a la vez.

–De la Torre…

–El diagnóstico…

–Laila ha descubierto…

–Algo horrible…

–Gritaban…

–La madre lloraba…

–Ha entrado a escondidas…

–Ni un minuto más…

No entendía ni una palabra. Cogí la silla de Carlos y la hice piruetear hasta ponerlo justo delante de mí.

–Tú. Alto y claro. ¿Qué ha pasado?

Carlos lo contó.

¿Qué? ¿En serio? ¿Laila se había colado en el despacho del director? Eso era muy valiente por su parte, la había subestimado.

De todas formas, la parte importante de la historia era que Laila se había ido sin ni siquiera decirme adiós. Y nadie había pensado en venir a llamarme. Así que me había perdido una aventura de esas que ocurren en el Nido como mucho una o dos veces al año.

Era realmente injusto.

Por lo menos podía haberme dejado un mensaje.

Pensaba que era mi amiga.

Esto me hizo sentir un extraño pinchazo en el fondo del estómago. El Nido era así: cada quince días, un mes, quizá dos, los chicos que habían estado allí alzaban el vuelo como las gaviotas, llegaban otros, y así una y otra vez.

Yo era el único que no cambiaba, y que no se iba nunca. Y aunque estaba acostumbrado, digamos que dolía. Un poco.

Dejé a Carlos y troté hasta la cama de Laila, al fondo. Además de quitar los biombos, ya habían cambiado las sábanas, todo estaba listo para acoger a otra paciente. Como si Laila nunca hubiese estado allí.

Me estaba preparando para poner la típica sonrisa de «aquiénleimporta» cuando me di cuenta de que algo sobresalía entre el colchón y la red.

El cuaderno del doctor Clarke.

Ah, claro, lo habíamos escondido allí.

Y se ve que, al irse, Laila se había olvidado de cogerlo.

Quizá ya no le interesaba.

Igual que no le había interesado despedirse de mí.

SPFUI.

Peor para ella.

Cogí el cuaderno y durante unos segundos pensé en tirarlo, o en regalárselo a Mila y a Carmelita para que jugaran con él.

Sin embargo, en el último momento, me lo metí en los pantalones y lo escondí bajo la camisa.

En el fondo, se hablaba de una recompensa. Debía investigar más.

Y ahora, sin Laila metiéndose en mis asuntos, tendría todo el tiempo del mundo para hacerlo.

En cuanto llegué a casa me refugié en mi habitación y cerré la puerta con llave.

Las palabras de De la Torre y las del libro seguían retumbando en mi cabeza.

Pérdida de la vista
deterioro progresivo
es grave
demencia
el diagnóstico está confirmado
algunos pacientes pueden sobrevivir
tercera década
más común en los países escandinavos
noticia terrible
deterioro cognitivo
empeoran progresivamente
tratamiento solo sintomático
cuidados paliativos

Eché a mamá, que intentó entrar, y me negué a comer.

Esperé.

Se hizo de noche y llegó mi padre; no lo veía desde el día en que me habían ingresado, no había venido al hospital ni siquiera cuando De la Torre hizo llamar a mamá para el diagnóstico.

–Tu madre tiene razón y los médicos se equivocan –dijo–. Sea como sea, encontraremos una solución.

Me observó, quizá a la espera de una reacción por mi parte; sin embargo, me quedé mirándolo en silencio.

Y él giró la muñeca para comprobar el reloj.

Entonces, me di la vuelta hacia la pared y, después de un rato, oí cómo se escabullía.

Adiós, papá, gracias por todo.

En algún momento me dormí y, al día siguiente, me desperté esperando que todo hubiese sido solo una pesadilla.

Sin embargo, no fue así. Me estaba muriendo.

Nunca podría conducir un coche. Ni tener un novio. Ni llevar un vestido de noche de los de verdad, de mujer, con zapatos de tacón alto. Ni tener una carrera, significara lo que significase aquello. Irme a vivir sola. Aprender a tocar la guitarra eléctrica…

Entró el señor Tanaka con una bandeja, encima había una rosa blanca, un vaso de zumo de frutas, tres galletas, un libro. Se sentó en mi cama.

–Laila. Sé que es difícil.

–No lo sabe –dije–. No tiene ni la más remota idea.

–No debes perder la esperanza.

–El libro del director decía...

–Que es una enfermedad muy grave. Sí. Pero este no es el momento de rendirse. Debes estar preparada para combatir grandes batallas. Debes convertirte en una guerrera.

Todos aquellos «debes» me daban ganas de vomitar.

El señor Tanaka suspiró y me enseñó el libro que me había traído.

Sobre la portada estaba escrito:

HAGAKURE

葉隠

–Significa «a la sombra de las hojas» y fue escrito por un monje hace muchos siglos. Enseña el Bushido: el Camino del Samurái. La vía del guerrero.

Cogí el *Hagakure* y lo hojeé.

Empezaba así:

He descubierto que el Camino del Samurái es la muerte. La esencia del Bushido es prepararse para la muerte, mañana y tarde, en todos los momentos del día. Cuando un Samurái siempre esté listo para morir, dominará el Camino.

–¡Vete al infierno! –grité.

Tiré el libro contra la ventana cerrada.

El cristal se rompió y el *Hagakure* voló hacia fuera, cayendo abajo, al jardín.

Oí que los guardias gritaban y echaban a correr.

Quizá se temían un atentado.

Era su problema.

Pasaron algunos días más...

Que dejé pasar, estando en mi habitación el mayor tiempo posible.

No pensaba en nada, me sentía completamente...

vacía.

Cada noche me dormía esperando que el día siguiente fuera diferente, y cuando volvía a abrir los ojos, el mundo siempre era igual, yo era igual, y el dolor se volvía más intenso. Cada vez más intenso.

Después, una tarde, entraron mi madre y el señor Tanaka. No los veía juntos desde que habían ido a la oficina del director.

Mamá se sentó en la cama y me acarició el pelo. Pensé que, si hubiese seguido, la coraza que me estaba construyendo dentro se habría despedazado y no quería que eso pasase. Le quité mano.

–Laila –dijo–. Tu padre y yo hemos tomado una decisión muy… discutida. Mañana por la mañana te acompañaremos de nuevo a la clínica neurológica. Sé que detestas ese lugar, y yo también, haría cualquier cosa para no mandarte allí otra vez. Pero…

Estaba sorprendida. Por eso hablé.

–¿De qué sirve que vuelva al hospital? Voy a morir de todas formas.

–Laila…

La voz se le ahogó en un llanto estridente.

–Laila –continuó el señor Tanaka–. No morirás hoy y tampoco en un futuro próximo si encontramos un modo de evitarlo. Haremos todo lo que sea posible. Estamos contactando con los mejores médicos del mundo. Haremos que otros expertos te vean…

–No creo que De la Torre se equivoque –dije–. Según él, los resultados eran muy claros.

–En efecto, eso parece… Pero en alguna parte del mundo podría haber una cura. Experimental. Probaremos cualquier cosa. Solo que necesitaremos tiempo y, mientras tanto, no puedes quedarte aquí, sería demasiado peligroso.

–¿Es por la ventana que rompí con el libro?

Me miró.

–No solo por eso. Tu enfermedad podría empeorar. No sabemos cuándo ni cuánto. Necesitas ayuda.

Ah, sí, claro. Pérdida de la vista. Convulsiones. Crisis. Tenían miedo de que me pusiese mal en serio.

–Además, no te puedes pasar los días sola –dijo mamá–. Es perjudicial. En el Santo Toribio hay otros chicos que... pensamos... De la Torre cree que te hará bien. También tendrás mucho apoyo psicológico, especialistas que te ayudarán a superar este momento.

¿Un loquero? Querían mandarme a un loquero. Me encogí de hombros.

–Como queráis. No me importa. Ya no.

Se me quebró la voz y mi madre se inclinó hacia mí para abrazarme; llevaba el perfume habitual, Arpège de Lanvin. Reconocerlo agrietó mi coraza y me hizo pedazos el corazón.

–¿Por qué?

¿Por qué yo?

¿Por qué tan pronto?

Mi madre no tenía una respuesta (ni ella ni nadie).

Se quedó conmigo durante un tiempo infinito hasta que me quedé dormida, exhausta; las lágrimas me habían agujereado por dentro.

Me desperté cuando era noche profunda. El señor Tanaka ya había preparado la maleta con los pijamas de siempre, el cepillo, mi adorado bolso de tela con los ositos.

Encendí la luz.

Mi habitación de la embajada no era muy grande, pero creo que los chicos del Nido la habrían definido como lujosa. Había un enorme escritorio e incluso un ordenador: un Commodore 128 con unidad de disquetes y pantalla a color CGA. Había una librería Carlton, de muchos colores, que parecía un hombrecillo de pie sobre un árbol, y estaba, obviamente, llena de libros. Y también una equipo de sonido estéreo con el tocadiscos y la colección de vinilos.

Nunca me habían importado mucho esas cosas, para mí siempre había sido normal tenerlas y punto. Después, conocí a El Rato y ahora me entraron las sospechas, por primera vez, de que yo era una chica afortunada.

Claro.

Una chica afortunada destinada a tener un final horrible.

Golpeé el estante del estéreo y tiré la pila de vinilos que había coleccionado con tanto cuidado. Después, pisoteé las fundas de cartón, aplastándolas bajo los pies desnudos, escuchando cómo los discos se rompían y crujían como patatas fritas. Fue una gran estupidez que no me hizo sentir mejor. Me hizo enfadarme aún más.

Algo me pinchó la planta del pie. Acababa de destruir uno de mis discos favoritos: el single de Pink Floyd, *Money*.

Y desde dentro de la funda salió una llave de acero pequeña y puntiaguda. Era la que me había pinchado. La había escondido allí hacía mucho tiempo.

Cogí la llave y la usé para abrir el cajón del escritorio donde guardaba todos mis tesoros: una foto mía con mi padre y mi madre en Finlandia, con el trineo. Un cuchillo pequeño tradicional lapón que se llama *pukko*. Y una funda de tela con el dinero que había ahorrado durante los últimos años entre Navidades y cumpleaños (como era hija de un diplomático recibía un montón de regalos, por eso nunca había gastado mucho).

Sopesé los dos rollos de billetes que había dentro. El primero era de inti, la moneda peruana. El segundo, de dólares americanos. Pensé en romperlos o quizá en quemarlos.

¿Para qué me servían ahora?

Después, me detuve.

No. Valía la pena gastárselos en algo loco y absurdo, aunque aún no sabía en qué.

Cogí la funda y la metí en la maleta ya preparada para el hospital. Volví a la cama y permanecí horas mirando el techo vacío.

Volví a pensar en todas las cosas que siempre había soñado hacer y que nunca haría.

La verdad era que buscaba una vía de escape.

Pero no la encontré.

Aún no.

Usé mis llaves para abrir la ferretería, alargué la mano en busca del interruptor y las luces neón del techo zumbaron como mosquitos. *Amadeo*, el ratoncito que vivía bajo el banco de las herramientas, corrió a esconderse bajo una escalera de mano.

Pasé por las mesas de trabajo, las traversas de hierro acumuladas en desorden, los cubos llenos de clavos, de abrazaderas, la sierra circular y el torno para metal, los rollos de cable, los soportes de herramientas.

Al fondo, detrás de un caballete de madera, estaba el colchoncillo inflable que, además, era la cama en la que yo dormía.

Me tumbé sintiendo el **CHIIC-CHIIC** familiar del plástico.

–Qué maravilla –me regodeé–. Esta es sin duda la cama más cómoda del mundo.

No era verdad, obviamente. Simplemente se me daba de cine decir mentiras.

Había aprendido desde pequeño, y poco a poco había ido mejorando hasta convertirme en todo un artista. También había descubierto una cosa: si las dices bien y las repites a menudo, al final se confunden con la verdad. Tanto que empiezas a creértelas tú también.

Por ejemplo, en el hospital, muchos conocían mi Secreto. Médicos y enfermeros, incluso ciertos pacientes. Los chicos del Nido no lo sabían, ni siquiera lo sospechaban, y por eso a ellos les contaba patrañas. Porque así podía ser una persona diferente.

El Rato, el príncipe de Mila.

El héroe que le había salvado la vida al director.

El paciente con una enfermedad rara.

El chico del hospital que conoce todos los secretos del mundo.

¡BUM!

Pero a fuerza de repetirlo, ellos se lo creían, y no se preguntaban por qué nunca me examinaban, o por qué no tenía que dormir en la unidad, etcétera. Y si alguien dudaba, yo siempre tenía una respuesta preparada. Me la inventaba. Me construía la realidad tal y como a mí me gustaba.

Entonces ¿por qué ahora me sentía tan solo?

Me levanté de la cama y empecé a vagar por la ferretería arriba y abajo. Di una patada al cartel luminoso de oftalmología, fundido, en una esquina. Era el mismo con el que había aprendido a leer.

El mundo que yo conocía se encontraba dentro de las puertas del hospital, o bien me lo habían contado. Algunas cosas las había sacado de los libros. Pero nunca había salido del Santo Toribio, ni siquiera una vez, y sabía que me quedaría allí para el resto de mis días. Primero, asignado en la unidad de pediatría, después, en la de los adultos, como le había ocurrido a Joaquín, que tenía cinco años más que yo y ya estaba con los mayores.

¿Me gustaba todo esto?

Bueno, no es que tuviera mucha elección.

Me senté sobre el pequeño colchón y me estiré para coger, de debajo de una estantería, la caja de las herramientas donde metía mis pertenencias.

Dentro no había gran cosa.

Una pelota de tenis.

Un puñado de bolas de colores. La foto de un barco que había recortado de una revista. Un robot que se transformaba en ambulancia que algún niño había olvidado en el ambulatorio y que durante años había sido mi juguete favorito.

También estaba el diario del doctor Clarke.

Lo cogí entre las manos, la portada de piel crujió mientras lo abría. Volví a leer la primera página, la única escrita en español:

En caso de pérdida, se ruega que lo devuelvan al hospital Santo Toribio, en la calle de las Maravillas, Lima, Perú.

Se ofrece generosa recompensa.

El dinero no me interesaba especialmente; de hecho, nunca lo había tenido. Pero sabía que era indispensable para hacer realidad mi Gran Sueño.

Que era casi tan secreto como el Secreto, tanto que normalmente ni si quiera me atrevía a pensar en ello, excepto en ciertas noches en la ferretería, cuando hacía demasiado calor y no conseguía conciliar el sueño.

Como esta.

Solo que había un problema. No conseguía entender cómo un montón de papeles como estos podían valer algo. Me puse a hojear las páginas, pero como el diario estaba en inglés, no entendí ni jota de lo que estaba escrito.

Podía pedir ayuda al doctor Brown, aunque me habría hecho preguntas y yo habría tenido que mentirle.

De todas formas, el problema grande era realmente otro.

El doctor era *muy* inteligente, por lo que podría descubrir mi Gran Sueño fácilmente. Y esto yo no podría soportarlo. Me habría muerto de la vergüenza.

Necesitaba a Laila. Estaba enfadado con ella, sin duda, pero la habría perdonado si hubiese vuelto para traducir aquel diario.

Lo hojeé otra vez, luego, más o menos en torno a los tres cuartos, me paré en una página: en medio de las palabras incomprensibles había un dibujo hecho a mano, pero detallado como los de los libros.

Mostraba una rama curvada, con una hoja de forma alargada y, arriba, una flor grande, con los pétalos gorditos recubiertos por una extraña pelusa afilada.

¿Qué era aquella flor?

Y ¿por qué Clarke la había dibujado en el diario?

La miré mejor: cinco pétalos, un ramillete de pistilos centrales que estallaban hacia lo alto como fuegos artificiales. No sé por qué aquella flor extraña dibujada me parecía maravillosa, me habría quedado mirándola durante horas.

En la única página que Laila se había dado prisa en leerme, el doctor contaba que acababa de volver de una expedición a la jungla. Quizá además de ser médico y explorador también era artista, había visto visto la flor en el bosque y la había dibujado, y todos los coleccionistas del mundo habían hecho locuras con tal de adquirirla.

Tal vez el dibujo era solo un dibujo, pero la flor en sí misma era preciosa. Sabía que en la Amazonia había miles de plantas raras. Quizá algunas valieran mucho dinero.

¿Suficiente para hacer realidad el Gran Sueño?

Posiblemente.

En cuanto lo pensé, me quedé sin aliento.

Me volví a meter en la cama y aquella noche soñé con bosques lejanos. Flores doradas. Y grandes aventuras que cambiaban la vida.

Volví al hospital y fue como si nunca me hubiese ido. Encontré de nuevo a los médicos habituales, el Nido de siempre, la cama, aunque sin biombos alrededor. De todas formas, no es que me importara demasiado.

Lo único que me importaba era evitar a El Rato. No quería verlo. No quería contarle lo que me había ocurrido, y no quería explicarle que mi destino era cambiar. No quería que se enterara de que me estaba apagando.

Ya sabía que, en primer lugar, perdería la vista. Me hundiría en la oscuridad sin poder distinguir los colores, la cara de mi madre, la del chico de quien me enamoraría.

También porque no habría ningún chico. De hecho, después de los ojos, también el cerebro dejaría de funcionar. Sería repentino, como un interruptor que salta, o quizá un gota a gota, y cada mañana me sentiría ¿un poco más estúpida y sola?

Una vez, en la escuela, me habían hecho leer un cuento que se titulaba *Flores para Algernon*.

Narraba la historia de Charlie Gordon, un joven muy estúpido que era elegido el conejillo de Indias para un nuevo tratamiento que te hacía inteligente. El tratamiento funcionaba y su diario empezaba a estar escrito mejor, sin errores ortográficos. Al contrario, poco a poco, Charlie se volvía cada vez más inteligente, incluso un genio. Mucho más que el equipo de médicos que había inventado los fármacos. Hasta que se daba cuenta de que en sus cálculos había un error, y el efecto del medicamento era solo temporal. Pronto volvería a ser como antes.

Terminé de leerlo con lágrimas en los ojos, y ahora me tocaba a mí compartir su mismo destino, o uno incluso peor.

No quería que El Rato lo descubriese.

Así que imploré a mamá para que pasáramos la mañana en el jardín de los consultores, que estaba bastante lejos. Después, cuando ella se fue, no la acompañé, como normalmente hacía, hasta el aparcamiento. Corrí a refugiarme en la capilla.

Me senté cerca de la estatua del Cristo Pobre y lo miré directamente a los ojos y le pregunté por qué, si realmente era el protector de los incurables, permitía que me ocurriese todo esto.

Estaba enfadada. Furiosa.

Eres solo un trozo de madera, pensaba, eres un estúpido trozo de madera y yo soy aún más estúpida que tú. Por qué me había fiado. Por qué había creído que...

–Laila.

El Rato estaba a mi espalda.

Había aparecido de repente, así que di un salto y grité.

–No deberías gritar, estamos en la iglesia.

–Sí, lo sé, gracias. De hecho, tú no deberías asustarme.

–Bueno, entonces podrías haber venido a saludarme en cuanto llegaste. ¡Estuviste días desaparecida! ¿Te secuestraron?

Era una idea tan estrafalaria que rompí a reír.

–No, no ha habido ningún secuestro –expliqué–. Solo que han descubierto qué enfermedad tengo.

–No puede ser peor que la mía. ¿Te he dicho alguna vez que soy un caso muy interesante?

–Pues me parece que la mía es decididamente peor. Se llama ceroidolipofuscinosis.

–Ah. Es un nombre muy bonito. Muy... serio.

Aquel tonto me miraba con una cara de ganso que incluso parecía mostrar envidia. Me hizo enfurecerme tanto que algo dentro de mí se quebró y escupí todo con la fuerza de un tornado: mi madre en el despacho del director, mi incursión clandestina y, claramente, lo que había descubierto.

Cuando terminé, lloraba tanto que no le veía la cara.

–Ostras –dijo–. Vaya mierda.

Levanté el rostro hacia él.

–O sea..., te... te he contado... todo... ¿y lo único que sabes decirme... es... «vaya mierda»?

–Bueno, es verdad, ¿no? O sea, es una mierda.

Empecé a reírme, las lágrimas me entraron en la boca, estaban saladas.

–Eres tonto.

–Al contrario, deberías darme las gracias, porque en cuanto he descubierto que habías vuelto me he puesto a buscarte para traerte... ¡esto! ¡Tatachán!

Me llevó un momento reconocer qué tenía en la mano: era el diario del doctor Clarke que habíamos encontrado, o, mejor dicho, robado de la biblioteca.

Había pocas cosas en el universo que me importaran menos en aquel momento.

–Ánimo. Léelo

–¿Por qué? ¿Hay algo interesante?

–No lo sé –admitió El Rato–. Está en inglés y no lo entiendo. Estaba esperando a que volvieras para que me lo tradujeras. ¿Te acuerdas de la historia de la recompensa? No hemos descubierto si hay algo de valor dentro.

Suspiré. El hecho de que El Rato estuviese tan poco afectado por mi desgracia me daba ganas de emprenderla a puñetazos (vale, él vivía en el Santo Toribio y vete a saber cuántas historias parecidas habría escuchado... Pero era *mi* enfermedad. *Mis* ojos. *Mi* vida).

Estaba a punto de mandarlo a paseo, pero, pensé que el hecho de que quisiera hablar de otra cosa era incluso mejor. Me sentía aliviada. Por un momento, podía dejar de pensar en... eso.

Así que cogí el diario y lo abrí a voleo.

Lima, 6 de marzo de 1941. Ha venido a verme la pobre Francisca... Me ha afectado verla así de delgada, vestida de negro, como de luto. Me ha dicho que después de haber roto con su novio, su vida había terminado; esperaba que aún quisiera pensárselo, sin embargo...

–No, no –dijo El Rato hojeando el diario–. Espera. Lee aquí.

Me enseñó una página en la que había un dibujo de una flor extraña.

Parecía interesante.

Lima, 11 de septiembre de 1941. He visitado la biblioteca nacional, que está en la avenida Abancay. Estaba buscando libros sobre las plantas medicinales amazónicas y he encontrado uno sin título...

La selva amazónica no se puede explicar.

Tiene una belleza de luces incandescentes y sombras profundas.

Es difícil y feroz. Los ríos están surcados por corrientes impetuosas, la humedad y el calor la vuelven insoportable, el sol ardiente se alterna con aguaceros torrenciales.

Animales que se cuentan entre los más letales del mundo hacen del hombre un invitado no deseado, sin contar con los insectos que transforman su rostro en una máscara de sangre y que transmiten enfermedades como el dengue o la malaria, que aquí llaman paludismo.

Por estas y otras razones, la cuenca amazónica ha recibido el apelativo de Infierno Verde, un lugar donde morir de hambre es más fácil que en el desierto.

Y aun así la selva se te tatúa en el corazón.

Aunque ya hacía meses que había vuelto a la civilización y a mi trabajo de médico, el pensamiento había quedado ahí. Para siempre.

Soñaba Amazonia y respiraba Amazonia, en cualquier ocasión me refugiaba en la biblioteca en busca de libros sobre las plantas y los animales de la selva.

Se lo vendía a mis superiores como un trabajo de investigación: muchos de los fármacos más modernos derivan de
las plantas. El curare, por ejemplo, usado durante siglos por
los indígenas para envenenar las puntas de sus flechas, es
ya indispensable en la sala de operaciones como anestésico.
Fue justo durante una de mis tardes de estudio cuando,
por casualidad, descubrí algo que me cambiaría la vida.

Encontré un volumen olvidado, sin cubierta ni portada,
por tanto, sin título. Yacía en una esquina de la sección
amazónica de la Biblioteca Nacional de Lima, situada en
la avenida Abancay.

Manuel, el bibliotecario, me confesó que no lo conocía,
porque cuando la portada se perdía era complicado reconstruir su colocación.

Divertido con la extraña circunstancia, me puse a leer y
descubrí que era un tratado de herboristería escrito por un
botánico aficionado, un jesuita anónimo que había viajado
de una punta a otra de la Amazonia enfrentándose a miles de dificultades.

Me di cuenta enseguida de que muchas de las plantas que
vi en él no aparecían en ninguno de mis textos y, especialmente, me sorprendió una hoja suelta que hablaba de la flor
perdida de K. en una nota a pie de página.

Según el buen jesuita, se trataba de una flor especial y
rara, nacida de una planta arbustiva posiblemente de la familia de las Bixaceae. Parecía ser de color rojo intenso, con
pétalos carnosos recubiertos de una pelusa afilada parecida
a los pinchos de nuestras castañas.

Sin embargo, lo más interesante no era la descripción de
la flor, si no su uso: según el autor, los chamanes de la tribu de K. usaban la infusión de esta flor para curar la locura.

El religioso era un buen botánico, pero por desgracia no
disponía de conocimientos médicos adecuados y el texto
era poco claro. Probablemente para él la locura compren-

diera todas las enfermedades neurológicas en sentido lato. Y al ser yo neurólogo, la coincidencia me pareció interesante. Anoté la información entre mis notas y lo dejé de lado, hasta que algunos meses después, y por otra coincidencia, me encontré con el señor Eduardo Aguado. Era un gran experto en la Amazonia, estudioso y explorador, y estaba de visita en Lima para participar en algunos congresos.

Al habérmelo recomendado un amigo, fui a recogerlo a la estación y lo llevé a beber un *pisco sour* al Gran Hotel Bolívar.

Al principio el señor Aguado no me impresionó mucho: era anciano y maltrecho, con la nariz hinchada de borracho y las manos temblorosas. Sin embargo, al escucharlo hablar, tuve que volver a creer en él. Su preparación en medicina se medía con las competencias de cualquiera de mis compañeros, y del mismo modo dominaba el campo de la botánica.

Como a veces ocurre entre extraños apasionados por los mismos temas, llevados por nuestra vanidad de eruditos, terminamos por desafiarnos a intentar encontrar un tema que fuera desconocido para el otro y, puesto que yo estaba perdiendo la apuesta, en cierto momento, con una calculada afectación, exclamé: «La flor perdida de K., señor, ¿la habéis encontrado alguna vez?».

Para mi gran sorpresa, incluso aquel nombre le era conocido. Me dijo que nunca había tenido entre las manos un ejemplar, pero que había oído hablar de ella y parecía ser realmente milagrosa. Un solo sorbo de aquella tisana podía curar desde la epilepsia hasta muchas otras enfermedades graves.

«Me gustaría analizarla –continué–. ¿Por casualidad vuestros informadores os han explicado en qué territorios vive esa tribu de K. y cómo llegar hasta ellos?»

Mi extraño invitado era un tipo difícil de sorprender. De hecho, terminó de tomarse su bebida y exclamó: «Si lo desea, doctor, puedo procurarle un mapa y darle toda la información que poseo. Pero no me pida que vaya con usted, pues a pesar de que supondría un placer para mí un viaje de exploración por la Amazonia, la malaria ya me puso a prueba una vez y creo que otro ataque me mataría».

Entonces, hicimos un pacto. Aguado volvería al cabo de un mes con cuanto me había prometido, y yo le pagaría generosamente por sus esfuerzos.

Mientras tanto, contacté con Miguel Castillo, un gran amigo además de guía indispensable en mis anteriores viajes por la selva. Sabía que nos esperaba una aventura aún más peligrosa que las anteriores, y le prometí que sería la última.

Miguel aceptó con entusiasmo, es más, acudió rápidamente a Lima para organizar conmigo los preparativos.

Cuando Aguado volvió a la ciudad, lo recibimos juntos, después estudiamos los documentos y los mapas que nos había traído. Según varios testimonios que el anciano explorador juraba que eran dignos de atención, la flor que buscaba la usaban los chamanes de la jungla meridional, en la provincia de La Convención, región de Cuzco.

Por otra increíble coincidencia, era la región de la que provenía Miguel, que era originario de un pueblo llamado Aguas Calientes, conocido por su cercanía con el célebre parque arqueológico de Machu Picchu. Los padres de Miguel habían participado en la construcción del ferrocarril que hoy lleva a los turistas hasta las famosas ruinas.

Entonces decidimos que en primer lugar iríamos a la ciudad de Cuzco y, desde allí, al pueblo de mi amigo. Después de descansar durante algunos días, partiríamos hacia la selva.

Iba a ser un viaje difícil y, de nuevo, intentamos convencer a Aguado, que conocía bien la zona; sin embargo, el hombre se mostró inflexible. Se guardó el dinero que le correspondía y desapareció para siempre.

Esto no fue suficiente para desalentarnos.

No conseguía quitarme de la mente la cara de sufrimiento de algunos de mis pacientes del Santo Toribio. Los tratamientos tradicionales no surtían ningún efecto en ellos y albergaba la esperanza de que la flor perdida pudiera aportar grandes beneficios.

Me pareció oportuno también consultar a un compañero, estadounidense como yo, que había venido de visita al hospital durante algunos meses. Se llamaba Edward Brown y descubrí que se trataba de un experto en chamanismo; tanto era así que él mismo me confesó que había sido chamán hacía un tiempo: había aprendido el arte de los nativos que vivían entre los pantanos de Luisiana.

Por desgracia, a pesar de mi entusiasmo, Edward me desaconsejó el viaje. Y sus motivos eran de lo más sensatos. La guerra que aterrorizaba Europa se volvía cada vez más peligrosa, y conllevaba el riesgo de asumir, de un momento a otro, alcance mundial. Además, Estados Unidos podía entrar en el conflicto de un día para otro; si esto ocurría, yo corría el riesgo de ser llamado a filas, siempre que no decidiera yo mismo alistarme o deseara volver a casa para atender a mi familia. Por otro lado, me aconsejó Edward, una expedición a la selva podría llevarme meses, cuando no años.

Todas eran óptimas razones para renunciar, a las que se añadía el hecho de que entre el doctor y yo había surgido una encantadora amistad y a ambos nos disgustaba tener que decirnos adiós.

No obstante, sentía la necesidad de partir. La sangre que corría por mis venas me ordenaba ponerme en marcha. Y algo me decía que la flor perdida era la gran meta de mi existencia. Tal vez Sir Galahad y los demás caballeros de la mesa redonda habían sentido lo mismo al dejar el castillo de Camelot para partir en busca del Santo Grial. Por supuesto, esperaba poder estar a la altura de su valor.

–¿Qué más dice? –preguntó El Rato.

Hablaba conmigo, pero yo no lo entendí a la primera.

La historia me había absorbido por completo, tanto que durante un momento dentro de mí había resonado la voz de Robert Clarke. Una voz antigua, de hacía más de cuarenta años.

–Poco –expliqué–. Ya estamos al final. El 2 de diciembre del 41 el doctor termina de escribir diciendo que a la mañana siguiente él y Miguel partirán para Cuzco y que, por prudencia, dejará este diario en la clínica. No hay nada más. Si no recuerdo mal, el 7 de diciembre los japoneses atacaron Pearl Harbor.

–¿Pearl qué?

–Una base naval estadounidense en el Pacífico. Los aviones japoneses la atacaron por sorpresa y hubo una gran batalla. Murieron muchas personas. Poco después, Estados Unidos entró en la guerra. En resumen, el doctor se metió en la selva justo a tiempo.

–Sí –dijo El Rato–. ¡En busca de la flor perdida! Y nosotros haremos lo mismo.

–¿Qué quieres decir?

–Me parece obvio, ¿no? Que tenemos que buscarla. ¿Recuerdas lo que ha escrito sobre el curare? Lo usaban los indígenas y ahora hacen anestesia con él. ¿Sabes cuánto cuestan las medicinas que llegan cada día al hospital?

No lo sabía y lo miré con perplejidad.

–Un montón de dinero, te lo digo yo. Sería un gran descubrimiento, podríamos hacernos ricos. Y, bueno, quizá tu podrías..., podrías..., en fin, si es una cura tan potente...

El Rato se confundía. Estaba claro que se equivocaba. Deliraba con planes sin sentido, cosas absurdas.

Claro, mientras leía el diario, también yo, por un instante, lo había pensado. Una flor prácticamente desconocida y casi mágica. Que cura enfermedades.

Aquello parecía estar escrito para mí.

Y mientras leía había sentido un extraño calor por dentro, que se expandía y que no recordaba cómo se llamaba. Después, me acordé: esperanza.

Pequeña, pequeñísima.

Pero era mejor acabar con ella enseguida, porque ilusionarme ahora significaba estar aún peor después.

Durante toda la noche di vueltas en mi cabeza a un montón de preguntas.

¿Existía realmente la flor perdida?

¿Era tan milagrosa?

¿Qué había sido del doctor Clarke?

¿El Rato y yo podríamos seguir sus pasos?

¿Cómo?

Era una locura. Sin embargo, al día siguiente, a las ocho de la mañana, me senté en un banco delante de la fuente, desde donde podía observar el arco principal del hospital.

El doctor Brown entró un momento después, puntual como siempre, sosteniéndose en dos bastones. Había llegado a pie, como si a su edad los gamberros de los Barrios Altos ya no pudieran hacerle daño.

–Niña –me saludó.

Llamaba así a todos, también al profesor De la Torre y, en realidad, en comparación con él todos éramos niños. El doctor Brown era un señor de otra época que, vete a saber por qué, se encontraba en la nuestra.

–¿Le importaría sentarse un momento? –pregunté con voz temblorosa–. Querría preguntarle algo.

–Cómo no, cómo no. –Sonrió–. A mi edad, la posibilidad de sentarse nunca se rechaza.

Se sentó en el banco y apoyó los bastones. Después, me lanzó una mirada recelosa desde detrás de las gafas y yo comprendí. Ya sabía lo de mi enfermedad. Y se sentía cohibido al encontrarse allí conmigo.

–Verá, ya me lo han dicho todo —me adelanté–. Sé que me quedaré ciega y que después me ocurrirán otras cosas feas entre las que se encuentran terminar en una silla de ruedas como Carlos y volverme tonta y después morir. Porque no tiene cura. –Lo miré directamente a la cara–. Es así, ¿verdad? No hay tratamiento. Solo paliativos.

Él suspiró.

–Los médicos nos dedicamos a luchar una batalla que está perdida desde el principio. Buscamos alejar lo máximo posible de nuestros pacientes algo que, por desgracia, al final siempre llega. Y es igual para todos.

–Sí, claro, pero no le he preguntado eso. Lo que quiero saber es si hay una cura para mi enfermedad.

El doctor reflexionó sobre ello durante un buen rato.

–¿Te han enseñado en la escuela qué son las células?

Asentí.

–Son… los ladrillitos que forman nuestro cuerpo, ¿no?

Sonrió.

–Eso es. Miles de ladrillitos muy sofisticados: como modernísimas fábricas en miniatura. Y, como las fábricas de verdad, además de otras cosas útiles producen también materiales de desecho. Basura. Por desgracia, tu enfermedad impide a las células hacer la limpieza de forma eficiente. Cuando hay demasiada basura, se acumula y estas dejan de funcionar.

Era la primera vez que alguien me explicaba de forma clara lo que me estaba pasando. Y era aún más terrorífico que las palabras difíciles que había leído en aquel maldito libro.

–Y ¿no... no hay... ningún modo de que nosotros hagamos... esa limpieza?

–En el futuro, quizá se encontrará un modo. Pero, por ahora, me temo que aún estamos muy lejos. Por tanto, no, para tu enfermedad no hay cura. Lo siento muchísimo.

Se dio la vuelta frunciendo los ojos ante el primer sol de la mañana. Quizá se esperaba que me echaría a llorar (en efecto, tenía muchas ganas de hacerlo), pero aún tenía una pregunta sobre algo completamente distinto.

–¿Se acuerda de un médico que se llamaba Robert Clarke? Trabajaba aquí, en el Santo Toribio, hace ya un tiempo.

De repente, se irguió. Después, lentamente, asintió.

–Robert..., claro. Un doctorcito muy joven.

Vaya, pensé. Entonces Brown era *realmente* viejo.

–En aquella época odiaba alejarme de mi clínica de Luisiana: un hombre-medicina no debe dejar nunca su tierra de magia... Eso me habían enseñado los nativos. Pero un compañero del Santo Toribio había insistido y había conseguido convencerme de venir aquí durante algunos meses. Entonces, esto era un hospital general, no una clínica especializada, y puesto que Robert y yo éramos los dos neurólogos y los únicos gringos, extranjeros..., en fin, nos unimos mucho. Era un joven muy competente, pero inquieto, no conseguía estarse parado...

Lo interrumpí:

–Estaba obsesionado con la selva, ¿no? Había hecho varias expediciones a la jungla amazónica en busca de plantas medicinales. Y partió para una de estas en 1941, durante la Segunda Guerra Mundial...

El doctor Brown estiró el brazo para coger uno de sus bastones y lo hizo girar entre las manos, me recordó a un *scout* encendiendo un fuego.

–Sabes ya muchas cosas –exclamó–. Sí, sí, es verdad. Fue su último viaje. En el sentido de que nunca regresó de la selva y, que yo sepa, nadie supo nada más de él. Yo, si sirve de algo, intenté detenerlo de todas las maneras posibles. Había guerra, la situación era complicada, y si la Amazonia siempre es un lugar sumamente peligroso, imagínate entonces. Pero Robert ya había estado allí y tenía muchas ganas de volver. Tenía un amigo, Miguel Castillo, junto al que había vivido muchas cosas, y estaban convencidos de que el último viaje les llevaría a hacer descubrimientos sensacionales. Partieron hacia Cuzco...

¿Es ahí donde debe irse si se quiere entrar en la jungla? –pregunté, quizá demasiado rápido.

El doctor sonrió:

–La selva amazónica tiene más de cinco millones de kilómetros cuadrados. Ocupa un tercio de este continente, por eso, existen muchas formas de acceder a ella. Una es por Cuzco, que es una ciudad entre las montañas, a más de tres mil metros de altura. Hoy se puede acceder en avión, pero hace tiempo llegar allí era arduo, por así decirlo. Miguel Castillo vivía allí cerca, en Machu Picchu...

–Aguas Calientes –lo corregí yo, recordando el diario de Clarke.

–A Aguas Calientes también se lo conoce como Machu Picchu Pueblo... El famoso parque arqueológico se encuentra allí cerca. Es una de las maravillas del mundo.

Qué pena que no me interesara la arqueología. Yo solo quería saber más sobre el doctor.

–Así que Clarke partió con Miguel hacia Aguas Calientes. Y después ¿qué ocurrió?

–Por allí pasa un río, el Urubamba. Y si sigues su curso se llega al bosque. Este era su plan. Pero no sé nada más.

—¿Cuál era el objetivo de la expedición?

—Tampoco sé eso.

—Miente —lo desafié—. Usted lo sabe muy bien.

Muy lentamente, Edward Brown sonrió.

—No se te puede ocultar nada, niña. De todas maneras, tras la partida de Robert, volví a Luisiana y permanecí allí durante más de treinta años. Después, en un congreso conocí a De la Torre y me convenció para que volviera. Solo entonces supe que Robert había desaparecido.

Asentí.

—Supuso un gran dolor para mí. Era una persona especial, y en todos aquellos años siempre había tenido la esperanza de que su investigación hubiera tenido éxito. Sin embargo, como te decía, no sé hacia dónde se dirigía Robert cuando dejó Aguas Calientes, en la provincia de La Convención. No tengo información exacta y no sé si llegó.

—¿Y la flor perdida?

Ahí estaba, al fin. El quid. La verdadera pregunta. Mi corazón tamborileaba fuerte.

—Ah. Es una leyenda bastante conocida entre los neurólogos... La infusión milagrosa que cura todas las enfermedades. Qué pena que nadie la haya visto nunca. Tampoco nadie sabe cómo llegar al misterioso pueblo de K. Además, aparte de la inicial, ni siquiera se conoce su nombre.

Contuve el aliento.

Debía preguntárselo. Necesitaba hacerlo. Pero si me respondía que no... ¿qué me quedaría entonces? No obstante, entre saber y no saber, prefería saberlo de todas maneras.

—Si la flor existiera..., finjamos que existe. ¿Cree que... podría... curarme? —pregunté.

El doctor Brown me cogió de la mano. Su piel era gélida y seca.

—Niña, me recuerdas muchísimo a una amiga de la infancia. Tienes la misma expresión, la misma valentía, y sabe el cielo que la necesitarás. Así que te diré la verdad: podría ser. Desde un punto de vista médico, para descubrir si la flor es realmente un fármaco, habría que recoger una muestra, analizarla, hacer experimentos y pruebas de laboratorio. Pero no es la forma adecuada de verlo. El hecho es que los chamanes no obran en este mundo, sino en otro, y sus curas pertenecen a ese plano dimensional. ¿Entiendes lo que digo?

Negué con la cabeza. Mi corazón todavía tamborileaba.

–Intentaré explicártelo de otra manera. Los chamanes combaten sus batallas en el mundo de los espíritus, que es un lugar terrible y ultraterreno. Allí se esconden tesoros preciosos, pero también grandes peligros. Y a veces no se vuelve de allí. Por eso, ten cuidado, niña. Cuando tu alma está en juego, ni siquiera el chamán más potente puede señalarte el camino: lo debes encontrar tú. Sola.

Lo había entendido.

No era el doctor Brown quien podía decirme si partir o no, debía hacerlo yo misma.

–Le prometo que sabré decidir.

–Muy bien–. El doctor me sonrió y añadió–: Una última cosa. Creo que necesitarás un amigo. El Rato... Uno no se puede fiar de lo que dice con la boca, pero el corazón es siem pre sincero. Acuérdate de esto. Y buena suerte.

Agarró los bastones y los usó para enderezarse. Fue una operación lenta y complicada; después, el doctor dio un par de pasos temblorosos y me dijo una última frase que no llegué a oír.

En aquel momento solo tenía una cosa en mente: una flor que crecía en la selva.

Una flor milagrosa capaz de curar todos los males.

Y que ahuyentaría para siempre el miedo que me corroía por dentro.

Me quedaba en la residencia de los enfermeros a ver la televisión, porque en aquel momento ponían las repeticiones de unos dibujos animados en los que había aviones de guerra que podían convertirse en robots.

Pero las ventanas daban justo al patio de la fuente y vi a Laila corriendo hacia el doctor Brown. Él parecía nervioso al principio. En cambio, cuando terminaron de hablar, la nerviosa era Laila.

Quizá le había preguntado por mí, por qué parecía un paciente especial y dormía en la ferretería en lugar de con los demás, y por qué no vivía en la misma casa que él.

No. No podía ser. Precisamente él nunca habría desvelado el Secreto. Y Laila tenía otras cosas en la cabeza. Estaban hablando de la flor perdida, sin duda.

Esperé a que el doctor Brown se quitara de en medio y después me uní a ella con las manos en los bolsillos: tenía que hacer como si nada. Albergaba la esperanza de que no notara mi agitación.

—¿Cuándo partimos? —pregunté.

Laila hizo el amago de responderme, pero se mordió los labios. Sacudió la cabeza.

–He hablado con tu padre. Ha sido... misterioso. Pero la flor del doctor Clarke..., en fin, podría existir de verdad. Y podría curarme. Quizá, es decir, en realidad es todo confuso: ha pasado mucho tiempo desde la partida de Clarke, y él y Miguel Castillo habían recogido poca información y se basaba en indicios. –Puse una cara extraña y Laila se explicó–: Significa que no era una información de fiar. Y la nuestra es aún peor. He pedido consejo a tu padre y él me ha contado una historia extraña sobre los chamanes que no curan en nuestro mundo.

–Sí, a veces lo hace. Los chamanes son su *hobby*.

–Pero al final ha dicho que era mi decisión.

–Nuestra. –Sonreí y le apoyé una mano en el hombro–. Te digo cómo lo veo yo: tienes razón, disponemos de pocos indicios. Prácticamente solo el nombre de una provincia. Encontrar en la jungla a dos tipos que se perdieron hace cuarenta años es una empresa desesperada. Solo que nosotros también estamos desesperados. Tú, porque has descubierto esta porquería de enfermedad, y yo...

–¿Tú? –me interrumpió con el ceño fruncido por la sospecha–. Pensaba que la flor serviría para curarte. Como a mí.

–Es más complicado –gruñí–. Yo... tengo mis motivos.

–Pues quiero saberlos. Debo saber por qué estarías dispuesto a dejar este lugar y partir conmigo.

Suspiré.

–Rato, si no me lo dices, no haremos nada.

No podía. De verdad que no. Contarle el Gran Sueño no estaba sobre la mesa. Pero...

–Necesito mucho dinero –confesé–. O al menos, un poco. Y si esa flor existe, y si conseguimos traerles una a los doctores para hacer una medicina de verdad con ella, entonces nos haremos ricos. Es eso lo que necesito.

–¿Lo has hablado con tu padre?

–¿Con el doctor Brown? Claro que no. No es algo que pueda ir contando por ahí. Es cosa mía. Un secreto. Yo también puedo tener uno, ¿no?

–Tengo ahorros aquí conmigo... Los cogí cuando volví a casa...

–Genial, porque yo no tengo nada. Tú pones el dinero para pagar el viaje, y yo, mi experiencia y mi célebre astucia. De este modo, si encontramos la flor, tú te curarás y yo me volveré millonario. Es un buen trato, en mi opinión. Y si no encontramos nada..., no habrá sido peor que habernos quedado aquí.

–¿Y nuestros padres? ¿Qué dirán?

A eso no le respondí, era asunto suyo.

Pasó un momento muy largo, en el que casi podía ver los pensamientos que centelleaban en su cabeza. Parecían relámpagos eléctricos.

Después me miró, con esos ojos profundamente claros, y dijo:

–Si debemos irnos..., entonces..., ¿cuándo... deberíamos hacerlo... según tú?

–Esta noche –decidí–. A las doce en punto. Te espero bajo el cenador, después saldremos por la verja de las ambulancias.

Había soñado muchas veces con hacerlo. Abrir la verja y salir al mundo donde nunca había estado.

Y ahora, el momento había llegado.

¡FIUUUM!

Me di la vuelta.

–¿Adónde vas? –preguntó Laila.

–Debo despedirme del Santo Toribio –respondí.

–¿Te refieres a los chicos del Nido?

–No, a ellos es mejor no decirles nada. Querrían venir con nosotros e imagínate el desastre. O bien jurarían que guardarían el secreto, pero después... No, no. Boca sellada con todos. –Me volví hacia el hospital–. Quiero darme una última vuelta. Este lugar ha sido siempre mi casa. Y no sé cuándo lo volveré a ver.

Pasé el día con mamá, sentada a su lado. Me esforcé por leer el último libro del señor Tanaka, *Panky y el guerrero*, de Ciro Alegría. Siempre lo había dejado de lado porque la historia no me interesaba demasiado, hablaba de un pueblo de la Amazonia que era atacado por una serpiente gigante. Pero, puesto que El Rato y yo queríamos ir precisamente a la jungla, tal vez podría encontrar en él información útil.

En un determinado momento se me ocurrió una idea y cogí el walkman del bolso de tela. Dentro estaba la cinta de rock peruano que ya había escuchado demasiadas veces. La rebobiné y después pulsé el botón de grabado: el micrófono se activó y la cinta empezó a girar.

–Mamá –dije.

–¿Sí, Laila?

–Te quiero mucho.

–Yo también, cariño. Muchísimo.

Suspiró.

–Y verás como superaremos también esto...

Empezó con una cantilena sobre nuevas curas, pastillas y experimentos. Desde que había descubierto el diagnóstico, la enfermedad se había tragado todo el espacio entre nosotras. Porque ella aún esperaba que un médico pudiese curarme. Sin embargo, yo, después de haber hablado con el doctor Brown, sabía la verdad. No necesitaba una cura, sino un milagro. Y debía ir a buscarlo yo misma.

Pero la dejé hablar, y al final apreté el botón de stop. Así, la cinta, en lugar de una canción de los Frágil, tenía la voz de mamá, y podía llevarla conmigo y escucharla cuando quisiera. Y puesto que los ojos me funcionaban cada vez peor, mis oídos eran aún el mejor modo de recordar (tenía la esperanza de que aquello me diera fuerzas en los momentos difíciles).

Cuando terminó el día, la abracé muy fuerte y ella solo dijo:

–Hasta mañana.

Entonces yo ya no estaría allí, y ojalá ella se acordara de esta última despedida.

–Perdóname si hago que te preocupes –dijo bajito mientras se subía al coche, ya lejos de mí–. Pero todo irá bien y volveré pronto. Lo prometo.

Me quedé mirando cómo desaparecía el coche al otro lado de la verja, después volví a la sala. Me sentía ligera y pesada al mismo tiempo.

Me negué a jugar una partida de Truco con Carlos; en cambio, saqué la maleta de debajo de la cama. Jabones, pijamas... No me serviría nada de todo eso. Cogí el diario del doctor Clarke, el cepillo de dientes y las pilas de repuesto para el walkman, después lo puse todo en el bolso de tela de los osos bordados.

Compraría lo demás por el camino.

A las nueve estaba ya en la cama. Esperaba ser capaz de dormir un poco; en cambio escuché a Fortuna quejarse por la jaqueca y memoricé los ruidos de la habitación, que se iban apagando poco a poco.

¿De verdad lo vas a hacer, Laila?

Te estás quedando ciega. ¡Morirás, morirás, morirás! ¡Es peligroso! ¡Te descubrirán! Te castigarán… Te matarán. ¡Tienes miedo! ¡No puedes hacerlo! puedes hacerlo! ¡Nunca has viajado sola! Además, estás enferma… ¿Quieres partir? ¿Irte de aquí? Y ¿qué te ocurrirá? Solo eres una niña…

Las luces de la habitación se apagaron, excepto las de emergencia, verdes, que siempre estaban encendidas para que los enfermeros pudieran controlarnos.

Pero estos pasaban solo un par de veces y, el resto del tiempo, estábamos solos. Lo sabía porque había pasado muchas noches despierta en aquel lugar.

Me deslicé fuera de la cama y me puse la ropa «de salir» (en el hospital llevaba siempre el pijama): los vaqueros, una camiseta de manga corta y las Converse Chuck Taylor como las de Marty McFly en *Regreso al futuro*. Había vuelto a ser una chica normal. O eso esperaba.

En aquel instante vacié el resto de la maleta sobre la cama y lo metí todo debajo de la sábana, de modo que pareciese una niña durmiendo. En realidad, siguió pareciendo solo una maleta y libros y camisones amontonados. Tendría que conformarme con eso.

Las luces de emergencia eran tenues, y por culpa de mis ojos enfermos me parecía que todo estaba oscuro y no veía casi nada. ¿Dormían los demás? ¿O habría alguien despierto? ¿Estaba segura de querer hacerlo?

Mis pies decidieron por mí, se movieron solos hacia la salida.

Crucé el pasillo y nadie me paró.

Casi me di de bruces con el reloj que estaba colgado cerca de la puerta. Las manecillas fosforescentes marcaban las once y cuarenta y ocho. El cuadradito debajo de las manecillas decía 24 JUN.

Abrí la puerta y me arrastré hacia fuera. El patio de la fuente era un pozo de oscuridad. Malditos ojos. ¿Cuándo había empeorado tanto?

Dejé atrás la capilla arrastrándome a lo largo de los muros como una sombra. Llegué al aparcamiento de las ambulancias y me agazapé cerca del cenador. A la espera.

Ahora solo faltaba El Rato.

¿Se presentaría o no?

Quizá a fuerza de despedirse del Santo Toribio le hubiera entrado nostalgia y hubiese decidido echarse atrás.

Esperé.

Un minuto, dos, tres.

¿Diez?

Me parecía escuchar el tiempo que pasaba.

–Psst.

Tan bajito que no me enteré a la primera.

–Ey, Laila. Soy yo.

–¿Cómo?

–¡Soy yo!

Me sobresalté.

–Pero, bueno, ¿eres tonto? Casi me da algo...

–Oye, que eres tú la que no se enteraba.

Se acercó lo suficiente para que pudiera verlo.

Iba vestido como siempre, con las sandalias de plástico, los pantalones deformados, la camisa arrugada.

–¿Quieres irte así? ¿No tienes zapatos de verdad?

Me miró mosqueado.

–Está bien, no importa. Ya compraremos unos luego.

–Y bien, ¿cuál es el plan?

–Salgamos de aquí. ¿Tienes la llave de la verja?

Sacó el habitual mazo de llaves.

–¿Y después?

–Cogemos un taxi. Vamos al aeropuerto. Nos montamos en el primer avión que vaya a Cuzco.

–Yo no he cogido nunca un vuelo... –dijo mirándome con perplejidad.

–No es nada del otro mundo. Es como subir a un autobús. Solo que vuela.

–¿Y si se cae?

Me reí.

–No ocurrirá.

–¿Y si para subir a un avión nos piden documentos? Yo... –respiró profundamente–. Yo no tengo papeles.

Me reí otra vez. La idea me parecía realmente extraña.

–El pasaporte solo es necesario para los vuelos internacionales. Cuzco está en Perú, así que no nos pedirán nada. Fíate de mí, yo ya lo he hecho mil veces. Funciona así. Solo hay que ir al mostrador y coger los billetes. Yo me encargo.

La cara de El Rato se relajó un poco, tenía la esperanza de haberlo tranquilizado porque tenía prisa por moverme, cada minuto nos arriesgábamos a que nos descubrieran. Ahora ya no tenía dudas, solo me moría por salir de allí rápidamente.

–Laila –murmuró–. ¿Te he contado por qué siempre me han llamado El Rato?

–Porque tu nacimiento fue el momento más importante para tu madre.

–Exacto –asentí–. Y un día yo también encontraré mi momento más importante. Y quizá sea justo ahora.

Me sonrió, levantó la llave ante su cara y la metió en la cerradura.

La abrimos muy despacio, para no hacer ruido, lo necesario para escabullirnos y sumergirnos en un pozo de oscuridad absoluta.

Pero me entró el pánico.

–El Rato..., no veo... ¡nada!

–No está tan oscuro.

–Pero ¡yo no veo!

Me cogió de la mano.

–No importa, vamos. Yo te ayudo. Pero ¿adónde vamos? ¿Dónde están esos taxis?

¿Cómo iba yo a saberlo? Recordaba que la verja posterior daba a la calle Amazonas, y que el río debía de estar justo delante de nosotros... Pero ¿por dónde se salía de los Barrios Altos? ¿Hacia dónde convenía ir?

–No importa –repitió El Rato–. Probemos hacia la izquierda.

De esta forma, nos encaminamos hacia un alud de pintura informe, al menos para mí. Mientras tanto, yo solamente pensaba en que estábamos solos en los Barrios Altos, y que yo iba cargada de dinero, por lo que alguien podía agredirnos, golpearnos, robarnos, matarnos... Me entró la risa: me encontraba precisamente en esa tesitura porque estaba a punto de morir. Solo tenía la esperanza de que no le hicieran daño a El Rato.

Caminamos rápidamente, yo lo seguía cogida de la mano y escuchando sus consejos.

–Escalón. Agujero... Saltito. Cuidado... Doble escalón...

Fuimos a parar a una calle aún más oscura que la otra. Después, la noche se iluminó con los faros de un coche.

–¿Es un taxi? –preguntó El Rato.

–¡Taxi! ¡Taxi! ¡Taxiii!

Sacudí la mano, pero el coche nos adelantó a toda velocidad.

Quizá no fuera un taxi, o tal vez no se fiara de recoger a dos niños en mitad de la noche en los Barrios Altos. Quizá pensó que los delincuentes éramos nosotros (cosa que podría haber sido cierta si hubiéramos sido otros niños).

Continuamos caminando a ciegas, yendo siempre todo recto y siguiendo el río, tarde o temprano saldríamos del barrio.

–¿Estás segura?

–Claro.

Bueno, en realidad, más o menos.

Pero cuando te has perdido, lo único que puedes hacer es tener fe.

Y yo la tenía.

Por Primera Vez había dejado el Nido.

Había abierto la verja y había salido. Al mundo de verdad.

Había imaginado tantas veces reunir el coraje para hacerlo... Después, siempre me había echado para atrás. Bueno, decían que los Barrios Altos eran peligrosos y claramente yo no quería dejarme la piel allí. Un poco era por eso, un poco porque... un niño como yo, con mi Secreto, ¿adónde podía ir? Para eso era mejor quedarse en el hospital.

Y, sin embargo, ahora estaba allí. De verdad.

Cruzamos una calle completamente oscura, que era casi como correr entre los ambulatorios de noche, cuando no hay nadie y las ventanas están todas cerradas. Pero después salimos a otra calle grande, iluminada por farolas, y delante de mí había mucha luz y una franja de asfalto con seis carriles, automóviles de todos los colores pasaban tocando el claxon, casas muy altas, personas caminando, chicas con faldas cortas, viejos...

Nunca había visto a tanta gente a la vez. Aquel ruido. Así era el mundo, pensé.

Laila decidió volver a intentar llamar a un taxi y se puso a agitar los brazos como una loca.

¡SKRIIIK!

Esta vez un coche rojo como una cereza se paró enseguida cerca de la acera y bajó la ventanilla.

–¿Qué haces por aquí a estas horas, niñita?

–Nos hemos perdido –dijo Laila–. Mis padres me esperan en el aeropuerto. ¿Puede llevarnos hasta allí?

–Si tenéis dinero.

Ella sacó un billete y el tipo sonrió.

–Subid.

Entonces Laila se metió en el asiento de atrás, y yo la imité.

Un millón de Primeras Veces me asaltaron por todas partes. Primera Vez en un coche. Primera Vez en un taxi. Aquellos asientos eran blandos y pegajosos por el plástico.

El tipo arrancó a toda velocidad. El paisaje desde las ventanillas fluía muy rápido.

–¿Cómo habéis hecho para perderos? Estáis muy lejos del aeropuerto... y casi en el límite de los Barrios Altos. Una calle más allá y os habrían atracado seguro.

–Es... es... –balbuceé.

–Una historia demasiado larga para contarla –exclamó Laila.

El taxista asintió.

–De acuerdo, si no queréis hablar, a mí me da igual. Vosotros sois los clientes.

El viaje continuó en silencio y aproveché para mirar las calles, las casas y la noche.

Lima.

Aquella ciudad donde había pasado toda la vida sin poder verla nunca ¡era muy grande! Cuando la miraba desde lo alto, desde el techo de Neuromotricidad, siempre intentaba multiplicar el hospital en mi cabeza. Porque debía de ser así Lima, en mi opinión: un lugar diez, cien, mil veces más grande que el Santo Toribio.

En cambio, la ciudad verdadera era... infinitamente inmensa.

Y daba miedo.

Había bares con señales luminosas, casas con rejas en las ventanas y coches en los jardines, viejos autobuses, restaurantes aún abiertos a aquellas horas con mesas en las aceras.

Yo no conocía ninguna de aquellas cosas, y mucho menos había estado allí, y, para cerrar el círculo, si había algo que hacer, yo seguramente no sabría nada del tema.

Tenía miedo.

Era todo demasiado grande. Confuso. Incluso diferente.

No era un lugar adecuado para El Rato. Quizá.

Pero ¿qué se me había pasado por la cabeza?

El taxi se paró delante de un edificio bajo y largo, Laila entregó al hombre el billete que le había enseñado antes y me dijo que me bajara. A paso ligero se dirigió hacia las puertas automáticas del aeropuerto.

Yo, por el contrario, me quedé allí parado, encandilado, en la acera.

–Venga, ¿qué tienes?

Agaché la cabeza. No sabía bien cómo explicárselo, por dónde empezar.

Pero ella me sonrió.

–Está bien, no importa. En el hospital estabas en tu territorio y sabías siempre adónde ir, ¿verdad? Sin embargo, este es *mi* territorio. He viajado muchas veces en avión con mamá y el señor Tanaka. Sé hacerlo. Ya verás.

Me arrastró dentro del aeropuerto, entre viajeros con aire cansado y grandes maletas de colores sobre carros portaequipajes.

Para mí, aquellos carritos eran maravillosos. Yo también habría querido usar uno.

–Crees que podría… –pregunté, pero Laila ya había ido hacia unos paneles que eran como pizarras, pero también como televisores.

–Ahí está –dijo–. Vuelo 215 de Lima a Cuzco. Aerolínea Faucett Perú. Salida a las siete, lo que es perfecto.

—¿Por qué?

—A esa hora aún no se habrán dado cuenta de nuestra desaparición... Las visitas no empiezan hasta las ocho. Y cuando vean que no estamos, ya será demasiado tarde.

—Claro.

Laila parecía estar en su ambiente, yo estaba sorprendido. Buscó entre los varios mostradores de la oficina de billetes, encontró el de Faucett y se acercó para dirigirse a una señora de ojos adormecidos que estaba sentada detrás.

—Dos billetes para Cuzco, en el vuelo de mañana a las siete —profirió Laila.

La Adormecida se restregó la cara.

—Eh..., niñita..., perdona si te lo pregunto, pero ¿dónde están tus padres?

Yo me estremecí. Laila, en cambio, miró a su alrededor, después se encogió de hombros.

—No están.

La Adormecida puso los ojos en blanco y Laila dudó, entonces entendí que necesitaba lo que a mí se me daba mejor: una mentira.

—No están porque nos ha acompañado al aeropuerto...

—La gobernanta —sugirió Laila.

—... la gobernanta. Que ahora está en el baño con su hermana pequeña. Está *vomitando*. —Puse cara de asco—. Y puesto que es muy tarde, tiene prisa por acompañarla a casa. Por eso nos ha mandado a comprar los billetes. Pero no para ellas. Tata y su hermana se quedan aquí, en Lima.

La Adormecida estaba perpleja y puso un gesto extraño.

—Pero se necesita mucho tiempo —objetó—. Si esa señorita viene a hablar conmigo, en un segundo...

Sentía vergüenza porque ni siquiera sabía lo que era una gobernanta.

Sin embargo, Laila se apoyó en el mostrador y, sacando un tono brusco y autoritario, bufó:

–Escuche usted. Le hemos explicado la situación. Mis padres son personas muy importantes, y si me hace perder el tiempo estarán *realmente contrariados*. Emita enseguida dos billetes para mí y para mi amigo. Primera clase.

No podía creérmelo.

Tampoco la mujer del mostrador.

–¿Primera... clase?

Laila sacó un rollo de dólares de la mochila y lo dejó de golpe sobre el estante.

–Exacto.

La mujer se puso a revisar el registro que tenía delante, a toda velocidad.

–En primera quedan solo dos sitios en la fila de fumadores.

–Ufff –resopló aún más fuerte Laila–. Si no hay nada mejor... Al menos que estén cerca. Y uno en ventanilla. Mi amigo no ha volado nunca.

–Claro, señorita. Inmediatamente. ¿Su nombre?

–Maria Olaffson. Es un nombre extranjero, mi padre es diplomático. Y mi amigo...

–¡Juan Antonio Cristóbal Fujiama! –exclamé yo inspirado.

No fue necesario nada más, y un minuto después teníamos en la mano los billetes.

En el mío ponía exactamente Juan Antonio Cristóbal Fujiama. Fila 4, asiento A, ventanilla.

–Bueno, ¡has estado fantástica! –le dije en cuanto nos alejamos–. ¿Cómo lo has conseguido?

Laila se encogió de hombros.

–Tú también has estado bien, con la historia de la hermanita que vomita... No sé cómo se te ha ocurrido. Y lo demás... Me he acordado de cómo hace mi madre cuando viaja por trabajo. Ella nunca pide, exige.

–¡Pues lo has conseguido! ¡Y lo que! Quería obedecerte hasta yo.

Nos empezamos a reír mientras nos dirigíamos a la zona

de salidas. Nos paramos delante de un banco en transversal, donde nos acurrucamos uno cerca del otro, con el bolso de tela en medio para tenerlo a salvo.

Aquella noche ocurrieron miles de cosas nuevas y me sentía muy cansado, pero también estaba demasiado excitado para conciliar el sueño.

–Es todo increíble –dije–. Entonces… volaremos… ¿Nos iremos de aquí? ¿De verdad?

–Cuando amanezca anunciarán la puerta de embarque, que es por la que se sube al avión. Cada una tiene un número, por lo que tendremos que prestar atención a las pantallas. Verás que es fácil.

–Y ¿cómo es volar?

–Como subir a un tiovivo. Solo que va mucho más alto. Incluso más que las nubes.

Volar. Aún no me lo podía creer.

Laila se durmió, yo me quedé mirando la pantalla porque quería ver cuándo anunciarían la puerta de embarque por donde teníamos que entrar, justo como ella había dicho. Solo que al final resultó que estaba mirando la línea equivocada, la nuestra ya la habían anunciado y llegábamos tarde. Laila se levantó gruñendo que no se podía fiar de mí y echamos a correr; cuando llegamos, ya habían empezado a subir los pasajeros y la azafata revisaba los billetes de primera clase.

Nos pusimos en la fila con ellos.

–Pero bueno, ¿dónde están tus padres? –dijo la azafata cuando fue mi turno.

–No están –respondió enseguida Laila detrás de mí–. Nos ha acompañado la gobernanta, pero ella se queda en Lima. Ya nos hemos despedido. Los padres de mi amigo nos esperan a la llegada en Cuzco. Aquí están nuestros billetes de primera clase.

–Ah, claro. Sí, sí.

Nos despidió con una sonrisa alentadora y nosotros nos dirigimos al otro lado de la puerta de cristal y después enfilamos el pasillo que llevaba al avión. Desde las ventanas incluso conseguía verlo. Un gran torpedo con los motores sobre la cola y los colores de la compañía, blanco y anaranjado, con un letrero encima, en letras alambicadas: Faucett.

Ya había visto aviones, claro, en las revistas y en la televisión. No es que hubiera vivido en una caverna. Pero encontrarme ante uno de verdad, bueno, ¡era muy diferente! Entre todas las Primeras Veces, esta era sin duda la mejor.

Laila me obligó a moverme y finalmente subimos a bordo, llegamos a nuestros sitios en la sección de fumadores, que parecía una fila como las demás, solo que quien se sentaba allí podía fumar. De hecho, mi asiento apestaba a tabaco.

Una señorita amable vino hacia nosotros con una sonrisa deslumbrante.

–Ay, qué chicos tan valientes –exclamó con amabilidad–. Me han dicho que viajáis solos, ¿verdad?

–Mis padres vendrán a recogernos en cuanto aterricemos –respondí.

–Entiendo, sois muy valientes…

Hablaba como si fuéramos un poco tontos, pero no me parecía que fuese el momento de decirle nada.

–¿Tenéis hambre? ¿Puedo traeros algo para comer?

–Bueno, ¿por qué no? –respondí–. No hemos desayunado.

–Entonces, tendréis hambrecita.

¿Hambrecita?

–Enseguida os traigo algo –añadió, y después se alejó.

Al final, me encontré entre las manos un brioche que sabía a plástico, una tortilla que sabía a plástico y un zumo de fruta que sabía, en fin, ya nos hemos entendido. Pero tenía tanta hambre que lo engullí todo, incluso la tortilla de Laila, que ella no quiso.

–Qué maravilla estar en el avión –exclamé.

Laila me lanzó una mirada y me enseñó a abrocharme el cinturón; después, la señorita que nos había dado de comer se puso a hacer un extraño baile con las manos para indicar las salidas de emergencia.

En aquel momento, al señor que estaba sentado a nuestro lado, en la otra parte del pasillo, lo obligaron a apagar el cigarrillo para prepararse para el despegue, y el avión empezó a moverse.

Pegué la cara a la ventanilla.

Fuera era una mañana gris, las pistas del aeropuerto estaban cubiertas de la habitual neblina de Lima.

–¡Salimos! –exclamé. Laila sonrió: –Eh, sí. –El avión cogió velocidad sobre la pista. Los motores rugieron.

Después el morro apuntó hacia arriba y nos separamos de la tierra, derechos al cielo y a una aventura y a una leyenda y

...ío y a una flor que yo esperaba que existiera de verdad quién sabía dónde, allá fuera, para salvarnos la vida.

SEGUNDO ESPÍRITU
EL APU

Andes, Perú
Junio, 1986

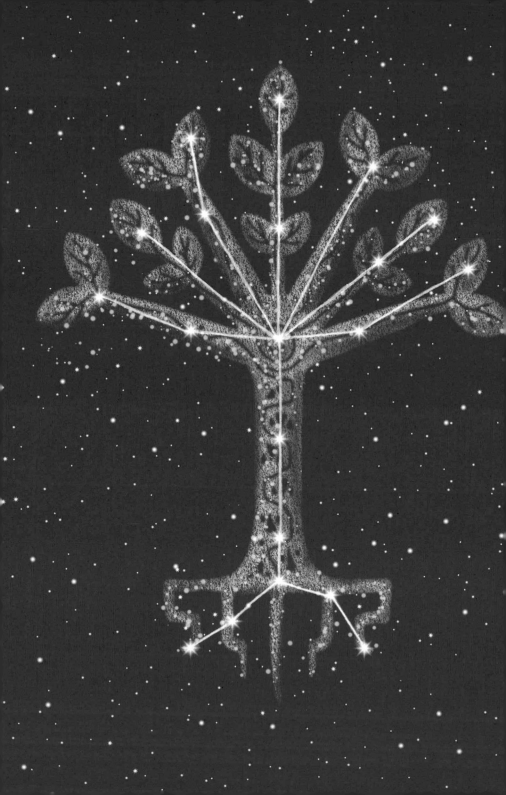

Aquella noche fui a cazar a la selva.
Corrí durante horas en la oscuridad y entre las lianas,
hasta que llegué al claro del árbol del mundo.
Junto a sus raíces, me paré a descansar.
—¿Duermes, jaguar? —dijo el árbol—. Hay quien
esta noche no pega ojo y alza el vuelo.
—¿Hablas de un pájaro?
—Hablo de dos chicos. Han comenzado
un viaje largo y difícil.
Entendí que se trataba de la historia
de la que ya me había hablado el cóndor.
—¿Tres espíritus los protegen? —pregunté.
El árbol no respondió.
En cambio, dijo: —Ten cuidado, jaguar.
Su historia es también la tuya.
Te espera una gran batalla.

–¡Señorita! ¡Señorita!

–¡Taxi para el hotel!

–¡TAXI! ¡TAXI! ¡TAXI!   –¿Taxi?

–¡Taxi para los hoteles!

–¡Precio especial!

–¿Hotel-taxi-hotel? –¡Los mejores hoteles de Cuzco!

–¡TAAAXIII!

–¡Por aquí! ¡Taxi! ¡Taxi!

Gritaban.

Se agolpaban fuera del aeropuerto y sacudían las manos para llamar la atención.

Eran muchos.

Me bloqueé, confundida. Sin embargo, El Rato pasó delante como si no hubiera nada y un señor lo agarró, empujándolo entre la multitud.

–¡Ey! –grité–. ¿Adónde vais?

El Rato sonrió mientras lo empujaban.

–Es un taxista. Nos llevará al hotel.

Me subió a la boca el sabor ácido del pánico.

–Pero ¡nosotros no tenemos ningún hotel! No sabemos adónde ir.

–Ah…

El Rato se bloqueó, el señor intentó empujarlo y después me vio.

–¿Taxi, señorita bonita? Os llevo yo. Si no sabéis adónde ir, os aconsejo un buen hotel.

–¡Déjeme… en paz!

El hombre se agachó para mirarme, tenía una camisa azul arrugada.

–Señorita, ¿pasa algo?

–¿No la has oído? Déjala en paz –intervino otro más joven–. Yo los llevo a la ciudad.

–¡Conozco todos los hoteles!

–¡Venid conmigo!

–¡Por aquí, taxi!

–¡TAXI!

–¡Descuento para taxi!

–¡Los mejores precios!

Eran demasiados.

Los empujé a un lado y eché a correr, golpeé alguna espalda, alguien protestó, corrí más rápido.

–¡Laila! Espera, ¿adónde vas?

No lo sabía. Crucé todo el aparcamiento y, al llegar a la calle, seguí corriendo.

–¡Laila!

El Rato me alcanzó y me agarró de un brazo. Estaba aterrorizada, un miedo cegador que me hacía temblar. Y ahora que me había parado, mis piernas parecían de goma.

–¿Qué mosca te ha picado?

A nuestro alrededor había coches y tráfico. Una viejecilla vendía dulces en la acera.

–Me... me falta el aire –balbuceé.

–Es el soroche, el mal de altura –explicó la viejecilla–. Cuzco está muy alto. Y para una turista que acaba de llegar, ponerse a correr no es una buena idea.

–Había oído algo –exclamó El Rato, dándose aires de gran experto–. Aquí arriba hay menos oxígeno.

–Respira hondo –añadió la señora–. Y cómete uno de estos.

Me ofreció un caramelo envuelto en un papel verde. Decía: COCA CANDY – BUENO PARA EL MAL DE ALTURA.

Cuando era pequeña mi madre me había dicho que no aceptara regalos de desconocidos, pero ahora era todo diferente.

Tenía que calmarme, así que cogí el caramelo, lo desenvolví y lo chupé. Sabía a miel con un regusto amargo.

–No parece de Coca-Cola... Es como masticar hierba.

La viejecilla resopló:

–¿Coca-Cola? Está hecho de hojas de coca, auténticas y originales.

El Rato rompió a reír.

–Las hojas de coca para los peruanos son sagradas –continuó la señora–. Hacen que se te pase el dolor de cabeza y el mal de altura, dan fuerza. Las usamos desde hace siglos.

Le ofrecí dos monedas para comprarle un paquete entero de caramelos. No sé si fue por estos, o por lo absurdo de la situación, pero ya me sentía más lúcida. El miedo poco a poco se iba desvaneciendo.

–Ahora, ¿me quieres decir por qué has salido corriendo? –me preguntó El Rato mirándome seriamente–. Me has asustado.

Quizá fuera por esos ojos suyos atentos, el caso es que las palabras me salieron solas:

–He tenido miedo.

–Sí, eso lo he entendido.

–Es solo que... no sé qué hacer ahora. Según el cuaderno, una vez en Cuzco, Clarke quería llegar a Machu Picchu, es decir, al pueblo de Aguas Calientes, donde vivía Miguel Castillo. Entonces, deberíamos hacerlo nosotros también, y una vez allí buscar información sobre cómo continuar el viaje. Pero... ¿por dónde comenzamos?

–Paso a paso. Mientras tanto, intentemos conocer algo de esta ciudad. Después, nos haremos con un mapa y descubriremos cómo se llega a la próxima etapa.

Asentí. El Rato tenía razón.

Una camioneta de viajeros blanca y destartalada pasó delante de nosotros a toda velocidad. Viajaba con la puerta abierta y un joven agarrado fuera que gritaba:

¡CUZCO CENTRO! ¡CENTRO!

¡CUZCO CENTRO! ¡CENTRO!

Levanté la mano.

La camioneta derrapó a nuestro lado y después se detuvo, dejando una marca sobre el asfalto.

–¿Vais al centro? –pregunté–. ¿Plaza de Armas?

En todas las ciudades de Perú, la plaza de Armas es la principal.

El joven nos hizo una señal para que subiéramos y, así, El Rato y yo nos metimos dentro y la camioneta volvió a arrancar con agresividad.

Estábamos entre hombres que leían el periódico, niños con el uniforme escolar, viejas en vestidos tradicionales con sombreros de color cuero y la piel rayada por las arrugas. Nadie nos prestaba atención, El Rato estaba pegado a la ventanilla con cara de asombro.

Aunque mucho más pequeña que Lima, Cuzco también era una ciudad de verdad: calles anchas, casas con dos plantas de madera y piedra que se remontaban a la época de los conquistadores.

Nos apeamos en una gran plaza dominada por una iglesia con dos campanarios gemelos. La plaza estaba iluminada por el sol, varios turistas pálidos sacaban fotos a la iglesia, a sí mismos, o a ambas cosas. Bajo los pórticos de alrededor surgían oficinas de las agencias turísticas, restaurantes de aspecto caro, negocios de pacotilla. Más allá, los perfiles verdes de los Andes.

—¡Parece el lugar indicado para empezar las investigaciones! —comentó El Rato—. Y también para encontrar algo de comer, tengo un poco de hambre...

—Yo, sin embargo, tengo frío —me percaté.

En Lima nunca llovía y la ciudad estaba sumergida todo el año en una primavera perenne. Allí, sin embargo, había viento de montaña y yo solo llevaba una camiseta. El Rato, por su parte, llevaba sandalias, pantalones de tela y una camisa arrugada..., el retrato exacto de un niño que acaba de escaparse de un hospital. O de un manicomio.

—Ven —exclamé.

—¿Adónde?

—Ya lo verás. Nos vamos de compras.

Resultó que ir de compras solo quería decir comprarse ropa. Que, de todas formas, para mí era una Primera Vez.

Un señor aconsejó a Laila el mercado de Cuzco, que era una plaza pequeña cubierta por un techado donde había cientos de puestos.

Laila compró

Un poncho de lana de colores

Yo, por mi parte,

compré calcetines   pantalones de paño
de lana de alpaca

una camisa nueva de tela natural

un jersey con bordados

una mochila para
meter mis cosas

un gorro de lana con pompón

Que después fue lo que menos me gustó, pero Laila dijo:

–Tienes que cogerlo. Te esconde las orejas.

¿Por qué? ¿Qué les pasaba a mis orejas?

Laila decidió también que necesitaba zapatos. Era imparable. Pidió indicaciones para una tienda y, una vez dentro,
le pidió al dependiente que me hiciera probarme un montón. Al final eligió para mí unas botas de montaña que pe-
saban una tonelada.

Yo estaba cansado y hambriento como un puma, aunque
también me sentía todo un figurín. Vete a saber qué habrían
dicho en el Nido al verme así.

Volvimos al mercado porque había visto una zona donde
vendían solo cosas de comer, y había puestos donde hacían
batidos con fruta, y otros donde vendían ceviche, que es un
plato de pescado crudo escabechado con arroz y guindilla.
Ni Laila ni yo lo habíamos probado nunca y, en mi opinión,
estaba buenísimo; ella, por el contrario, hizo una mueca de
asco. Dijo que era demasiado ácido y picante, pero era precisamente eso lo bueno…

Me comí los dos platos, y puesto que ella aún tenía hambre, se compró una empanada rellena de carne y cebolla. Yo
también cogí una para hacerle compañía.

En aquel punto, había llegado la hora de ponernos en marcha.

Entramos en una librería y elegimos una guía turística de Cuzco y alrededores, después volvimos a la plaza de Armas y nos sentamos en los escalones de la iglesia para estudiar.

Acabábamos de abrir el libro cuando un jovencito vestido al estilo occidental, con botas de montaña y gorra, se nos acercó sonriendo.

–¿Puedo ayudaros? Me llamo Manuel y soy guía turístico, puedo llevaros donde queráis. Sacsayhuamán, Tambomachay, Puka Pukara, Moray...

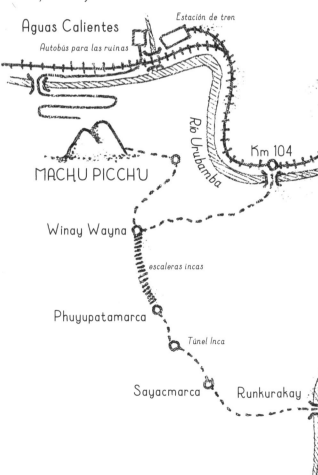

–¿También a Aguas Calientes? –me atreví a preguntar.

La sonrisa del chico se hizo más grande:

–Pero entonces ¡queréis ir a Machu Picchu! La ciudad perdida de los Incas, redescubierta en 1911 por el gran arqueólogo Bingham… ¡Una muy buena elección! Maravilloso. Imperdible. Si me permitís, sugiero que partamos mañana por la mañana desde Cuzco con el tren turístico de las siete. Nos llevará hasta el punto de inicio del Camino de los Incas. Desde allí, con una excursión de cuatro o cinco días, llegaremos a Machu Picchu justo al alba, para admirar la famosa Puerta del Sol…

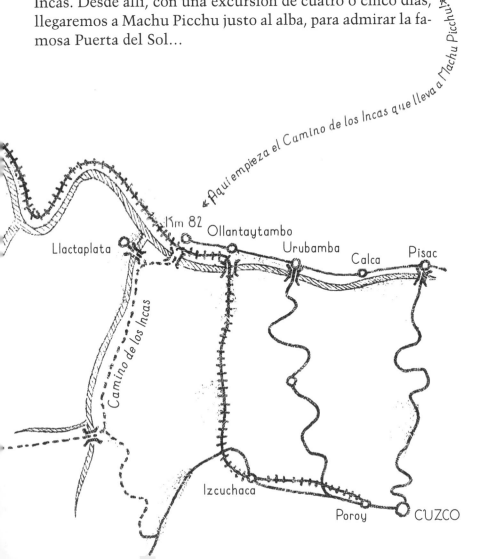

Hablaba tan de prisa que parecía una cinta grabada.

–¿No hay un modo más rápido de llegar? –preguntó Laila–. Es decir, ¿sin todos esos días de excursión?

–¡Obviamente, sí! Si preferís la comodidad, el tren puede llevarnos directamente hasta Aguas Calientes. Estaremos allí a las diez de la mañana, después, un lujoso autobús...

Miré a Laila, quería saber qué pensaba sobre aquello.

–Por mí bien –exclamó convencida.

–¡Perfecto! ¿Dónde están vuestros padres? ¿Los llamáis? **COFF COFF**, tosí un poco.

Las mentiras eran necesarias otra vez, así que me inventé una enseguida:

–Nuestros padres están ocupados. Son médicos, un trabajo muy difícil, no tienen mucho tiempo para nosotros y querían mandarnos de excursión solos. A nosotros dos. ¿Se puede hacer?

El joven se rascó la nariz; se veía que no le apetecía mucho acompañar a dos niños.

–Si llego a un trato con ellos, si dan su autorización...

Decidí cortar por lo sano; en mi opinión, no necesitábamos un guía, podíamos apañárnoslas muy bien solos.

–Está bien, más tarde los llamaremos –exclamé.

–Si queréis os acompaño...

–No, no. Gracias. Como si ya hubiésemos aceptado.

–Pero yo...

–De verdad –sonreí–. Ningún problema. Dentro de poco vamos y después volveremos. Te buscaremos nosotros, no te preocupes.

Mientras tanto, a dos escalones de distancia, una mujer estaba comiéndose una mazorca. Llevaba un jersey azul, pantalones de bolsillos y botas de montaña. Pero lo más extraño es que mientras comía nos miraba a Laila y a mí.

Parecía que pudiera leer lo que pensábamos.

Manuel nunca había sido muy avispado.

Estaba ahí intentando convencer a aquellos dos niños para que llamaran a sus padres, qué pena que ellos no tuvieran la más mínima intención.

Negocio perdido, Manuel.

Y cuando es así, es inútil insistir. Solo pierdes tiempo que podrías utilizar para un cliente de verdad.

De todas formas, a pesar de ser duro de mollera, al final lo entendió, y se fue.

Negué con la cabeza y empecé otra vez a comerme la mazorca.

Mientras tanto, la niña abrió la guía turística aún crujiente de la tienda y le dijo al otro:

–Al menos hemos conseguido información importante. Ahora sabemos que aquí en Cuzco hay una estación de tren, y que el viaje a Aguas Calientes dura solo unas pocas horas. Si partimos mañana a las siete, podremos llegar a la hora de la comida.

El otro se quitó el gorro, revelando un considerable par de orejas.

–¿Y si probáramos a ir enseguida a la estación? Quizá haya un tren que salga esta tarde.

–Genial –exclamó ella–. O quizá podamos dormir allí, en un banco...

–¡Vaya ocurrencia!

No sé por qué fueron las únicas palabras que me salieron de la boca.

Tenía cosas que hacer, tenía que ponerme a cazar clientes como Manuel. Además, aquellos dos chicos tenían escrito en la frente una sola palabra: PROBLEMAS. ¿Un cholo con las orejas grandes y una chica claramente europea, rubia como el trigo?

PROBLEMAS.

Y bien grandes.

–Perdone, ¿nos dice a nosotros?

Seguí comiendo, poniendo mi atención en la mazorca cocida. Sin mirarlos.

Enseguida se darían la vuelta para seguir a lo suyo.

–Perdone –insistió la niña–. Me ha parecido que...

Bueno, vale. Un consejo, solo uno, también podía dárselo.

–Cuzco es una ciudad tranquila –expliqué–. Pero la estación de San Pedro está llena de ladrones. Te rajarán la mochila y te quitarán todo, antes incluso de que puedas decir nada.

El niño silbó.

–Entonces conviene encontrar un hotel y dejar la mochila. ¿Usted podría aconsejarnos un lugar? ¿Aquí cerca, tal vez?

–No –respondí mientras masticaba.

Ya me había arrepentido de haberles dado cuerda a esos dos. A fin de cuentas, no había sido más inteligente que Manuel.

–Oiga, que tenemos dinero –protestó ella.

–Lo sé.

–¿Y usted es guía turística?

–Sí –respondí.

–¿Y no conoce ningún hotel?

Paré de masticar la mazorca.

–Los conozco todos. Pero ninguno es adecuado para vosotros.

–¿Por qué?

–Porque sois dos niños que se han escapado de casa.

Ahí estaba. Ahora huirían como liebres.

En cambio, se quedaron mirándome.

–Nosotros no...

–Os habéis escapado con el dinero que habéis cogido a escondidas de vuestros padres...

–¡No es verdad! –gritó la niña–. Son mis ahorros.

–Da lo mismo. No cambia la cuestión. Os conviene no liaros demasiado en la estación de San Pedro e ir a la policía. Explicadles que os habéis metido en un lío, que lo sentís. Sois dos mocosos, no os sucederá nada. Un tirón de orejas y a correr. Os acompañarán a casa.

Terminé de comerme la mazorca y me levanté para tirar el corazón. Tenía que volver al trabajo.

Pero la niña rubia seguía mirándome fijamente.

–No podemos –dijo–. Es verdad, nos hemos escapado. De un hospital de Lima. Estamos enfermos, los dos.

¿Enfermos?

–Sí, sé que no se nota, pero es verdad. Yo perderé la vista, me quedaré ciega y moriré. Muy pronto, porque no hay cura. A no ser que llegue a Aguas Calientes.

Eso no me lo esperaba.

En efecto, no parecían estar enfermos, era verdad que él parecía un poco extraño, pero nada más. No obstante, ¿qué niño se habría podido inventar una historia así? Además, ella no mentía. Lo veía en sus ojos.

–¿Quieres encontrar a un curandero? –pregunté.

Alguien que cura.

La chica negó con la cabeza.

–No. Pero en Aguas Calientes espero encontrar a una persona que conoce una cura muy potente. Aunque no es seguro que lo consigamos, dar con este remedio es un poco nuestra única esperanza.

Me volví a sentar.

–Escuchad. Los dos parecéis buenos niños, y os creo. Pero, de todas maneras, os habéis escapado, vuestros padres estarán destrozados, y si os ayudo me meteré en un lío. Sin contar con que tengo que trabajar.

–Tenemos dinero –repitió la chica–. Dólares. Y son míos, de verdad, no se los he robado a nadie. Podemos pagarle muy bien. ¿Cómo lo ve?

Veía todo lo peor.

–Y si no nos ayuda, nos escaparemos –añadió el chico–. Nada de policía, y seguiremos el viaje nosotros solos. Pero si ocurre algo, en su conciencia quedará.

Aquel pequeño y miserable canalla. Aunque era verdad. Esos dos podrían tener la edad de mi María, si aún estuviese viva.

Miré el reloj.

–Hay un tren por la tarde, pero ya no llegamos. Así que solo queda el turístico del que os hablaba Manuel, mañana a las siete. Os advierto que el billete cuesta bastante…

–Eso no supone un problema. De verdad. Tenemos que llegar allí lo antes posible y punto. Y si nos acompaña le pagaremos el doble de la tarifa habitual.

–¡Eh! ¡Eh! –exclamó el niño–. Yo pensaba que solo le pediríamos que nos comprase los billetes… ¿Por qué tiene que acompañarnos?

–Porque si el tren sale mañana, esta noche necesitamos un lugar para dormir –explicó la otra–, y en los hoteles, a veces, piden documentos. O al menos exigen que haya un adulto.

–Deja que te diga que tu amiga tiene más sentido común que tú. De todas formas, no quiero aprovecharme de dos chavales. Tarifa normal. Os busco un sitio esta tarde, mañana vamos a Aguas Calientes y en cuanto encontréis lo que

SEGUNDO ESPÍRITU - EL APU

buscáis, me doy la vuelta. ¿Entendido? Si encontramos problemas, como por ejemplo con la policía, diré que me habéis enredado, que me habéis presentado a un tipo y que yo pensaba que era vuestro padre.

–Vale.

–Al ayudaros me arriesgo a terminar en un lío que preferiría evitar. ¿La historia que me habéis contado es verdadera?

Ella asintió.

La miré. En mi profesión es fundamental entender enseguida a quién tienes delante. Y esos dos estaban asustados, eran ingenuos, estaban metidos en algo mucho más grande que ellos mismos. Pero también eran buenos chicos, no me cabía duda.

Sacudí la cabeza.

–Está bien, vamos. Hay un hotel justo aquí al lado. No es el mejor: a veces se encuentra algún que otro ratón.

–¿Y qué? –preguntó el chico–. ¿Qué tiene de extraño?

Sin embargo, ella no parecía tan convencida.

Me encogí de hombros.

–De todas formas, no hay más opción. El propietario no hace preguntas, y además cuesta poco. Tendréis que conformaros.

Me puse en camino y los dos cachorritos me siguieron.

Después, me di la vuelta.

–¿Cómo os llamáis? Nombres de verdad, por favor.

–Laila –dijo enseguida la niña.

–Todos me llaman El Rato.

–Vale, yo soy Chaska. Un placer. Ahora, pongámonos en marcha.

Chaska tenía la piel lisa y los ojos viejos. Era guapa, con el cabello negro y largo, y se movía con decisión pausada. Su llegada era una luz que se había encendido ante nosotros, justo a tiempo para evitarnos problemas.

El hotel era bastante peor de como lo había descrito ella: paredes desconchadas y suelo sucio, y solo un baño, que estaba en un cobertizo en el centro del patio. Nuestra habitación no tenía ventanas ni armario, y las camas no tenían sábanas. Para rematar, los colchones estaban sucios.

–Os lo he dicho, hay que adaptarse –comentó Chaska.

El Rato saltó sobre la cama muy contento.

–Es mucho más cómodo que mi colchoncillo de la ferretería.

Yo no dije nada porque, de hecho, todo me causaba bastante impresión, pero había que tener paciencia.

–Ahora que ya habéis visto lo que os espera, vamos a dar un paseo y después a cenar –dispuso Chaska.

La seguimos sin proferir palabra, parecía más una madre que una profesional a la que habíamos pagado, y el pensamiento sobre madres me dolió. En Lima ya se habrían enterado de nuestra desaparición y yo ni siquiera había dejado una nota.

Había sido un error, podría haber escrito un mensaje, por ejemplo: «No os preocupéis, vuelvo pronto».

Seguramente mamá y el señor Tanaka habían ido a la policía… O quizá no. Tal vez papá había pedido mantenerlo en secreto para que no afectase a su carrera.

Igual debería buscar un teléfono y llamar a casa, solo que no me veía capaz de hacerlo. La voz de mamá me habría quitado toda la valentía de seguir adelante.

Así que me esforcé por alejar todo pensamiento gris y me puse a hablar con El Rato y con Chaska, poco a poco su alegría se me contagió y empecé a divertirme.

Cuzco era una ciudad muy bonita, con callecitas de piedra y grandes avenidas, casas antiguas de dos plantas con el techo oscuro y espléndidas plazas.

Sin que los otros me vieran, metí una mano en el bolso de tela y pulsé el botón de grabar del walkman:

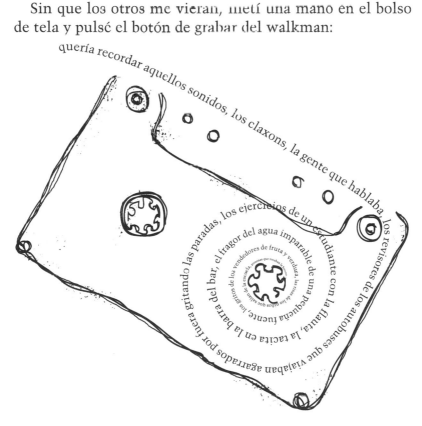

quería recordar aquellos sonidos, los claxons, la gente que hablaba, los revisores de los autobuses que viajaban asomados por fuera gritando las paradas, los ejercicios de un estudiante con la flauta, la cacita en la barra del bar, el fragor del agua imparable de una pequeña fuente, los gritos de los vendedores de fruta y verdura, las risas que salían de la escuela, pinitas que resuenan en el sueño

Chaska nos llevó a un restaurante tan pequeño que parecía el comedor de una casa normal (en realidad, nuestro cuarto de estar de la embajada era mucho más grande). Había solo tres mesas, y una, por suerte, estaba vacía. Una señora con delantal nos sirvió un bol de sopa de quinoa con guindilla, patatas, judías, zanahorias y zumo de lima.

Yo me había saltado la comida, así que devoré aquello.

Después de la cena, Chaska nos llevó al hotel y se despidió de nosotros en la puerta. Habíamos quedado a la mañana siguiente a las seis. Eso nos dijo. Después se fue.

El Rato y yo hicimos turnos para ir al baño, luego nos metimos en la cama con toda la ropa. Apagué la luz y me sumí en la oscuridad.

–Laila...

Lo sentía cerca de mí. Respiraba. Pensé que era la primera vez que dormía a solas con un chico y, debido a mi enfermedad, podría ser también la última.

–Laila.

–¿Sí?

–¿Estás pensando que ayer por la tarde estábamos en Lima en el hospital y que ahora estamos entre las montañas? Nunca había visto las montañas. No pensaba que el cielo pudiera ser tan azul.

Sonreí.

–El gran poeta El Rato...

Esperé una respuesta por su parte, pero no llegó.

Se había quedado dormido.

Yo también caí, aunque me desperté muchas veces con el corazón latiendo fuerte, aplastada por el peso de un miedo que no sabía explicar.

Podía ser el mal de montaña, el soroche. O los extraños ruidos que escuchaba, los crujidos del suelo, los roces por la pared. No obstante, también podía tratarse solo de mi imaginación. O de un presagio. ¿Quizá estuviera enloqueciendo?

Este último pensamiento me recordó por undécima vez la enfermedad y el futuro que me sería robado. No lo había razonado mucho en los últimos dos días, habían sucedido demasiadas cosas.

Pero siempre estaba ahí.

No podía escapar, a menos que llegara al final del viaje.

A las cinco de la mañana estaba en pie, fui a lavarme y después sacudí a El Rato hasta que se levantó.

—Qué noche tan fantástica —gimoteó—. La cama más cómoda de toda mi vida.

Muchas veces mi amigo me ponía nerviosa. Además, sentía que me picaba la piel (¿quizá hubiera chinches en los colchones?) y me habría encantado cambiarme, pero solo tenía la ropa que llevaba. Debía comprar ropa interior limpia, urgentemente.

—¿Qué hay para desayunar? —preguntó él, a años luz de mis problemas.

—No creo que el hotel ofrezca desayuno; de todas formas, yo me alejaría cuanto antes. Comerás algo después.

Según Chaska había muchos ladrones en la estación, así que cogí la mayor parte del dinero y me lo metí en los zapatos, dejando en el bolsillo solo lo que (esperaba) era necesario para tres billetes de tren.

El tesoro que me había traído de casa se había reducido de manera notable y entendí que tenía que andarme con ojo con lo que gastábamos o enseguida estaríamos en números rojos.

—Chicos, ¿estáis listos?

Era Chaska, vestida como el día anterior, pero con una mochila más sobre los hombros.

—¿Llevas algo de comer ahí? —preguntó El Rato.

—Tamales —respondió ella.

—¡Qué buenos!

Nos aventuramos por las calles, el cielo de color del papel de azúcar era tan bonito que dolía. La estación estaba justo detrás del mercado, a aquella hora los vendedores quitaban las sábanas de plástico y colocaban los jerséis, bufandas, ponchos, especias, fruta y verdura fresca.

–Hemos llegado.

–¿Adónde?

–A la estación. Es esa de ahí.

En efecto, en la casa que estaba delante de nosotros estaba escrito ESTACIÓN SAN PEDRO, pero no parecía para nada una estación de ferrocarril. Era una casa con una puerta de madera verde.

–Entremos –dijo Chaska–. Como os advertí ayer, tened cuidado.

La seguimos por una sala llena de gente, principalmente turistas con sandalias y equipaje de excursión.

–Mira, Laila –dijo El Rato–, esa chica es rubia, como tú. ¡Y también esa!

En efecto, desde que estaba en Perú nunca había visto tantos europeos juntos.

–¡Igual son de Noruega! ¿Por qué no vas a hablar con ellos en noruego?

–Porque es una lengua que no conozco –respondí–. Yo soy finlandesa. Y Finlandia está en otro lugar.

–¿Finlandia? –preguntó con curiosidad Chaska–. Está lejos. ¿Cómo has acabado en Perú?

–¡Su padre es un diplomático muy importante! –explicó El Rato–. ¡Tiene incluso un coche completamente negro con las banderitas encima!

–¡Chis! Cállate. Llamas la atención, verás como nos secuestran de verdad.

Chaska se abrió paso hasta la taquilla y pagó con el dinero que le había dado en el hotel. El tipo no le devolvió el cambio. Mientras tanto, el tren había llegado al andén, una cosita pequeña que dejaba tras de sí un horrible hedor a gasóleo. Tenía un aire antiguo, pero elegante. Subimos y dentro había sillones de cuero gastado, revestimientos de madera y pasamanos de latón.

Nuestro vagón estaba medio vacío.

–¿Por qué? –pregunté a Chaska.

–Este es el tren para turistas, os lo he dicho.

–Pero ¡la estación está llena de turistas!

–Sí, pero son hippies –respondió, y señaló a los chavales en sandalias que esperaban en la marquesina–. Esos cogen el tren de después, el de la gente local. Mucho más incómodo y lento, pero que cuesta una décima parte.

Durante un instante me arrepentí de no haber cogido el otro tren. Vale, *en serio* tenía que cortarme con los gastos de aquí en adelante.

–Es fantástico –exclamó por el contrario El Rato–. En tan solo dos días he subido a un avión, a un autobús, a un taxi y ahora a un tren. ¡Me he convertido en un gran viajero!

Me eché a reír.

–Pero qué... es que...

No conseguí terminar la frase.

Porque en aquel preciso instante.

Mientras mi garganta terminaba de pronunciar la última «e».

Justo en ese preciso momento.

Explotó la bomba.

–Es fantástico –exclamé–. En tan solo dos días he subido a un avión, a un autobús, a un taxi y ahora a un tren. ¡Me he convertido en un gran viajero!

Laila se echó a reír.

–Pero qué… es que…

Y explotó

la

El tren se levantó de los raíles y volvió a caer de nuevo con un restallido de látigo.

Yo impacté directamente contra la mesita con la cabeza, golpeándomela clamorosamente.

En las orejas me empezó a sonar un zumbido como de un taladro: BZZZZZZZZZZZZZZZZZZZZZZZZZZZZZZZZZZZZZZZ

ZZZZZZZZZZZZZZZZZZZZZZZZZZZZZZZZZZZZZZZZZZZZZ
ZZZZZZZZZZZZZZZZZZZZZZZZZZZZZZZZZZZZZZZZZU
na mano me agarró por la camiseta para empujarme hacia
el suelo, bajo la mesa y los asientos. Era Chaska.

Me encontré aplastado entre ella y Laila, con un corte en
la barbilla. Tenían los ojos en blanco.

Sacudí la cabeza intentando liberarme del zumbido, no
entendía nada.

–¿Qué ha sido eso?

–¡Solo ha pasado un avión! –gritó alguien desde el otro
lado del vagón.

¿Un avión?

–Pero ¡qué dices! ¡Agachaos! ¡Es un atentado!

Se oyeron más gritos, alguien pedía ayuda y otros llora-
ban. Miré las ventanillas desde el otro lado del pasillo y estaban manchadas de rojo.

¿Sangre? ¿Qué estaba pasando?

–Venga –murmuró Chaska–, salgamos de aquí.

Me moví el primero porque era el que estaba más cerca del
pasillo. Me arrastré hacia fuera del escondite por entre los
asientos y me volví a poner de pie, tambaleándome. Estaba
rodeada de viajeros alterados, uno aún tenía en la mano una
taza, solo que el té había acabado por todas partes.

–¿Laila?

–Estoy, vamos.

Escuchar su voz me tranquilizó.

Llegamos a la puerta del vagón que permaneció abierta y
saltamos abajo.

La estación no era para nada la misma de unos minutos

antes: había gente por el suelo, más sangre, y el tren… El vagón anterior al nuestro se había partido en dos, las placas se habían abierto y doblado hacia atrás. Como garras.

Había saltado por los aires.

—¡Franz no se mueve!

—¡Un muerto! ¡Aquí!

—¡Ayudadme!

Vi a uno de los turistas a los que Chaska había llamado hippies; estaba arrodillado en el suelo e intentaba levantar a una mujer cubierta de sangre.

Después, a un obrero con una chica cargada a hombros y a un policía que corría.

Un hombre de rodillas lloraba con la cabeza hacia atrás, hacia el cielo.

Todo estaba como ralentizado, distante: me parecía estar mirando una escena desde fuera.

—¡Por aquí! ¡Por aquí!

Un trabajador del tren vino hacia nosotros corriendo a toda mecha. Tenía bigote oscuro y un gran par de gafas, la camisa del uniforme medio fuera de los pantalones.

Aferró a Laila por el brazo.

—Ey, qué…

—Venga, chiquilla, es peligroso, ¡ven!

—Pero yo…

—¡Muévete!

Laila nos lanzó una mirada opaca, la seguimos a ella y al empleado del tren, que se balanceaba en la confusión a través de la sala de la taquilla y después afuera, a la calle.

—¿Qué… ha pasado? —preguntó Chaska.

—Ha sido una bomba, alguien ha puesto una bomba en el tren, es peligroso.

La gente que estaba dentro de la estación huía hacia fuera, los que estaban fuera intentaban entrar, todos gritaban y había un gran caos. Yo seguía sin comprender nada.

¿Quién podía poner una bomba en un tren?

¿Había muerto gente?

¿Por qué?

¿Qué debía hacer?

Y ¿cómo estaba realmente Laila?

Una camioneta blanca con capacidad para diez personas separó al gentío abriéndose paso a golpe de claxon.

Estaba medio vacío, había solo dos chicas sentadas en la parte de atrás, además del conductor y del habitual tío agarrado fuera que gritaba las paradas, pero ahora gritaba frases de crispación como «¡Poneos en pie, maldición!» y «¡Dejadnos pasar!».

El tipo tenía la cara recta como un clavo.

El trabajador del tren levantó la mano para hacerse ver y Clavo se dio cuenta: la camioneta se paró de golpe.

–¡Por aquí! –gritó Clavo.

Abrió la puerta de los pasajeros, una vieja con un chal intentó subirse, pero él la echó de un manotazo.

Mientras tanto, el trabajador del tren agarraba a Laila por el hombro y gritó:

–Ella también viene.

Clavo lo miró mal, pero el empleado del tren empujó a Laila al interior de la camioneta.

Se arriesgaban a partir sin nosotros, por eso me lancé hacia el empleado del tren gritando:

–¡Esperad! ¡Esperad!

Este nos evaluó con una mirada, tanto a mí como a Chaska.

–Sí –dijo Clavo–. Ellos también.

–Como queráis, pero daos prisa.

Esperó a que todos hubiésemos subido y después volvió a cerrar la puerta y gritó al conductor:

–¡Vamos!

La camioneta volvió a arrancar de golpe y por muy poco no embistió a una señora.

En la primera fila estaban el conductor y Clavo.

En la segunda, el trabajador del tren y yo.

En la tercera, Laila y Chaska.

En la cuarta, dos chicas que estaban ya a bordo.

Y fue en ese momento, es decir, cuando la camioneta salió a la calle, cuando me di cuenta de que los últimos cinco minutos habían sido bastante extraños.

En concreto, ¿por qué el empleado del tren había venido justo hacia nosotros y nos había hecho salir de la estación, ignorando a todos los demás? Cuando había un montón de gente que necesitaba ayuda.

Después, Clavo había impedido a una mujer que subiera.

Y, sin embargo, Laila había sido llevada casi a la fuerza.

¿Por qué?

Había algo más y yo no lo entendí enseguida, estúpido que soy, pero es que, en primer lugar, todo había ocurrido muy rápido. Y en segundo: había habido una bomba y yo había visto cadáveres, sangre y un montón de otras Primeras Veces que con gusto habría evitado.

Así que mi cerebro se encendió demasiado tarde.

El conductor de la camioneta conducía como un endemoniado entre el tráfico de Cuzco. Me di la vuelta hacia el empleado del tren y le pregunté:

–¿Qué está pasando?

El hombre tenía más o menos la edad del doctor Fernández, pero el bigote y las gafas le cubrían la mitad de la cara, exactamente como un disfraz.

Y, para más inri, tenía una pistola.

Me la colocó contra la tripa, a la altura del ombligo. Me hizo daño.

–¡Déjalo en paz! –gritó Laila.

Desde la cuarta fila de asientos, las dos chicas sacaron sendas pistolas, nos apuntaron y dijeron:

–No nos hemos entendido. Ahora sed buenos y estaos quietecitos. Todos. Si no os portáis bien, os mataremos.

–¿Se puede saber qué coño has hecho?

–Sí, ¿qué coño has hecho? Teníamos que recogerte a ti y ya está.

–La has liado bien. ¿Quién habla con el compañero comandante?

–Yo se lo explicaré.

–Y, de paso, explícanoslo también a nosotros. Enseguida.

–La chica, esta. Estaba en el tren. Es hija de un diplomático finlandés.

–¿Y qué?

–Compañeros, deberíais leer más los periódicos.

–Los periódicos fascistas solo dicen mentiras.

–Mentiras y también cosas interesantes que pueden servir a la revolución. Por ejemplo, ayer había un artículo sobre la desaparición de la hija de Raskinen, un diplomático finlandés. Se escapó de un hospital de Lima. La están buscando todos.

–¿Y qué?

–Creo que es ella. Y ahora la tenemos nosotros. Podría ser el golpe del siglo.

–En efecto…

–Compañera Esther: tenlos a tiro. Compañera Lilith: amordázalos, encapúchalos y átales las manos.

Yo escuché todas estas cosas sin prestar demasiada atención. Solo seguía viendo la pistola. Aquel agujero negro, profundo, que saltaba a cada bache y se movía entre mí y Chaska.

La chica (¿compañera Esther?) tenía el dedo sobre el gatillo. Y aunque sabía que de todas formas iba a morir –por la enfermedad–, no quería que ocurriera aquel día, en aquella camioneta y, encima, por una herida de bala.

La otra chica obligó a Chaska a pasar las manos por detrás del asiento y usó una brida de plástico de electricista para atarle las muñecas.

Después le ordenó que se diera la vuelta, le puso un pañuelo sobre la boca y se lo ató detrás de la nuca para impedirle gritar. Al final, le colocó un saco sobre la cabeza.

–Ahora, tú.

–No quiero.

Aquel agujero negro me apuntaba directamente.

–Mira que te mato.

Me dejé empaquetar como Chaska, mis ojos fueron cubiertos por el saco y ya no vi nada. Solo podía llorar, y lo hice.

Hasta que algo me golpeó la cabeza y hubo un dolor repentino que me aturdió. Me caí sobre el asiento. La mordaza me ahogaba y me impedía hablar.

–Ahora agachaos. Los paseantes podrían sospechar al ver a tres encapuchados, ¿no os parece? Nada de ruidos y nada de bromas. Es lo mejor para vosotros.

Yo tenía la cabeza sobre las rodillas de Chaska y aquel leve contacto me confortaba. Intenté respirar más profundamente y reconstruir qué había ocurrido en la última hora.

Había habido un atentado y yo había sido secuestrada.

No, no, más despacio. Lentamente. Debía analizar los hechos.

Un terrorista se había disfrazado de empleado del tren y en la confusión de la oficina de billetes había oído gritar a El Rato que yo era la hija de mi padre.

(Gracias, Rato.)

Después de eso, el mismo terrorista había hecho explotar el tren.

Más tarde, me había visto salir del vagón, aún viva, y había decidido secuestrarme, haciéndome subir a la fuerza a la camioneta que, evidentemente, estaba ahí para sacarlo de la escena del crimen antes de que llegara la policía.

Chaska y El Rato se habían visto involucrados solo porque estaban conmigo.

Estaba bastante segura de que había ocurrido justo así, pero tenía dos preguntas: ¿quiénes eran estos tipos?, y ¿qué querían?

Yo no era una gran apasionada de la política, sobre todo desde que me habían ingresado en el hospital, pero siempre había vivido en una embajada. Y tenía algún que otro indicio sobre el que reflexionar.

Nuestros secuestradores se llamaban entre ellos «compañero» y «compañera», y habían hablado de periódicos fascistas.

Entonces, era probable que se tratara de guerrilleros comunistas (según el señor Tanaka, usaban palabras así), y esto me hacía venir a la mente solo un nombre: Sendero Luminoso.

Había oído hablar de ellos. Eran revolucionarios que soñaban con derrocar el Gobierno y poner en su lugar uno nuevo. Un régimen socialista (fuera lo que fuese lo que eso quisiera decir). Golpeaban de forma repentina con ataques violentos. Incendiaban granjas por las noches. Saboteaban fábricas y centrales eléctricas. Ponían bombas.

El señor Tanaka decía que la base de Sendero Luminoso estaba en los Andes, pero durante el último periodo habían surgido también en Lima, así que mi padre había tenido que aumentar las defensas de la embajada y ahora siempre había una furgoneta blindada al otro lado de la verja y soldados con metralleta.

Sí, podía tratarse de ellos.

Aún quedaba la segunda pregunta: ¿qué querían de mí?

El empleado del tren había escuchado la conversación de El Rato *antes* de hacer estallar la bomba. Pero no nos había impedido subirnos al tren. ¿Quizá porque sabía que nuestro vagón sobreviviría a la explosión? No, no lo creo. La explicación era demasiado simple: estaba dispuesto a matarme. Es más, quizá, si moría, para él fuera incluso mejor. Más publicidad para la tragedia. Tipo: «Hija de un diplomático entre las víctimas del atentado».

Esa es la razón por la que los terroristas hacen explotar cosas, ¿verdad? Para salir en los periódicos y hacer entender a todos lo fuertes que son. Para difundir el *miedo*.

(En este caso, enhorabuena. Yo estaba aterrorizada)

Por tanto, estaba casi segura de que no me habrían secuestrado para pedir un rescate. Era más probable que quisieran matarme igualmente, más tarde, con tranquilidad.

Las rodillas de Chaska se sobresaltaban bajo mi cabeza. ¿Adónde nos estaban llevando? Ya no oía ruidos de cláxones, seguramente habíamos salido de la ciudad. Por tanto, mis sospechas eran acertadas: estábamos yendo a un lugar aislado donde nos matarían.

El miedo me subió desde la tripa hasta la cabeza, una ola de marea. Intenté como pude alejarla de mí: estar asustada solo servía para cometer errores. Por culpa del miedo me había dejado arrastrar fuera de la estación. Y me había dejado llevar hasta aquella camioneta sin ni siquiera protestar.

Me había equivocado, la siguiente vez haría el movimiento justo.

Porque si era verdad que estaba a punto de morir, no sería aquel día.

Y, desde luego, no por su culpa.

Querría decir que estaba tranquilo, pero en realidad estaba cagado de miedo. Estaba de cuclillas sobre el suelo, entre el asiento y el respaldo de la fila de delante, con la mochila clavándoseme entre los omóplatos y la cinta en la boca.

No sabía quién era aquella gente ni por qué nos habían cogido. No parecían policías. ¿Quizá fueran de las fuerzas especiales? Una vez el doctor Fernández me contó que había estado en una manifestación y lo habían golpeado con una porra. Dijo que *aquellos* te cogían y después no volvías nunca más a casa.

¿Estaba ocurriendo lo mismo?

Nuestros secuestradores se llamaban entre ellos con nombres en código. Lo había entendido porque Lilith y Esther no eran nombres muy peruanos y ellas sí. Y, además también usaban el apelativo «compañero». ¿Se referían a compañeros del ejército o de clase?

En cualquier caso, habíamos salido de Cuzco y estábamos subiendo, al motor le costaba avanzar en los tramos más empinados y había muchísimas curvas. Siguió adelante durante un poco más y después:

IIIIIIIIK

BRU-BRU-BRUM
SCHIAC

La camioneta se paró, se apagó el motor y las puertas se abrieron. El empleado del tren quería franquearme, en cambio, acabó por darme un rodillazo que me hizo saltar fuera, caí sobre la gravilla y gruñí del dolor. Intenté volver a levantarme yo solo, a ciegas, hasta que me llegó otro golpe que me volvió a tirar al suelo.

El empleado del tren rugió:

—¡Abajo!

Clavo dijo:

—Bájalos y, por ahora, metámoslos en el almacén.

Hicieron bajar a Chaska y a Laila y alguien tropezó conmigo. Era Laila, la reconocí porque llevaba zapatillas de deporte, mientras que Chaska calzaba botas, como yo.

Me levantaron como a un peso muerto y me empujaron; hacía frío.

En cierto momento la oscuridad se volvió aún más oscura; por tanto, antes estábamos al aire libre y ahora estábamos a cubierto.

—Sentaos —dijo una chica—. No os mováis, no habléis, no hagáis nada o será peor para vosotros.

Después, unos pasos se alejaron y una puerta se cerró con llave. Nos dejaron allí.

Conté hasta cinco y pregunté:

—Laila, Chaska, ¿estáis aquí?

Obviamente, puesto que tenía la mordaza, solo conseguí farfullar sonidos sin sentido. Me quedé esperando a que me golpearan otra vez o algo así, pero nada.

Después, cerca de mí:

—¡Rato! ¿Estás bien?

—¡Laila! ¡Rato!

—¡Estoy aquí!

Era difícil entender nada entre mordazas y sacos en la cabeza y todo eso, pero estábamos en la misma habitación. Y estábamos solos, porque de lo contrario ya nos habrían golpeado.

–¿Estáis todos bien?

–Bueno, me he caído y me he hecho daño en una pierna.

–Debemos ser fuertes y mantener la calma...

Dejé de escuchar aquellos ruidos confusos y me concentré. Tenía varios problemas y la mordaza no era el principal. Era más urgente desatarme las manos y quitarme la capucha.

Decidí que el saco era lo más rápido porque no me lo habían atado bajo el cuello, era solo un trozo de tela con mi cabeza dentro.

Me tumbé en el suelo, que era de tierra sin pavimentar. Empecé a restregarme la nuca intentando hacer que se deslizara el saco. No funcionaba, así que probé a retorcerme, a hacer pequeños movimientos con los pies para desplazarme hacia atrás mientras giraba la cabeza de aquí para allá para liberarme de la maldita capucha.

Encontré un punto donde había piedrecillas que me hacían mucho daño, pero que mantenían el saco quieto mientras yo forcejeaba. Rodé como una culebra y finalmente la boca y la barbilla salieron al aire. ¡Aire!

Seguí rodando y liberé toda la cabeza.

¡Lo había conseguido!

Y ni siquiera me había llevado tanto tiempo.

Miré a mi alrededor. Estábamos en un garaje o algo parecido: suelo de tierra, paredes de ladrillo, una puerta y el techo de chapa. Ninguna ventana, la poca luz de la estancia se filtraba por debajo de la puerta y por arriba, en el punto donde el techo se apoyaba sobre las paredes.

Había sacos de cemento amontonados en una esquina, un cubo, un conducto de agua todo retorcido y nada más. No había tijeras ni cuchillos, ni tampoco, menos mal, armas, pero por otro lado habrían sido realmente tontos si hubiesen dejado cosas así a nuestra disposición.

Laila y Chaska estaban a dos pasos, la primera de rodillas, la segunda con las piernas cruzadas. Con aquellos sacos en la cabeza parecíamos espantapájaros.

—Tranquilas, ahora me acerco y os quito la capucha.

—¿Cómo?

No entendían nada, así que pensé que era mejor hacerlo y punto. Me aproximé a Chaska y, a pesar de la maldita mordaza, conseguí morder un borde del saco. Me parece que también le mordisqueé la oreja, porque gritó un poco, pero no me detuve y conseguí quitarle la capucha.

Un momento después hice lo mismo con Laila.

Tenía los ojos rojos y estaba llorando, miraba a su alrededor con terror.

—No veo nada, está demasiado oscuro.

No entendía a qué se refería, pero imaginé que quizá era por la oscuridad y el problema de sus ojos.

—Estate tranquila, nos ocupamos Chaska y yo.

La guía se puso de pie y apoyó la oreja contra la puerta de entrada. Los secuestradores podían volver de un momento a otro y si nos veían así, sin capuchas, habría problemas.

Pero a mí aún me faltaba liberarme las manos. Entendí que el primer paso era hacerlas pasar de la espalda hacia delante. Así que me retorcí para encajar el culo en el hueco que formaban mis brazos unidos. Me hice daño. La mochila, aunque medio vacía, me obstaculizaba los movimientos. En realidad no es que me faltase mucho para conseguirlo, sino que en un cierto momento el hueso del culo acabó golpeándome la muñeca y, claramente, no quería moverse para dejar pasar los brazos.

Seguí probando y tirando.

Con un último tirón y un gran dolor en los hombros, finalmente lo conseguí.

Acabé con las muñecas por debajo de las rodillas; hacer pasar los pies requirió solo una pequeña contorsión, fue fácil.

–¡Lo he conseguido! –exclamé–. ¡Soy un crac!

Ahora tenía que encontrar algo para cortar aquella horrible brida que me ataba las muñecas. Me acerqué al fondo del garaje mirando a mi alrededor. Pero no había nada, nada de nada, aparte de un clavo. Plantado en la pared más o menos a la altura de mis ojos.

Lo agarré y me puse a tirar para sacarlo. Pensaba que estaría duro; sin embargo, cedió enseguida y me caí de espaldas.

–¿Qué pasa? –preguntó Laila.

–¿Te has hecho daño? –preguntó Chaska.

–No, no, nada…

Agarré el clavo. Estaba oxidado, pero parecía sólido y la punta estaba bien afilada. Lo suficiente para cortar el plástico, o al menos, eso esperaba.

–¡Alarma! –gritó Chaska–. ¡Llegan!

No entendí enseguida las palabras exactas, pero el concepto estaba claro. La puerta se abrió con violencia antes de que decidiera qué hacer y Chaska se tiró al suelo.

En el almacén entró un hombre alto que, con la luz fuerte de fuera, era casi invisible. Pero una cosa la veía muy bien: tenía una pistola.

–Ah –dijo–. Veo que os estáis entreteniendo. Parece que he llegado justo a tiempo.

Ruso, pensé. El recién llegado era ruso. Estaba segura, porque Finlandia y Rusia están cerca, y aunque había hablado en español, había reconocido el acento.

Por lo demás, entre la oscuridad de la habitación y la luz que entraba por la puerta, no veía casi nada. Un tipo alto y robusto, con la barba larga. Lo que estaba claro era que ya no era un jovencito. Cincuenta años, quizá sesenta.

Lanzó de una patada tres sillas de madera y un rollo de cuerda al garaje, después entró y cerró la puerta detrás de sí, volviéndose completamente invisible para mí.

–Chicos, chicos. Os habéis metido en un gran lío. Eres Laila Raskinen, ¿eh? Todos los periódicos hablan de tu desaparición. Perdona que lo diga así, pero parece que tu madre ha enloquecido. ¿Qué ha pasado? ¿La has secuestrado tú acaso?

La última frase debía de estar dirigida a Chaska, que gruñó:

–Yo no he hecho nada, soy solo la guía.

–¿Qué dices? Espera…

Vi algo brillante en la mano del hombre. ¿Un cuchillo? Un instante después Chaska dijo:

–Gracias.

–Bah, no hay de qué. De todas formas, aquí podéis gritar

todo lo que queráis, no hay nadie en kilómetros a la redonda. Y bien, ¿decías?

–Que soy la guía. Me contrataron... en Cuzco, para llevarlos a Machu Picchu. No nos haga daño. No les haga daño. Por favor. Son niños.

–Lo sé. Pero ella es la hija de un diplomático finlandés. Y nosotros, aquí, estamos combatiendo en una guerra. En las guerras hay víctimas. Y, a veces, son inocentes.

–¿Qué nos haréis?

–El compañero Ladoga, que soy yo, es solo un invitado. No estoy al mando de la operación y, si os hace sentir mejor, estaba en contra de la idea de poner una bomba en aquel tren. En el pasado, he tenido malas experiencias con... No importa. Soy un soldado. Los soldados obedecen.

Mientras hablaba se había puesto a trabajar. Había cogido las sillas y las había colocado con los respaldos pegados. Después, con la cuerda, las ató entre sí por las patas formando una especie de trono triangular.

Trabajaba con eficiencia y, aunque no parecía tener malas intenciones (no se había enfadado al ver que nos habíamos quitado las capuchas), tampoco parecía estar de nuestra parte.

–Ahora os diré qué os va a pasar –dijo–. Os ataré a estas sillas, de manos y pies, así no podréis liberaros otra vez. Si tenéis que hacer pis, decídmelo y os dejaré usar ese cubo de ahí. O bien tendréis que aguantaros hasta la próxima vez que venga a controlar. Las capuchas ya os las habéis quitado y puedo retiraros las mordazas... Pero no hagáis que me arrepienta. Si cuando vuelva os encuentro como ahora, es decir, en medio de un intento de fuga, habrá consecuencias. ¿Está claro? Bien. Señorita, ¿quiere hacer pis?

–Pues... –dijo Chaska–. Sí, gracias.

–Lamento no poder ofrecerle nada mejor que un cubo. El niño y yo nos daremos la vuelta para concederle un mínimo de intimidad.

Estaba muy avergonzada y decidí que yo no haría mis necesidades de esa forma, ni por todo el oro del mundo. Sin embargo, Chaska lo hizo, después Ladoga le ordenó que se sentara en la primera silla y con dos bridas de plástico le ató los tobillos a las patas de madera. Así no podría moverse.

–Jovencito, te toca. ¿Pis?

El Rato aceptó la oferta, después tuvo que sentarse. El hombre le quitó la mordaza, le ató de nuevo los brazos a la espalda y, en fin, lo empaquctó a la perfección.

–Laila, señorita, tu turno. Levántate.

Obedecí, haciendo fuerza sobre los talones.

El hombre se acercó a mí y me quitó la mordaza. Me sobresalté al ver que le faltaban tres dedos en la mano derecha. En su lugar, solo tenía muñones.

–¿Todo bien?

No respondí, esperé mientras manejaba los cuchillos y las bridas. Lancé una ojeada a El Rato y a Chaska, en la oscuridad solo veía sus siluetas, cual espectros.

Habría querido decir algo, o no sé, intentar escapar, pero estaba desarmada y ¿qué podía hacer?

Además, sin ningún preaviso, dejé de

y   me   transformé   en un   rayo   eléctricooo

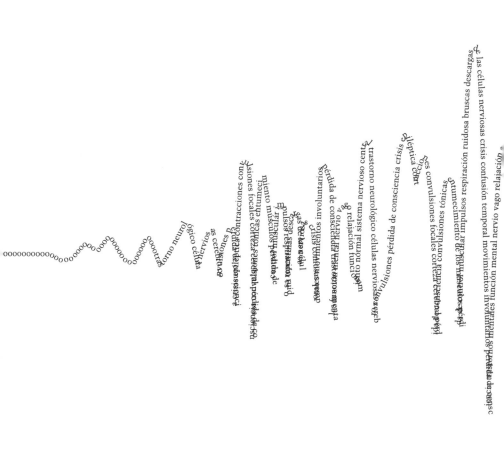

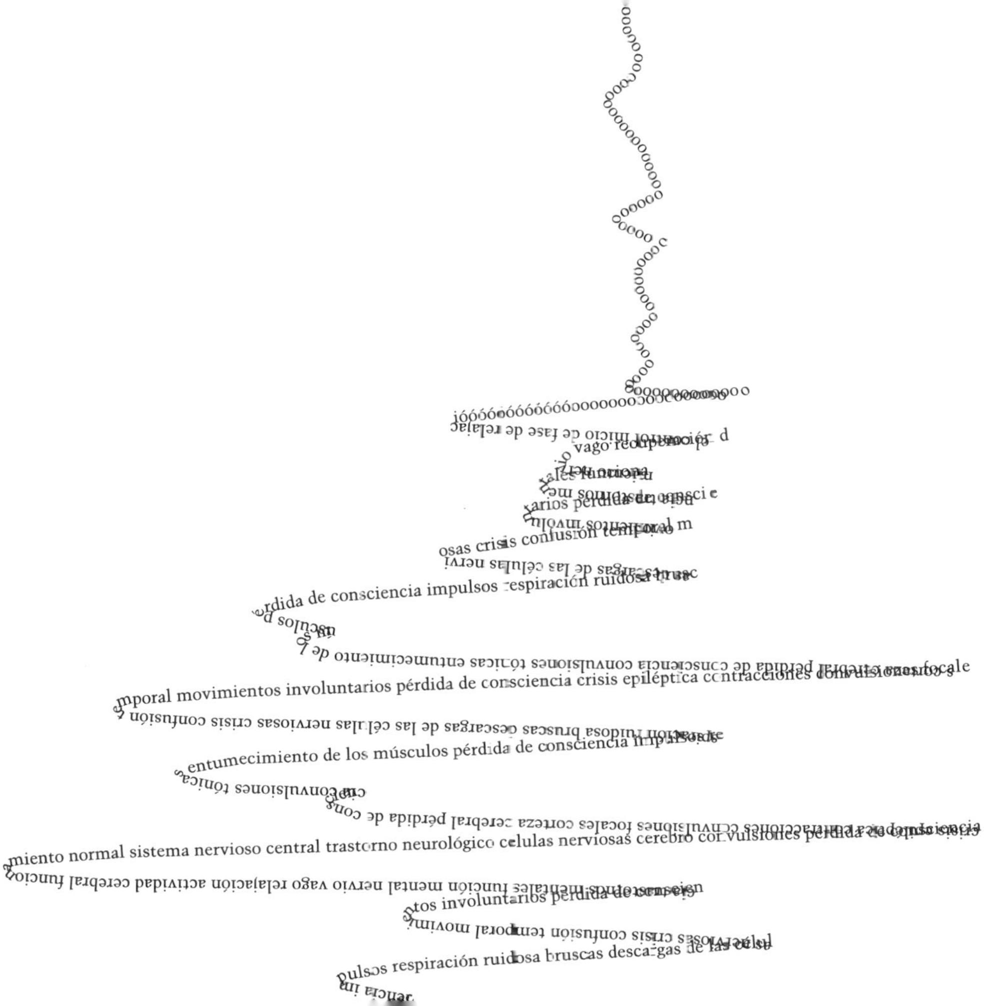

funcionamiento normal sistema nervioso central trastorno neurológico nervio vago relajación actividad cerebral funciona

temporal movimientos involuntarios pérdida de consciencia crisis confusión entumecimiento de

convulsiones tónica

entumecimiento de los músculos pérdida de consciencia bruscas

pérdida de consciencia impulsos respiración ruidosa

células nerviosas descargas de las células nerviosas crisis confusión crisis epiléptica contracciones musculares focale

osas crisis confusión temporal m

inicio de fase de relajac

pulsos respiración ruidosa bruscas descargas

ooooooooooooon Laila lanzó un grito que pareció un graznido, no humano.
Echó la cabeza hacia atrás y el alarido fue aún mayor.

Después se inclinó y cayó, recta, rígida.

Intenté levantarme, pero estaba atada, bloqueada en aquella silla con las malditas bridas.

Ladoga agarró a Laila un momento antes de que se diera de bruces, la colocó sobre el suelo y, mientras tanto, los brazos de la chica, atados a su espalda, se retorcían con tirones dolorosos.

Creí que se iba a romper un hueso.

El ruso me dirigió una mirada de horror.

–¿Qué tiene?

–Es una crisis epiléptica –gritó El Rato–. ¡Debe desatarla enseguida!

–Yo…

–¡Libérele los brazos! ¡Rápido!

Ladoga lo miró, después observó a Laila, sacudida por las convulsiones.

–Ten cuidado de no cortarla –añadí. Se puso encima de ella, agarrándole las rodillas, y le liberó las muñecas con un gesto preciso con el cuchillo.

–¿Debo hacer algo más?

–Póngala de lado.

–¿Le saco la lengua?

–No, déjela. Solo hay que esperar.

Laila tenía la boca llena de babas y sangre, los ojos girados hacia atrás. El cuerpo sacudido por temblores muy fuertes.

–Rato… –pregunté–. ¿Qué…?

–Es solo una crisis. Normalmente dura unos minutos. Si dura más, tenemos problemas.

Ladoga se puso de pie.

–¿Tú cómo sabes estas cosas, chaval? No es que seas médico.

–He pasado toda mi vida en el Santo Toribio, que es una clínica neurológica. Los he visto a decenas.

El hombre asintió. Después, agarró a El Rato y con el cuchillo lo liberó de nuevo, de manos y pies.

–Estate a su lado –le ordenó.

Él se arrodilló junto a Laila.

Desde el día anterior me preguntaba por qué aquellos dos chicos habían decidido viajar juntos. No hacían buena pareja. Ella era de alta cuna, seguramente hablara cuatro o cinco idiomas como si nada. Sin embargo, él era el clásico niño de la calle, un cholo sin educación.

¿Qué los unía?

Ahora lo sabía.

Ella le abría el mundo. Y él mantenía el de ella a salvo.

Laila siguió agitándose en el suelo durante un momento;

después, justo como había anticipado El Rato, se calmó. Parecía estar durmiendo.

Permaneció así hasta que abrió los ojos.

No recordaba nada, El Rato se lo contó todo con dulzura.

—Pero entonces, ¿qué he hecho?

—Un bonito espectáculo —bromeó él—. Primero te has exhibido imitando a un cóndor, un grito que parecía que estuvieras preparada para estirar la pata. Después, has girado la cabeza hacia atrás como en esa película, *El exorcista*, ¿la conoces? Luego, has empezado a babear y a lanzar patadas y puñetazos que aquí, Ladoga, creía que estabas intentando escaparte.

Laila rio, o al menos lo intentó, y yo pensé de nuevo: él mantiene su mundo a salvo.

La puerta del garaje se abrió y entró el hombre que nos había secuestrado, con una metralleta colgada en diagonal y aún con el uniforme de empleado del tren.

Había oído el grito de Laila, pero en lugar de preguntarnos cómo estábamos, arremetió contra el ruso: ¿por qué estaba tardando tanto? ¿Por qué los prisioneros no estaban atados aún?

Ladoga se levantó. Era por lo menos treinta centímetros más alto que el otro. Hubo una pequeña discusión o, mejor dicho, el empleado del tren intentó discutir y Ladoga lo cogió por el cuello y lo lanzó fuera del garaje.

Los escuché hablar al otro lado de la puerta, no conseguí entender lo que decían, pero fue solo un minuto.

Después volvió el ruso. Solo.

—Muchacho —le dijo a El Rato—. ¿Volverá a pasarle? ¿Podría encontrarse mal otra vez?

Él se encogió de hombros.

—Quién sabe… Durante un tiempo en el hospital estuvo ingresada una chica que tenía una o dos crisis epilépticas cada día. Pero normalmente no ocurre tan a menudo. Es difícil decirlo, también porque en la clínica a los epilépticos los médicos les dan sus medicinas, y nosotros aquí no tenemos nada.

–Querría que no me volviera a pasar –balbuceó Laila.

–Tranquila, tú serás de las afortunadas –aseguró El Rato. Después se giró hacia el compañero Ladoga–. Ahora debería dormir.

–Claro, sí. Ningún problema.

El hombre ayudó a la chica a estirarse en el suelo, el bolso de los ositos le servía de almohada. Después, usó una brida para atarle de nuevo las muñecas a El Rato a la espalda y le ordenó que se sentara otra vez a mi lado.

–¿Nada de piernas?

–No. Así, si le pasa algo a tu amiga, puedes correr a darle la mano. De todas formas, yo estoy aquí al lado para vigilaros.

Fue a coger un saco de cemento y lo arrastró ante la puerta de entrada, entonces se sentó encima, con la espalda apoyada contra la puerta cerrada.

–Ya está –dijo.

Dejamos de hablar, pasaron horas.

Alguien llamó a la puerta y Ladoga fue a abrir; era una de las chicas, que le traía un plato de sopa. Él se la tomó a sorbos, sin cuchara; ofreció un poco a Laila; a nosotros, nada.

El Rato estaba a mi izquierda, por eso no podía verle la cara, pero sentía su brazo contra el mío.

En cierto momento, algo me pinchó la mano. Me aparté y el objeto me pinchó de nuevo. Estaba a punto de gritar, pero me contuve. Cuando me pinchó la tercera vez, me moví lo necesario para tocar el objeto con los dedos.

Era pequeño y recto, con una punta afilada. Un clavo. ¿Dónde había encontrado El Rato un clavo? ¿Había ocurrido antes, cuando se había acercado a la pared y luego se había caído hacia atrás? ¿Lo había sacado? Vaya con el muchacho... Y lo había tenido escondido todo este tiempo.

Me lo puso en la palma de la mano y dijo en voz alta:

–Entonces, compañero Ladoga. ¿De dónde es? No me parece peruano.

–No lo soy. Vengo de la Unión Soviética. Rusia. Muy lejos de aquí.

–¿Es un lugar bonito? ¿Hace calor?

–No, no hace calor. En Rusia hace mucho frío.

El Rato había querido pasarme su clavo. ¿Por qué? Quizá no conseguía liberarse solo, necesitaba mi ayuda.

–¿En el sentido de que hay que ponerse el jersey todos los días?

Intenté agujerear su brida con la punta y El Rato se sobresaltó: le había pinchado por accidente. Pero no dejó que se le escapara ni un gemido de dolor.

–Yo nunca me había puesto un jersey antes de ayer por la mañana –siguió con aire indiferente.

Lo volví a intentar, acerqué el clavo a la brida e intenté clavarlo en el plástico. El Rato volvió a sobresaltarse. Tenía la esperanza de que en el hospital del que hablaba le hubieran puesto la antitetánica.

–En Rusia, de donde yo soy, hace también cuarenta grados…, pero bajo cero. ¿Sabes lo que significa? Es un frío que, en tiempos de guerra, para partir con el camión hay que descongelar el motor encendiéndolo con fuego. Hace tanto frío que se te cae la piel a trozos.

–¿Es así como… perdió…, en fin, los dedos de la mano? ¿Por el frío?

Había encontrado la técnica justa, o eso creía. No debía clavar el clavo como una espada, sino más bien usarlo como una sierra. Arriba y abajo, arriba y abajo, tirando de la brida.

–No. Fue por el golpe de una azuela. Tenía más o menos tu edad.

Segueta, arriba y abajo, arriba y abajo.

¿Qué hora era? Había oscurecido, pero yo había perdido la noción del tiempo. Podían ser tanto las seis de la tarde como las tres de la madrugada. Nadie nos había traído de comer ni de beber, tenía la garganta seca.

–¿En guerra?

–Ya vale, muchacho. Silencio.

Yo también tuve que interrumpir mi trabajo con el clavo, de lo contrario, habría hecho demasiado ruido. Laila, en el suelo, se había vuelto a dormir.

Debía pensar. Elaborar un plan. Con el clavo y un poco de paciencia, podría liberarme y también a El Rato. ¿Y después? Podíamos saltarle encima a Ladoga. Intentar desarmarlo.

Traté de reconstruir la escena imaginando diferentes modalidades de ataque que, sin embargo, terminaban, todas las veces, conmigo o El Rato por el suelo y con una bala en el estómago.

Aquel hombre parecía muy fuerte, era un combatiente y estaba armado. No teníamos ninguna esperanza de sorprenderlo. Además, la distancia entre nosotros y el punto donde estaba sentado era demasiada: en el tiempo que tardaríamos en ponernos en pie él sería capaz de coger la metralleta y disparar.

Golpear al menos a uno de nosotros.

Al menos a uno.

Rumié aquel pensamiento, porque si no teníamos esperanzas los tres, uno solo, quizá, por el contrario, en fin, podría cogerlo por sorpresa. Ese moriría. Pero distraería al ruso lo suficiente para permitir a los otros dos escapar. Con un poco de suerte.

Los niños, pensé.

Debo poner a salvo a los niños.

Aquel pensamiento me golpeó enseguida como una bofetada.

Porque entendí enseguida que funcionaría.

Y lo que yo tendría que hacer.

Atacaría a Ladoga yo sola, con mis propias manos. Dejando que El Rato y Laila escaparan, sacrificándome por ellos.

No, no, no quería. Solo había aceptado acompañar a dos turistas hasta Machu Picchu, no tenía intención de morir. Tenía que haber otra solución a la fuerza. Seguí exprimiéndome el cerebro. No la había. Uno debía quedar atrás. Distraer a nuestro carcelero para regalar a los otros dos algún minuto valioso y la única posibilidad.

Pero si hacía falta una víctima sacrificial, ¿por qué debía serlo yo?

Pensé en Laila y enseguida la descarté, no sería capaz de combatir de ninguna de las maneras.

Entonces, ¿El Rato? Si se lo pidiera, estaría dispuesto a hacerse el héroe. Pero la muchacha lo necesitaba. Y era tan tierno, aún no sabía nada de la vida...

Ambos tenían la edad de mi hija. O mejor: la edad que tendría María si no hubiese sufrido aquella fiebre hemorrágica.

Sabía muy bien lo que significaba perder a alguien por culpa de una estúpida enfermedad, y si Laila buscaba un modo de salvarse, debía darle una posibilidad.

En fin, solo quedaba yo, me tocaba a mí.

Respiré hondo. Ahora sabía lo que debía hacer.

–¿Cómo ha acabado en Perú? –pregunté a Ladoga, y, mientras tanto, volví a mi trabajo con el clavo.

–Una larga historia.

–¿Tampoco le apetece contarnos esa?

Mis labios se contrajeron en una sonrisa lobuna. Había visto cómo me miraba. Conocía aquella mirada de los hombres. Y él era un tipo fascinante, decididamente demasiado grande para mí, pero de buen ver, con aquellos hombros anchos y aquella barba. Qué pena no habérmelo encontrado en otras circunstancias.

–Durante la Segunda Guerra Mundial solo era un muchacho, demasiado joven para combatir, pero mi hermana y yo libramos nuestra propia batalla. Y salimos de ella vivos, aunque yo perdiera algún dedo. Lo que ocurrió después... Pensábamos que lo peor había pasado; sin embargo, nos equivocábamos de medio a medio. Los campos habían sido devastados y no había campesinos para cultivarlos. Llegó la carestía. Las epidemias. Como si no fuera suficiente, Stalin...

—¿El dictador?

—El mismo. Pensó que tarde o temprano algún héroe de guerra podría rebelarse y tomar su puesto, así que ordenó a la policía secreta que matara a todos los que pudieran. Muchas personas fueron ajusticiadas; otras, condenadas a trabajos forzados. También nuestro dosier terminó en manos de los inspectores.

El clavo se rompió de repente. Conseguí agarrar un extremo, haciéndome una herida, mientras que lo demás acabó en el suelo. Por suerte, no había pavimento y no tintineó.

—Debió de ser terrible —murmuré.

Palpé la punta del clavo con el pulgar. Al romperse estaba mucho más afilado. Rocé la brida de plástico y las muñecas de El Rato se liberaron.

Él intentó levantarse, pero lo contuve de un pellizco. ¿Adónde pretendía ir? Le pasé el clavo, le golpeé las muñecas. Ahora era mi turno.

—¿Después qué pasó? —pregunté.

—Aquel dosier debía de estar repleto de crímenes, pero no nos condenaron... Nunca entendí por qué, un error en el sistema, quizá. Gracias a una amiga de mi hermana, que era hija de un pez gordo y tenía conexiones importantes, conseguimos huir al otro lado del telón, a la Europa Occidental. Vivimos en Alemania, y después en Francia. Mi hermana creo que aún está allí.

La brida que me aprisionaba las muñecas se abrió con un pequeño tirón. El Rato había sido muy rápido. Sin duda, el clavo roto era mucho más eficaz que antes.

El muchacho me lo volvió a dar, y me lo pasé a la mano derecha. Me dejé caer hacia un lado para llegar a mis tobillos y empecé a cortar las últimas bridas. ¿Me vería Ladoga? Esperaba que no, con aquella oscuridad.

–Y después, ¿qué ocurrió? –pregunté.

–El comunismo no me gustaba mucho, pero el capitalismo de Occidente me gustaba aún menos. He visto cosas horribles que me han hecho enfadarme… Pensaba que estaba en un país libre, sin embargo, me pedían que no levantara demasiado la voz. Que cerrara los ojos ante las injusticias. No lo soportaba, no. Al final, me metí en problemas con la ley.

Liberé la pierna derecha y pasé el clavo a la izquierda. Cada vez se me daba mejor.

–Entonces, ¿por eso has venido a Perú? ¿Para huir de la policía?

–Para cambiar las cosas. Hace tiempo conocí a un chico peruano. En Francia, conocí a muchos. Decían que querían combatir por su pueblo. Crear un nuevo futuro… Así que vine aquí.

La brida se partió en dos. Estaba libre, no podía creerlo, ¡libre!

Pero no me moví. Laila seguía durmiendo, dentro de poco se despertaría. Debía actuar.

–¿Y eso es lo que intentas hacer? –lo provoqué–. ¿Crear un nuevo futuro poniendo bombas en trenes y matando niños?

–Que yo sepa, aún no os he matado.

–Nos mantienes prisioneros.

–Os mantengo a salvo. Mientras yo esté aquí haciendo guardia, tenéis una esperanza.

El Rato me apretó la mano. Casi era el momento.

–¿Qué esperanza? ¿De morir mañana en lugar de dentro de una hora?

–Es una esperanza.

Cerré la mano en un puño, haciendo sobresalir el clavo entre el índice y el corazón. Sería mi única arma.

Ahora estaba oscuro, muy oscuro.

Y fuera solo había silencio.

No tenía miedo. Ya no. Sentía que la excitación me hinchaba los músculos. Me presionaba las venas del cuello.

–La tuya es una esperanza de mierda –dije lentamente separando las palabras–. Una esperanza de malnacido.

Lo estaba desafiando y él reaccionó. Se puso en pie. En la oscuridad no lo veía bien, pero sentía el ruido como de un oso viejo.

Estiré un pie y toqué a Laila, le di patadas para despertarla. Refunfuñó. La golpeé más fuerte.

–Pensabas que eras un héroe –seguí diciendo–. Sin embargo, eres un perro guardián, y te sientes en paz contigo mismo solo porque aún no nos has matado.

–Mujer...

Apreté la mano de El Rato. Esperaba que entendiera la señal de estarse preparado.

–Me das asco.

Volví a pensar en el sacrificio que estaba a punto de realizar.

–Tu madre se avergonzaría de ti. Tu hermana se avergonzaría de ti...

Había tocado un punto débil y escuché cómo corría hacia mí, cómo cruzaba la estancia que nos separaba.

Alrededor todo estaba oscuro, y él estaba enfadado; por fortuna, no se esperaba lo demás.

Cuando intuí su sombra sobre mí, cuando sentí su olor, me puse de pie.

Tuve suerte, porque con la frente le golpeé directamente la nariz y lo mandé al suelo.

Pistola y cuchillo cayeron. ¿Dónde? No podía verlo.

Sin embargo, a él, que se levantaba con un gruñido, claro que lo oí.

Le salté encima con mi trozo de clavo.

–Chicos –grité–. Huid. ¡Rápido! ¡Corred y no miréis atrás!

¡Cuánto hablaba Chaska! Desde hacía horas y horas, y no entendía por qué. Si se estaba callada quizá el compañero Ladoga se dormiría, y con la oscuridad profunda podríamos intentar escapar sin ni siquiera despertarlo...

Sin embargo, ella estaba poniéndolo nervioso. Muy nervioso. Enfadándolo.

Cuando dijo que su madre se avergonzaría de él, entendí que se estaba metiendo en un lío. No veía absolutamente nada, no distinguía ni siquiera la silueta de Laila tumbada en el suelo, pero oí el ruido del ruso que corría y después hubo un

TUNF

Y un

CLUNK

Y un

PATAPÁN

Después, Chaska gritó:

–¡Chicos, corred!

Me lancé hacia delante a ciegas, sin entender muy bien qué estaba pasando, con las manos extendidas para no darme un gran cabezazo contra la pared.

Encontré la puerta a tientas; había estado mirando aquel asqueroso rectángulo de metal todo el día, sabía dónde estaba. Quité de en medio el saco de cemento y giré el pomo.

Delante de mí se abrió un cuadrado de noche estrellada. Una media luna daba color a la plaza y a la ladera de una montaña y, en fin, en comparación con la choza, parecía pleno día.

Me di la vuelta. Chaska luchaba en el suelo y Laila se había puesto de pie, pero no hacía nada, era como una estatua.

Sin embargo, yo podía decidir qué hacer: lanzarme a ayudar a la guía o coger a Laila y salir corriendo.

—¡Escapad! —gritó Chaska mientras Ladoga la agarraba por el cuello con una mano.

Ella le plantó un mordisco legendario en el brazo. Rodaron por el suelo.

Chaska tenía razón, escapar era una buena idea. Así que salté otra vez dentro de la choza y cogí a Laila de la mano.

—Rato, no veo nada...

—Lo sé, lo sé.

Y me lancé hacia fuera arrastrándola conmigo.

Salimos a una plaza de piedra. Como desde que nos habían llevado allí habíamos tenido el saco en la cabeza, no sabía qué esperar. Vi la camioneta blanca aparcada de través, con una mujer durmiendo en el asiento del conductor. Quizá era la centinela, que buscaba protegerse del frío. De hecho, helaba.

Detrás de nosotros, el garaje era un cubo de cemento junto a otro un poco más grande: una casa. No había ni siquiera luz.

Pasamos al lado de la camioneta despacio para no despertar a la guardia, después corrimos cuesta abajo por una montaña muy alta que no tenía ni siquiera un árbol, pero que estaba cubierta de arbustos y rocas. Un canal bajaba en perpendicular a nosotros y en dirección a una curva.

—¿Adónde vamos? —lloriqueó Laila—. No...

–... ves nada, lo sé. Fíate de mí. –Miré a mi alrededor–. Por allí –decidí.

Ella no era muy rápida, pero me siguió. Con aquella luna me sentía como *Amadeo* el ratón cuando escapaba de la luz de la ferretería, y me imaginaba a Ladoga saliendo del garaje completamente ensangrentado, con la pistola, y apuntando directamente hacia nosotros.

–No podemos abandonar a Chaska –gritó Laila.

–Claro que no –mentí–. Verás cómo nos alcanza...

–¡No podemos! –Tiró de mí y me hizo pararme. Tenía ojeras profundas, sus cabellos parecían rayos de luna.

–Escucha. –La miré fijamente a los ojos. Sabía lo que estaba sintiendo porque yo me sentía exactamente igual respecto a abandonar a Chaska. Como un bellaco. Pero era lo que había que hacer–. Chaska está luchando para que nosotros podamos escapar. Quizá Ladoga ya la ha matado. Si ahora volvemos atrás, su esfuerzo habrá sido en vano. ¿Lo entiendes?

Ella se quedó inmóvil durante unos segundos. Sus ojos se hicieron grandes, después se convirtieron en meras hendiduras y se los restregó un par de veces.

–No es justo –balbuceó.

–Lo sé. No lo es.

Al final asintió y se puso a caminar.

En aquel momento yo encerré el pensamiento de Chaska. No la olvidé, pero debía concentrarme en la fuga.

Llegamos a las primeras rocas y me lancé detrás de ellas, caí rodando, seguí corriendo con la espalda pegada a las piedras para ser un blanco difícil para los francotiradores. Justo como en las películas de Rambo.

Nuestros pies crujían sobre la gravilla, pero por lo demás había un silencio espeluznante.

Seguimos el canal en bajada durante un trozo. Laila seguía ralentizando, decía que estaba muy cansada y yo la creía, pero pesaba demasiado para llevarla a hombros.

Y una bala en la espalda sin duda era peor.

Giramos la pendiente de la montaña, la casa de los malos desapareció detrás de nosotros y me sentí mejor. Nos paramos en un bosquecillo de árboles altos y esbeltos para recobrar el aliento, pero en cuanto Laila nombró otra vez a Chaska me puse de pie, listo para seguir adelante. Aún no era el momento de hablar de ello. Quizá nos estuvieran siguiendo, quizá no; en cualquier caso, teníamos que movernos.

Salimos del bosquecillo y esta vez cogí un camino un poco en pendiente. Era difícil porque no había un camino real, avanzamos en medio de los arbustos, que nos llegaban hasta las rodillas, a la vista parecía un terreno plano, pero en realidad escondía hoyos y piedras. Debía permanecer concentrado al máximo no solo por mí, sino también por Laila, que se agarraba a mí como a un salvavidas.

En cierto momento oí el ruido de un motor: mucho más arriba había una calle asfaltada y vi la luz de unos faros. ¿La camioneta de los terroristas? ¿Nos estaban siguiendo? Estaba demasiado bajo y me sentía demasiado asustado para verlo.

–Si hay una calle, podemos seguirla y llegaremos a alguna parte –observó Laila.

–Si hay una calle, es donde se pondrán para pillarnos puntualicé yo–. Sigamos por aquí.

Pero era mucho más fácil decirlo que hacerlo.

Caminamos durante horas, Laila se tambaleaba por el cansancio y yo tiraba de ella. En cierto momento, encontramos un campo cultivado, justo sobre la pendiente más pronunciada de la montaña. Al otro lado había una valla retorcida de hilo espinoso.

Nos paramos a reposar un poco.

–¿Tienes algo de comer? –pregunté.

–Los tamales estaban en la mochila de Chaska –respondió ella.

Buscó en el bolso de tela y sacó su walkman, y después una cosa grande como una bola.

–¿Qué es?

–Caramelos de coca. Me quedan cuatro.

Nos comimos uno por cabeza, yo habría querido dos, pero Laila dijo que era mejor guardarlos para después, y quizá tenía razón.

Vete a saber lo lejos que estábamos de nuestros enemigos.

Me parecía que habíamos recorrido mucho camino, pero quizá me equivocara y ellos estuviesen a solo unos minutos en coche de donde nosotros nos encontrábamos. Quizá estuvieran esperando a que se hiciese de día para pillarnos.

Cerca de nosotros, desparramados alrededor de la valla, había muchos cantos planos y lisos. Empecé a recogerlos y a apilarlos uno sobre otro para construir una pequeña torre. Enseguida Laila se acercó con curiosidad.

–Es una apacheta –le expliqué.

–Que sería…

–Un montoncito de piedras colocadas unas sobre otras. Es una cosa que se hace aquí en los Andes, me lo contó la enfermera… Bueno, eso, mi madre.

–Vale. Y ¿para qué sirve este montoncito de piedras?

–Todos los caminantes deben construir una apacheta cuando empiezan un viaje difícil. Es una ofrenda a los Apu, los dioses de la montaña, que de esta forma los protegen. Y considero que nosotros necesitamos toda la protección posible.

Miré a Laila. Creí que se burlaría de mí. Sin embargo, ella, a tientas, eligió una piedra pequeñita pero lisa, con forma de rombo y muy bonita. La colocó en la cima de mi apacheta.

Después, nos pusimos de pie y continuamos nuestro camino, al azar, hacia la cima de la montaña. En dirección a quién sabe dónde.

Había tenido una crisis.

Una crisis, una crisis.

Lo decía también el libro: después de la aparición de los síntomas visuales empiezan el deterioro cognitivo y la epilepsia.

Y ahora había tenido una crisis (una crisis, una crisis).

¿Había comenzado ya mi cerebro a autodestruirse? ¿Como si mi inteligencia fuera pintura seca arrancada de una pared?

No recordaba nada de lo que había sucedido. Volvía a verme de pie, las manos atadas a la espalda, a la espera de que el ruso hiciera sus cosas… Y justo después estaba en el suelo con la boca llena de saliva, de sangre, la cabeza que me explotaba, dolor en todos los músculos, como si hubiera intentado arrancármelos.

Había sido horrible y necesitaba descansar un poco; sin embargo, El Rato seguía insistiendo, me impedía retomar el aliento.

No sabía adónde íbamos y, en mi opinión, él tampoco. Atravesamos una calle asfaltada, después otra, todas las veces mi amigo me obligaba a volver a caminar entre los arbustos argumentando que era más seguro.

–Chis –dijo de repente–. Hay alguien.

–¿Dónde?

–Ahí.

Por increíble que parezca, conseguí verlo. Un puntito luminoso que se movía en diagonal y hacia arriba, delante de nosotros.

–¿Qué es?

–Un hombre –respondió El Rato.

–¿Los terroristas? ¿Vienen a cogernos?

–No, no. Es un viejo indígena. Tiene una capa, un sombrero peruano y un bastón. Se dirige a trabajar.

Aquella luz, aunque ondeante y lejana, me hizo sentir un poco mejor. Y me volvió a la mente el momento en el que encontramos a Chaska, cuando nos sentíamos perdidos, pero, después, todo había ido bien.

Quizá también esa luz estuviera ahí para ayudarnos. Un hilo de luz que venía a salvarnos.

–Sigámoslo –sugerí–. Tal vez nos lleve directamente a un pueblo.

–Mmm…, vale. Pero que no nos vea.

Así que empezamos a caminar detrás del desconocido. Quizá fuera un viejo, como decía El Rato, pero se movía con velocidad entre las rocas y las plantas, encontrando caminos invisibles.

La subida era dura y yo jadeaba.

–Cómete otro caramelo –me sugirió El Rato–. Verás cómo te sientes mejor.

Al fin, el cielo empezó a despejarse y llegó el alba.

Sin darnos cuenta, durante la noche habíamos escalado una cumbre muy empinada y ahora nos encontrábamos casi en la cima. El cielo era tan profundo que parecía un mar del revés, y nosotros dos nadábamos en aquella inmensidad demasiado grande para poder describirla.

Más adelante, justo en la cima de la montaña, nos esperaban un montón de antiguas ruinas incas, restos de muros y templos de una época olvidada.

Sin embargo, hacia abajo, la montaña estaba dentada por escalones puntiagudos, terrazas construidas para el cultivo y, más abajo aún, en la hondonada, destacaban la serpiente espumosa de un río y un pequeño pueblo.

–¿Tienes idea de dónde estamos? –me preguntó El Rato.

–No –respondí–. Pero... es maravilloso. El lugar más bonito que haya visto en mi vida.

Estaba cansada, desesperada, sufría de vértigo y, sin embargo, estar allí al sol naciente me hizo sentir segura, potente y viva. Un destello resplandeciente de energía en el gran corazón del mundo.

Cogí el walkman del bolso y pulsé el botón para grabar el silbido del viento que se agitaba a nuestro alrededor. Quería recordarlo para siempre.

–¿Qué haces? –me preguntó él–. No es el momento de escuchar música.

–Sí, tienes razón. Lo siento –dije. La forma en la que había decidido usar el walkman era solo asunto mío.

El viejo que nos había guiado durante gran parte de la noche había desaparecido. Nos habíamos distraído y quizá él había aligerado el paso.

Pero, paciencia, porque ahora tenía un verdadero camino bajo mis pies y podía ver de nuevo.

Las ruinas formaban una decena de construcciones de las que solo quedaban en pie los muros exteriores. Los edificios más grandes tenían un techo de paja, quizá para protegerlos de la lluvia.

–¿Has visto eso? –exclamé–. Las piedras de estos muros son todas diferentes. Y aun así están encajadas a la perfección, no pasaría ni siquiera un pelo... Parece casi magia.

–Será –dijo El Rato–, pero yo estoy cansado y, sobre todo, tengo hambre.

–Aquí abajo estamos seguros, descansemos un poco.

Señalé un cartel torcido que decía: QALLAQASA.

–Quizá en la guía turística ponga lo que es… –sugerí.
–¿Aún la tienes?
–Claro –respondí.

Tenía tanto el diario del doctor Clarke como el manual comprado en Cuzco un siglo antes, o eso me parecía.

Un poco más arriba de donde estábamos, en lo alto, había un pequeño templo, cuatro muros sólidos de piedra con un gran agujero para pasar y otros más pequeños, como ventanas (no sé por qué, pero estaba segura de que era un templo sagrado, aunque no tenía techo y en el suelo solo había hierba). De cualquier modo, desde ahí veríamos a eventuales intrusos, por eso entramos y nos sentamos.

–A ver –dije–. Qallaqasa. Aquí está, dice: «ciudadela fortificada de los Inca, construida sobre un espolón natural que mira hacia el valle del Urubamba, justo encima del pueblo de Pisac…». –Lo pensé un momento–. Entonces, Pisac debe de ser ese conjunto de casas de ahí abajo.

–Tardaremos un siglo en llegar –comentó El Rato.

Hojeé la guía para encontrar un mapa de la zona.

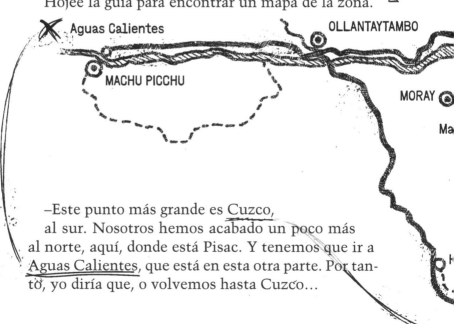

–Este punto más grande es Cuzco, al sur. Nosotros hemos acabado un poco más al norte, aquí, donde está Pisac. Y tenemos que ir a Aguas Calientes, que está en esta otra parte. Por tanto, yo diría que, o volvemos hasta Cuzco…

–¿Bromeas? Yo en aquella ciudad no quiero volver a poner un pie. Podrían estar buscándonos. Es peligroso.

–Estoy de acuerdo. Y, por eso, tendremos que seguir el río hacia el oeste, por este lado, hasta Urubamba y Ollantaytambo.

–¿A pie? Debe de estar lejísimos.

–Encontraremos un modo. Un taxi o algo. Aún tengo dinero escondido en los zapatos.

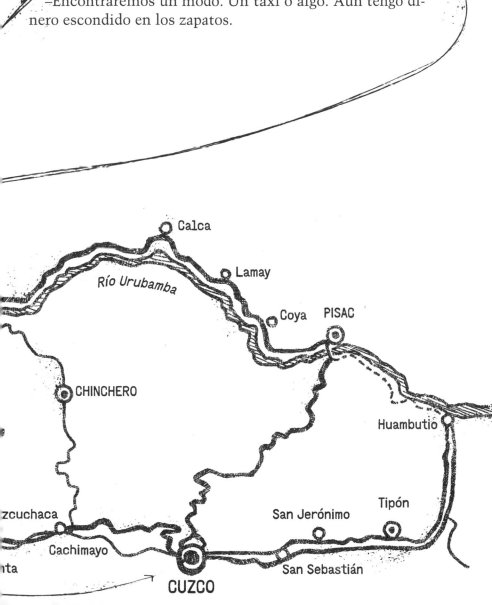

Sonreí, también El Rato. Después bostezó.

–¿Qué te parece si descansamos un poco más? Hemos caminado toda la noche...

–Sí, sí. Estoy destrozada.

Se colocó su mochila raída debajo de la cabeza, como un cojín, y cerró los ojos.

–Rato...

–¿Sí?

–¿Por qué estás aquí? O sea, quiero decir... ¿por qué has decidido dejar el Santo Toribio? Has dicho que querías dinero...

–Justo por eso.

–Pero no puede ser la única razón. Me dijiste que estabas enfermo, pero creo que no es verdad, me parece que estás muy sano. Y aun así vives en el hospital. Llamas papá al doctor Brown. Y mamá a una enfermera. ¿Por qué?

–Porque siempre lo he hecho.

–Y luego te escapas conmigo.

–Laila...

–Bueno, ¿me dices por qué estás aquí? Después de todo lo que nos está pasando, me lo merezco, ¿no crees? ¿No te parece que me lo merezco?

Vi cómo se mordisqueaba el labio con los dientes, en vilo entre decirme la verdad u otra mentira.

Después, resopló y se abrazó los hombros con las manos. Dijo:

–Tienes razón. No estoy enfermo.

Permaneció a la espera (de mi reacción, quizá, pero yo no moví un músculo). Añadió:

–Nunca lo he estado.

Un poco lo había sospechado, pero escucharlo era... no sabía qué. Tal vez ¿difícil?

–¿Ninguna enfermedad? –pregunté–. ¿No eres un paciente del Santo Toribio?

—Sí, bueno, no, en fin... Sabes que vivo en el Santo Toribio, en la unidad pediátrica, etcétera. Pero estoy bien.

—Entonces, ¿era todo fingido?

—Más o menos.

—Y ¿por qué?

—Había motivos... Los hay, vamos. Puedes creerme. Solo que no sé qué te parecerán a ti.

Estaba avergonzado. Quizá a fuerza de contar mentiras se hubiera olvidado él también de cuál era la verdad. O tal vez solo se tratase de cosas suyas, como yo con mi walkman.

Arranqué un puñado de hierbas y me lo restregué por las manos. Él suspiró.

—¿Estás enfadada? Te había dicho que estaba grave, mientras que tú, en realidad...

Lo pensé. No, la verdad era que no estaba enfadada. Estaba más bien contenta de saber que él estaba bien. También celosa, en cierto sentido.

—Entonces, ¿por qué estás aquí? —repetí—. ¿En serio es solo por el dinero?

—Sí. Bueno, el dinero me sirve para llevar a cabo un sueño. Es más, un Gran Sueño.

—¿Cuál?

—No se lo he dicho nunca a nadie.

—Yo no soy nadie —respondí enseguida—. Y mucho menos después de todo esto.

—¿Me juras que no te reirás?

Era muy raro ver a El Rato tan indeciso. Casi indefenso.

—Estoy buscando una casa —dijo.

Me entraron ganas de reír, pero por suerte conseguí contenerme.

—¿En el sentido de que quieres comprarte una?

—Sí, si consigo dinero.

—Pero... ¿una mansión? ¿Un castillo? ¿Qué tipo de casa buscas?

–Una casa normal. Incluso una pequeña. Pero con personas dentro. Que vivan en ella conmigo y que no se vayan.

–¿Compañeros?

El Rato suspiró profundamente.

–¿Sabes cuántos niños han vivido en el Nido conmigo desde que nací? Cientos. La mayor parte se queda un par de semanas, algunos un mes. Después, están los que se van y vuelven de vez en cuando para los chequeos. Es difícil hacer amigos de verdad de esa manera. Te acostumbras a que tarde o temprano todos se irán del hospital para volver al mundo de fuera, porque es allí donde tienen su hogar. Por eso, yo también quiero uno.

Asentí en silencio. Ahora lo había comprendido.

No era una casa lo que El Rato quería. Era una familia.

Pero él ya la tenía. Su padre, por ejemplo. ¿Por qué no vivían juntos?

Estaba a punto de preguntárselo cuando me di cuenta de que había vuelto a cerrar los ojos. Debía de estar muy cansado, o quizá ya no le apeteciera hablar más.

De cualquier modo, en aquel momento, yo tampoco tenía ganas de charlar.

Estaba agotada, y con un extraño sabor en la boca. Dulce y amargo a la vez. Pensé que puesto que él dormía a mí me tocaría hacer guardia por los dos, pero caí en las garras de Morfeo yo también.

Nos despertamos a la vez al oír voces. Me asomé para mirar desde una de las ventanas del templo: era una cuadrilla de turistas con mochilas y gafas de sol, y hablaban en inglés. Eran estadounidenses.

Me envalentoné (claramente no eran terroristas) y salí.

–Buenos días –los saludé en su lengua.

–Buenos días –respondió una señora de pelo blanco.

–Perdone si la molesto. Mi primo y yo hemos perdido un poco la noción del tiempo y me temo que mis padres se han alejado. ¿Me podría decir cuál es el camino para volver a Pisac? No querría que se preocuparan...

–Claro –respondió la mujer–. Solo hay que bajar por allí, no hay pérdida.

–Y ¿se tarda mucho?

–Una horita y media. Quizá dos. Tened cuidado, porque está muy empinado.

–Vale, gracias. Vamos rápido, que, si no, se enfadan.

Corrí a recoger a El Rato y nos dirigimos hacia el camino.

Los excursionistas tenían razón: era un recorrido difícil. Bajamos por una especie de túnel que en realidad era una hendidura horadada en la piedra y después por la escalinata más larga que jamás había visto, miles de escaloncitos de piedra que mordían la montaña, describiendo largas curvas, superando las terrazas, acompañados por el fragor majestuoso de una cascada.

Más o menos a mitad de camino encontramos un arroyo. No sabía si el agua estaba limpia o si me provocaría un dolor de tripa memorable, pero tenía demasiada sed.

Llegamos a Pisac sobre la una del mediodía. Era un pueblo con pocas casas, construidas alrededor de una plaza cuadrada invadida por puestos de productos típicos: jerséis de lana, pañuelos, gorros...

Nosotros nos acercamos a un quiosco de empanadas, compré dos para mí y tres para El Rato, y también dos botellas de chicha morada: una bebida hecha con maíz negro cocido, jengibre, limón y piña.

Lo devoramos todo de pie, delante de la señora del quiosco, engullendo sorbos de chicha para tragar.

–Teníais hambre, ¿eh?

–Un poco –respondí–. Perdone si la molesto, pero debemos llegar a Aguas Calientes. ¿Sabría decirme cómo llegar hasta allí?

–Ah, está el autobús. Pasa por el puente del río y os llevará hasta el pueblo de Urubamba. Una vez allí, tendréis que cambiar de autobús al de Ollantaytambo. Y después, debéis tomar el tren. Hubo un incidente ayer en Cuzco, una historia horrible..., pero creo que el de Ollanta a Aguas aún funciona sin problemas. Cuando estéis allí es mejor que preguntéis.

Fingí estar muy sorprendida.

–¿Un incidente en Cuzco?

–Terrible –respondió la señora–. Los guerrilleros hicieron explotar un tren. Hubo siete muertos y casi cuarenta heridos...

–Ay, cielo santo –dije estremeciéndome–. Y ¿han hablado de un secuestro?

–No, no lo creo, ¿por qué?

–Por nada –corté enseguida–. Me habré confundido. Por otro lado, ¿podría decirnos cuánto se tarda en llegar a Ollanta?

–Depende de cuándo pasen los autobuses. No más de tres horas.

El Rato me hizo una señal. Dimos las gracias a la señora y nos dirigimos hacia el puente.

En Pisac no habíamos visto ninguna cara sospechosa entre los puestos del mercado, ningún movimiento extraño. Y habíamos comido, bebido, dormido.

Me sentía bien otra vez.

Segura.

Estaba preparada para afrontar la siguiente etapa del viaje.

En resumen.

Al fin le había contado a Laila mi Gran Sueño. Y aunque no le había revelado toda la verdad, al menos no le había vuelto a colar mentiras.

Me sentía extraño, pero mejor que de costumbre, aunque mi Secreto aún estuviera allí, solo conmigo, haciéndome compañía.

Pasamos el puente y nos pusimos a esperar el autobús, que en realidad era una camioneta como la que nos había secuestrado en Cuzco; se parecía tanto que me entraron ganas de salir corriendo.

Sin embargo, en esta había un chico colgado fuera que gritaba:

–¡Cuzco, Pisac, Urubamba! ¡Cuzco, Pisac, Urubamba!

El conductor era anciano y con él había mujeres con sombrero y un niño en uniforme de colegio. Nada de secuestradores.

Subimos a bordo, Laila delante, cerca del conductor, y yo al fondo, al lado de una señora que llevaba una gallina viva en el regazo.

Seguimos el río por un valle muy profundo, alrededor había montañas tan altas que no conseguía ver su cima, pocos árboles, de vez en cuando grupos de cabañas.

La carretera tenía socavones increíbles, albergaba la esperanza de poder dormirme otra vez, pero cada vez que cerraba los ojos, se oía un

¡PIM! ¡PUM! ¡PAM!

Y yo saltaba golpeando el techo con la cabeza y me despertaba. En medio de aquel trajín, la más tranquila era la gallina, que miraba por la ventana como una pasajera más.

Después de una infinidad de socavones llegamos a un pueblo más grande que los demás y el autobús se paró.

–¡Urubamba! –anunció el revisor.

Todos se bajaron en un aparcamiento lleno de otras camionetas a la espera.

–¿Ollantaytambo? –preguntó Laila.

Nos indicaron la camioneta, esperamos a que se llenara de pasajeros, después, más socavones. Llegamos por la tarde, cuando el sol ya estaba rojo, con el estómago revuelto.

Ollanta no es que me impresionara mucho.

Por el centro pasaba el mismo río que seguíamos desde Pisac, es decir, el Urubamba, que llegaba también a Aguas.

La plaza de Armas era pequeña, con algunos bancos y restaurantes y tiendecitas de suvenires alrededor, justo como en Cuzco, pero menos bonitas. Había tráfico de autobuses, coches y motocicletas, y por todas partes flechas que decían: «Estación de tren» y «Estación para Machu Picchu» y «Tren a Aguas Calientes», etcétera.

En fin, esos trenes parecían ser las verdaderas maravillas de la ciudad.

–¿Vamos a ver si la estación de ferrocarril está aún bloqueada por el asunto de la bomba? –preguntó Laila.

–Ya es tarde… Yo propongo que busquemos un hotel para pasar la noche.

–¿Y si nos preguntan por qué viajamos solos?

Me encogí de hombros. Ya empezaba a entender cómo funcionaba el mundo de fuera del hospital: si tenías dinero, las personas ricas no hacían demasiadas preguntas. Y tampoco los pobres. Aún albergaba dudas sobre los que estaban en medio, pero me mantendría alejado de ellos.

Desde la plaza giramos hacia abajo para seguir una calle de piedra cerca de un torrente. A lo largo de esta había un montón de ventas, cada una más miserable que la anterior.

Para no correr riesgos llevé a Laila hasta el final, donde el pueblo se convertía en campo y estaban los caseríos más maltrechos de todos.

–¿Entramos aquí? –pregunté.

–No lo sé –respondió Laila–. Parece una casa horrible.

–Exacto.

Llamé y entré en el salón. Sentada en un sofá deshilachado, había una vieja fondona, pesaría unos cien kilos

–Hola, muchacho –me saludó.

–Mi amiga y yo hemos tenido un imprevisto... Estamos buscando un sitio para pasar la noche. También para comer, si se puede. Tenemos dinero. ¿Es esto un hotel?

La Vieja Fondona se restregó las manos en el delantal.

–Es una pensión. Y si podéis pagar tengo una habitación para vosotros.

Ya estaba hecho.

La Vieja Fondona nos enseñó un cuartito con una cama matrimonial sin colchón, solo el somier y encima una manta para que la espalda no reposara directamente sobre los muelles. Pero nosotros estábamos agotados y la cama nos habría parecido bien incluso cubierta de espinas.

En el jardín también había un baño con una especie de ducha, que era en realidad una tubería que salía del techo, y el grifo, por su parte, estaba fuera, cerca de un seto.

Yo lo abrí para Laila y ella se lavó.

–¡Está helada! –gritó desde dentro del baño.

–Así os ducháis más rápido y no se derrocha agua –comentó la Vieja Fondona.

En aquel momento no tenía intención de probarlo, pero Laila dijo que si pensaba dormir con ella no me quedaba más remedio, así que la hielo-ducha también me tocó a mí.

Mientras tanto, la Vieja Fondona había calentado el caldo de gallina: una sopa de pollo con huevo, patatas y más cosas.

Laila comentó que daba bastante asco; a mí, sin embargo, desde que había dejado el Santo Toribio todo me sabía riquísimo y me comí también la mitad de su ración.

Lo mejor es que la Vieja Fondona no nos hizo demasiadas preguntas sobre quiénes éramos ni sobre nuestros padres, etcétera. Tenía prisa por volver al sofá.

Después, llegó la hora de ir a la cama y me di cuenta del problema.

Teníamos que dormir juntos.

Cosa que ya había ocurrido antes, en Cuzco, solo que aquella vez no estábamos en la misma cama, mientras que ahora sí.

Y esto daba pie a toda una cuestión vergonzosa, porque en el Santo Toribio los chicos más grandes me habían explicado que, cuando un hombre duerme con una mujer en la misma cama, en realidad no es que duerman de verdad, sino que tienen sexo. Que además es como se hacen los niños.

Y luego me había informado, yo solo, porque en el hospital encontraba con facilidad todos los libros que quería sobre el cuerpo humano, así que con el tiempo me hice una idea bastante clara del asunto. En teoría. Era una pena que, en realidad, en la práctica no supiese nada de nada.

Por encima de todo, en aquel momento no entendía muy bien cómo comportarme, qué reglas respetar.

¿Debía hablarlo con Laila? ¿Hacer como si nada? ¿Y si después el sexo ocurría sin querer?

Porque Joaquín decía eso, que era una especie de fuerza explosiva de la que no entendías nada.

Yo más que explosivo, me sentía asustado.

La Vieja Fondona me había dado una linterna de queroseno, así que la usé para alumbrar las escaleras.

Subimos a la habitación a un paso muy lento. Intentamos colocar lo mejor posible la manta sobre el somier, también Laila sentía vergüenza y mantenía la mirada baja. Mientras: qué parte quieres, aquí o allí, mejor aquí, a mí me da igual, imagínate, etcétera.

Al final, ella se tumbó en el lado derecho completamente vestida y envuelta en su poncho, con las manos cruzadas sobre la tripa.

–¿Qué hago? ¿Apago la luz? –pregunté.

Joaquín decía que se podía tener sexo con la luz encendida o apagada, pero no tenía ni idea de qué era mejor.

–Como veas.

Giré al mínimo la manecilla de la lámpara y la llama se apagó, cayó la oscuridad.

Me tumbé sobre la cama también yo y el somier chirriaba a cada movimiento, mucho peor que mi colchoncillo de la ferretería.

CHIIIC-CHIAAAC-IIIIIIH-OOOOOOOH

Miré al techo.

–Laila…

–¿Sí?

–No, nada.

Y después de un momento:

–¿Rato?

–¿Sí?

–Gracias por lo que hiciste ayer por la noche. Por guiarme.

–Claro, sin problemas.

–Y gracias también por haberme contado tu gran sueño. Es muy bonito.

–Sí.

–¿Aún tienes ganas de hablar sobre ello?

–No, no muchas.

–Como quieras.

–Vale.

–Vale.

–¿Laila?

–¿Rato?

–Estaba pensando... No, nada, no importa.

Como el ambiente se estaba volviendo insoportable, me puse de lado. De esta forma, me encontré muy cerca de Laila, de su boca semicerrada en la penumbra.

Era guapa, nunca me había fijado hasta ahora, pero era realmente guapa, parecía estar tierna como una fruta, sentí ganas de morderla. ¡Dios mío! ¿Qué. Estaba. Pensando?

¿Por qué me venían a la cabeza cosas así?

¿Era la fuerza explosiva de la que hablaba Joaquín?

¿Qué tenía que hacer ahora? ¿Morderla de verdad?

Laila abrió los ojos.

–¿Por qué me miras?

–No... por nada.

–Me das miedo. Date la vuelta hacia el otro lado enseguida.

–Um. Vale. ¿Laila?

–Sí.

–¿Piensas que...?

–¿Qué?

–Si, en fin, ya sabes.

–¿Eh? ¿De qué estás hablando?

–En fin, nosotros... ¿Crees que... podríamos hacer sexo?

–¡Qué! Pero ¿eres tonto?

En aquel momento ocurrió algo que no había previsto: ella alargó las manos, me agarró por los hombros y con una fuerza increíble me empujó hacia atrás.

Me hizo rodar sobre la cama con el chirrido de los muelles, después perdí el equilibrio y terminé en el suelo con un golpe y una nube de polvo.

ESPATUNF.

–¡Ay! ¡Me has hecho daño!

–¡Eso espero! No te atrevas a volver a la cama. Duermes ahí, en el suelo, así quizá se te calmen los espíritus ardientes.

–¿Qué... quieres decir?

–Ni una palabra hasta mañana por la mañana o juro que me pongo a gritar.

Está bien, pensé, en el fondo el suelo era más cómodo. Me puse de lado, cerré los ojos y me dormí hasta el alba.

Cuando me desperté, Laila ya estaba en pie con mal aspecto.

–¿Has dormido bien? –pregunté.

–No he pegado ojo –respondió ella–. ¿Y tú te has vuelto normal? Ayer por la noche parecías estar fuera de tus cabales.

Tosí.

–Diría que estoy bien. –Intenté sonreír–. ¿Vamos?

Salimos sin desayunar porque la Vieja Fondona aún estaba dormida. Recorrimos las calles del pueblo siguiendo varios carteles hasta que llegamos a una pequeña casa cerca de los andenes del tren.

–Chaska dijo que la estación de Cuzco era peligrosa... Sin embargo, aquí yo diría que no corremos peligro –comenté–. No hay nadie.

Laila me dirigió una mirada triste.

–Pobre Chaska...

–No sabemos lo que le ha pasado. Quizá esté bien.

–¿Crees que Ladoga y los demás la habrán dejado vivir?

En realidad no creía eso, pero Laila no quería escucharlo, así que me inventé una mentira.

–Sí, claro. Ella era... es una mujer dura. Estoy seguro de que está lejos de allí.

Le sonreí intentando parecer alentador, después me acerqué a la ventanilla y pregunté por el primer tren a Aguas Calientes.

–Los trenes de turistas han sido suspendidos debido al atentado. Hay uno normal que debería llegar dentro de unas horas.

–¿Cuándo exactamente?

–No lo sé. A causa del atentado, hay retrasos. Si queréis, quedaos aquí y esperad.

No teníamos alternativa, así que Laila compró los billetes y nos sentamos en un banco.

Delante de nosotros, al otro lado de los andenes, se veía un trozo del valle, del río, además de la montaña altísima, oscura al sol, que quitaba el aliento.

–Oye –le dije a Laila–. Perdona por lo de ayer por la noche. En fin..., lo siento.

–No pasa nada.

–Vale.

Cogí aliento.

–Fue un poco extraño, ¿no?

–Sí, mucho.

–Quizá no deberíamos hablar de ello nunca más.

–Nunca más.

Así lo hicimos. Y permanecimos en silencio hasta que llegó el tren.

Creo que el tonto de El Rato lo había arruinado todo, me refiero a entre nosotros (en plan para siempre).

La noche anterior, en la cama, había abierto los ojos y me lo había encontrado a un palmo de la cara y había pensado: ahora me besa.

Y la verdad es que me habría gustado. Realmente me habría gustado. Ser besada, quiero decir.

Nunca antes había estado con un chico y no sabía si estaba enamorada de El Rato. Creía que no. Pero era majo, y me había salvado la vida por lo menos un par de veces, y también era el único chico que tenía cerca y quizá el único que tendría.

Era un pensamiento realmente horrible, querer besar a alguien solo porque quizá fuera la última posibilidad, sin estar enamorada de él. Y, además, ¿cómo se sabe si uno está enamorado?

Porque algo sentía, dentro, pero ese algo no tenía nombre, o yo no sabía dárselo, y estar así me enfadaba.

Y, después, ocurrió esa estupidez sobre el sexo y no sé cómo me contuve para no darle un puñetazo.

Llegó el tren y estaba bastante destartalado. Se movía muy despacio, arrastrado por una locomotora diésel, y había gente que se asomaba por las ventanillas e incluso por las puertas, que permanecían abiertas. Estaba de bote en bote, además, tenía solo dos vagones.

Pedí a El Rato que me ayudara a subir.

Puesto que veía bien en el centro y mal a los lados, en el gentío me costaba más orientarme, porque bastaba un segundo para recibir un codazo en el estómago o un maletazo en la frente; no veía los obstáculos y me era imposible esquivarlos. Además, que te golpeen de repente con algo que no ves da bastante miedo.

En el tren había hombres en uniforme de trabajo, mujeres con hatillos de lana sobre los hombros, niños, gallinas, incluso una pequeña alpaca con muchos lazos de colores alrededor del cuello y el hociquito por fuera de la ventana.

En aquella confusión, encontrar un banco era imposible, así que nos colocamos en el suelo. Todos parecían estar sumergidos en sus pensamientos y yo los miraba preguntándome si entre ellos podría haber un espía, quizá un centinela de los terroristas aún nos estuviera buscando.

–Laila, ¿has pensado en qué haremos cuando lleguemos allí?

Sí, en efecto, debería saberlo. Hojeé el diario del doctor Clarke en busca de algún indicio que quizá se me hubiera escapado. Decía que su socio, Miguel Castillo, era originario de Aguas Calientes, tenía familia allí, y cuando no iba de excursión a la selva, era guía en el parque turístico de Machu Picchu. Pero era una nota de 1941, es decir, antes de que mis padres nacieran.

–No sé –respondí–. Iremos a dar una vuelta. Preguntaremos a alguien si conoce a los Castillo. Y si es así, iremos a buscarlos.

–Pero en todo este tiempo podrían haberse mudado y haber acabado quién sabe dónde.

–Lo sé.

–O bien no han oído nunca hablar de Clarke y de Miguel. Porque yo no tengo ni idea de quiénes fueron mis abuelos. Si alguien viniera a preguntarme…

–Escucha: ¡ya lo sé! Soy consciente, ¿vale? Quizá no encontremos a nadie. O si lo encontramos, tal vez no pueda ayudarnos. Entonces todo se acabará, volveremos al hospital y esperaré a morir y punto.

–Perdona… –balbuceó El Rato–. No pretendía.

Me avergoncé un poco. La última frase se me había escapado, preferiría no haberla dicho.

–Perdóname tú. El hecho es que tengo miedo… No sé si lo lograremos. Pero debemos intentarlo.

El Rato me sonrió.

–Lo haremos y lo lograremos. Ya verás. Mira hasta dónde hemos llegado…

Apoyé mi cabeza en su hombro.

El tren se paró en Aguas Calientes con un ruido chirriante de frenos; era la última parada, en el sentido de que las vías terminaban justo allí, poco después de la estación.

Había mucha humedad y las cumbres de alrededor estaban cubiertas de vegetación. En ese instante me di cuenta de que había visto muy pocos árboles en los últimos días, y eran todos delgaditos. Sin embargo, aquí las laderas de las montañas estaban recubiertas de un verdadero bosque, abarrotadas, no tenían nada que ver con los de Finlandia, de pinos y abedules. Estos eran árboles de la jungla, creaban un manto impenetrable.

Las cumbres que había por encima de nuestras cabezas estaban escondidas por nubes esparcidas alrededor y el pueblo surgía en torno a la riba del mismo río, el Urubamba, que, sin embargo, aquí se volvía tumultuoso y violento.

El fuerte fragor de sus aguas me hizo imaginar el rugido de un monstruo.

–¿Por dónde empezamos? –preguntó El Rato.

Le señalé la primera tienda de la calle.

–Por ahí.

Había un minimercado donde se vendía un poco de todo. En la caja había una chica con pinta de estar aburrida. Com-

pramos un par de granadillas para desayunar, que son frutas
parecidas a los nísperos, aunque mucho más grandes.

Pasé una moneda a la cajera.

–Estamos buscando a la familia Castillo..., ¿los conoces?
¿Sabes dónde viven?

Ella levantó la cabeza lentamente.

–¿Los Castillo? ¿Cuáles?

–¿En qué sentido? Es decir..., ¿hay más de una familia
que se llame así?

–Yo conozco a tres: la de Julia Castillo, la de Roberto Castillo, y la de Miguel...

–¡Miguel! –gritamos El Rato y yo a la vez.

–Entonces es fácil: debéis pasar el puente, seguir el camino marcado al lado del río y llegar a la pollería El Diablo.
Ese negocio es suyo. Y su casa está allí cerca.

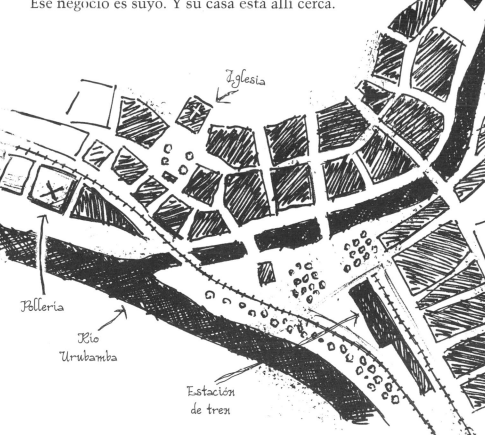

Fuera, El Rato me cogió de las manos con una sonrisa que le brotaba de la cara como una flor.

–¿Lo has oído? ¿Crees que se trata realmente de *ese* Miguel?

–Por qué no –respondí–. Si está vivo, tendrá unos sesenta años…

–Sí, pero entonces eso significaría que Castillo y Clarke volvieron de la expedición de la jungla, ¿por qué nunca avisaron a nadie? ¿Por qué el doctor no volvió a trabajar en el Santo Toribio?

Me encogí de hombros, en realidad no tenía ni idea.

–Dime… Tú, después de haber visto todo esto, las montañas, los bosques, ¿querrías volver a un hospital?

–Desde luego que no.

Me sentía confusa, impaciente por llegar a la pollería y comprobarlo, pero también estaba un poco asustada. Como si tuviera miedo de que me desilusionaran. Así, en lugar de darme prisa, dudé, cogí una de las granadillas que acabábamos de comprar y abrí la cáscara contra una piedra. El fruto por dentro era una papilla plagada de semillas con un aspecto horrible, parecía un cerebro despachurrado… Pero ¡qué sabor! Metí los dedos y me tragué un puñado. Sabía a fruta de la pasión, y a melocotón, y era dulce, y me animó.

Alentados por el desayuno, El Rato y yo nos dirigimos por el camino marcado y, después de un trozo, echamos a correr (yo con los ojos plantados en el suelo, intentando no tropezar).

La pollería El Diablo estaba justo donde nos había dicho la chica y era uno de esos pequeños restaurantes típicos conformados por una única estancia con una sola puerta. Daba directamente a la calle, con algunas mesas de plástico dentro y varias sillas.

Era casi la hora de la comida y, sin embargo, allí no había nadie.

–¡Hola! –llamó El Rato.

–Marta ha salido –respondió una voz de detrás de la barra–. Volverá enseguida, si podéis esperar.

–Sí, sí, pero nosotros no buscamos a Marta –balbuceé–. En realidad, hemos venido…, hemos recorrido grandes distancias… para hablar con Miguel. Miguel Castillo. ¿Lo conoce por casualidad?

Un momento de pausa, que yo escuché aguantando la respiración.

–Diría que sí. –Otra pausa–. Yo soy Miguel Castillo.

Laila lanzó un gritito.

Después, desde el fondo de la pollería, alguien salió.

Era un joven de veinte años como mucho, con el cabello cortado a tazón y una gorra con algo escrito encima a bolígrafo: POLLERÍA EL DIABLO.

Tenía una gran sonrisa cuando dijo.

–Aquí estoy. Pero no creo que os conozca…

–Ya –balbuceé–. Sin ánimo de ofender, amigo, pero me parece que ha habido una confusión. Perdona.

Laila, que me agarraba del brazo, no me dejó moverme de allí.

–Nosotros buscábamos a otro Miguel Castillo. A alguien… mucho más anciano.

–No hay más Migueles Castillo en Aguas Calientes.

–Ahora quizá no –explicó Laila–. Pero hace tiempo sí… Un señor con ese nombre vivía aquí en la época de la Segunda Guerra Mundial. Trabajaba en el parque de Machu Picchu y tenía un amigo estadounidense. El doctor Robert Clarke…

Él se rascó la nariz.

–Mmm. Creo que estáis hablando de mi abuelo, entonces. Él también se llamaba Miguel. Yo no llegué a conocerlo, murió antes de que yo naciera.

–¿Cómo?

El joven Miguel nos lanzó una mirada de perplejidad.

–¿Y a vosotros qué os importa?

–Sí, perdónanos, hemos hecho un largo viaje –expliqué–. Hemos venido desde Lima para hablar con él. Es importante, de verdad.

–Mmm... Bueno, si queréis, podéis venir a casa conmigo. La abuela Auka estará cocinando, le agradará recibiros. Le gusta tener invitados. Además, está justo aquí al lado.

La casa de los Castillo estaba en la segunda planta de un edificio con la fachada de ladrillo. Para llegar allí subimos por una escalera sin barandilla y recorrimos una pasarela exterior. Desde allí, entramos en una habitación con el suelo cubierto de esterillas. Una señora descalza estaba mezclando algo sobre los fogones de una cocina económica. Tenía el cabello gris y a la espalda llevaba una faja de lana de colores de la que sobresalía un bebé con los ojos muy negros.

–¡Abuela! –la saludó Miguel, después le habló a toda velocidad en una lengua indígena que yo no conocía y la señora respondió. Seguramente hablaban de nosotros, porque nos miraban fijamente.

Yo me puse a hacerle caras graciosas al bebé, que me lanzaba alguna que otra sonrisa.

–¿Te gustan los niños? –me preguntó Laila.

Me puse rojo, y ella también.

–Estos chicos han hecho un largo camino para saber del abuelo –explicó Miguel volviendo a usar el español.

–De acuerdo –dijo la señora–. ¿Qué queréis saber?

Laila se frotó las manos.

–Es... es una larga historia.

Auka asintió, aún de pie, con el cucharón y el niño a sus espaldas.

–Es por el diario –empecé–. Por él supimos que el doctor Clarke había partido para la jungla, pero después se hablaba de una flor, y mi amiga piensa...

–Espera, espera –dijo Laila–. Intento explicarlo yo.

Así que ella contó lo que había ocurrido con pelos y señales, desde el día en el que había llegado al Santo Toribio. Yo habría preferido que omitiese algunas cosas, como cuando le hicimos la broma a sor Felipa, pero nada, también soltó aquello.

Cuando llegó al punto en el que se coló por la ventana del director y descubrió su enfermedad, los ojos de la señora se empañaron.

–Pobre niña. ¿Por qué no os sentáis?

Y nosotros, que nos habíamos quedado de pie, nos instalamos en el suelo con las piernas cruzadas.

Después, Laila continuó. Cuando contó lo del avión, la señora dijo:

–¿Tenéis hambre?

Yo tenía muchísima, para no variar.

Auka había cocinado patatas rellenas, que era el plato más rico que yo había probado nunca. Mientras lo engullía, Laila contaba lo de la bomba, el secuestro, la fuga.

Cuando llegó al final, yo ya me había comido todas mis patatas y la mitad de las suyas.

–Y, por eso, estamos aquí–terminó–. Hemos venido para descubrir qué les ocurrió a Miguel y a Robert Clarke, y para saber si podemos seguirlos en la búsqueda de la Flor Perdida de K.

Hubo un largo silencio.

El joven Miguel estaba de pie, se había quedado escuchando todo el tiempo. El niño sobre la espalda de Auka se había dormido.

En aquel momento, la mujer se levantó, se dirigió a los fogones y puso a hervir agua. En cuanto estuvo lo suficientemente caliente, sumergió hojas de coca. Echó aquel mate en tazas grandes, añadió un poco de miel y nos lo pasó.

Solo entonces, después de volver a sentarse en la esterilla, empezó a contarnos.

Tenía veintiocho años, Miguel y yo estábamos casados desde hacía un tiempo, pero no habíamos tenido hijos.

Descubrí que estaba embarazada justo el día en el que él recibió la carta de su amigo Robert. Le explicaba lo de esa flor, que un experto les había proporcionado mapas, y le pedía que se reuniera con él en Lima para organizar una expedición.

Miguel ya había estado en la selva antes: había partido justo después de nuestra boda y había pasado fuera más de un año. Por eso, yo esperaba que no volviera a irse otra vez. Pero no intenté detenerlo. Si te enamoras de un cóndor, no puedes enfadarte cuando, en cierto momento, vuela.

Fue a Lima y volvió un mes o dos más tarde en compañía de su amigo. Robert Clarke era un tipo delgaducho que siempre tosía, no tenía para nada aire de aventurero. Al menos era alegre, recuerdo que se reía constantemente, y hacía reír a Miguel.

Estaban contentos por su partida; yo, por mi parte, estaba enfadada. Si le hubiera ocurrido algo al niño que llevaba dentro, ¿quién habría estado a mi lado?

Miguel y Robert se quedaron en Aguas Calientes durante algunas semanas, el tiempo suficiente para organizar los últimos detalles, comprar provisiones y equipaje y dos mulas para transportarlo todo. Después, se fueron.

Pasó un año entero, yo tuve a Yurak, que es el padre de Miguel, aquí presente.

Después, una noche, oí que llamaban a la puerta.

Me encontré delante a mi marido y a Robert, tan maltrechos que casi no los reconocí. Delgadísimos, estaban cubiertos de infecciones a causa de los insectos, los ojos se les salían de la cara, y tenían fiebre alta.

Dijeron que la misión había sido un fracaso. No habían encontrado nada. Los mapas que les había vendido el señor Aguado eran falsos o inventados. Habían recorrido la selva, hablado con decenas de personas y, sin embargo, nadie había podido ayudarlos. Un viaje peligroso para nada.

Yo, por mi parte, estaba aliviada. Tenía la esperanza de que Miguel se quedara conmigo, trabajando en el parque y criando a nuestro único hijo. El único problema era Robert: el mundo estaba en guerra, él era estadounidense, y yo estaba convencida de que no veía la hora de volver a casa. Sin embargo, me equivocaba. Permaneció aquí con nosotros el tiempo necesario para recuperar fuerzas y después se preparó para partir. No para volver a Lima, al hospital. Y tampoco a Estados Unidos. Había decidido no decir a nadie que había vuelto.

Aquella flor se había convertido en su obsesión y en la única razón de su existencia.

—Nuestra primera búsqueda ha sido desatinada, pero la flor perdida existe, estoy seguro, y yo la encontraré.

—¿Quieres volver a la selva? —le preguntó Miguel cuando supo de su proyecto.

—Cuando sea el momento. Mientras tanto, debo estudiar. Buscar otros mapas, auténticos esta vez. Recoger información. Cuando esté seguro de dónde se encuentra, organizaré una nueva expedición

—Cuando lo tengas todo listo, llámame —respondió Miguel—. Yo te acompañaré.

La noche que Robert partió recé a los Apu, los señores de las montañas, para que hicieran que el doctor no encontrara la calle de mi casa para no tener que volver a verlo.

Pasaron otros dos años en los que Miguel y yo vivimos aquí, serenos, como una familia. Nuestro hijo creció y tuve otro bebé, una niña: Illa.

Después, una mañana de primavera, Robert volvió. Estaba envejecido, con menos pelo y más arrugas en la cara y, sin embargo, reía demasiado.

Entró en casa, se sentó en la esterilla y le dijo a mi marido:

—Lo tengo.

—¿La flor?

—Es como yo decía. Existe. Está escondida en la selva. Solo que la selva es grande y nosotros hemos buscado en el lugar que no debíamos.

Nos contó todos sus viajes. Había visitado las bibliotecas de la mitad de Sudamérica, había estado en Bolivia, en Brasil, había hablado con misioneros y exploradores.

Al fin, había conseguido un nombre.

—¡Iquitos! —nos dijo sonriendo.

—¿Qué es? —pregunté.

—Una ciudad muy al norte de aquí. Se encuentra en la región de Loreto, en lo profundo de la selva, a orillas del río Amazonas. Es un puesto de chamanes, brujos y curanderos, cerca de lugares aún vírgenes e inexplorados. Cada mañana, justo a la salida del sol, los pueblos del río cogen las canoas y van a Iquitos: venden en el mercado de Belén las hierbas y los animales que han cazado en la jungla. Entre estos indígenas también está el chamán del pueblo de K.

—¿Estás seguro? —preguntó Miguel.

—Durante estos dos años no he vuelto a casa, no he dicho a nadie quién era, he vivido en la clandestinidad. He

gastado mis ahorros y sacrificado todo lo
que tenía. Precisamente para estar seguro
de esto. Y lo estoy. El pueblo de K. se
encuentra en el río Amazonas, en la zona
de Iquitos. Y el mercado de Belén es el
modo de entrar en contacto con su chamán.

Las manos de Robert temblaban cuando añadió:

—Estaba a punto de irme yo solo, después recordé tu promesa. Y he venido.

Mi Miguel pidió ver el mapa, lo des-
enrollamos sobre una esterilla justo como
esta. Robert trazó con la uña una línea
que iba desde Aguas Calientes, donde nos
encontramos ahora, hasta Iquitos.

—Es una gran distancia —comentó Miguel—. Habrá miles de kilómetros.

—Incluso más, y por el aire. Un buen
vuelo en avión.

—Ni hablar de volar.

—Lo siento, amigo mío, pero es lo que
toca. A Iquitos no se puede llegar por
tierra... No hay calles que lleguen hasta
allí, la jungla es una barrera impenetrable. El modo más simple sería navegar
hacia arriba todo el río Amazonas con un
barco desde Brasil. Un viaje de semanas...
Si no fuera porque, con la excusa de la
guerra, en Iquitos acaban de construir un
aeropuerto.

—Esperad —intervine—. No podéis hacerlo.
—Miré a Robert directamente a los ojos—.
Miguel tiene dos hijos ahora, una familia.
Se acabó la época de los viajes para él.

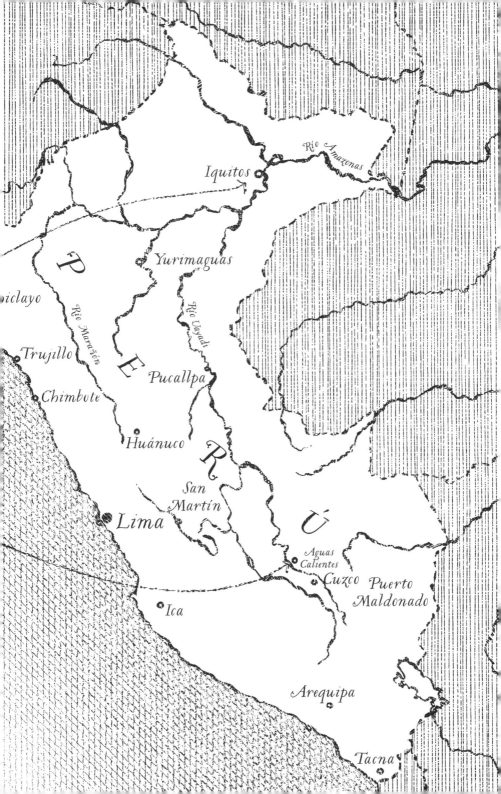

El doctor ni se inmutó.

—Como queráis. Yo solo he venido a recordarle su vieja promesa. También puedo irme enseguida de aquí.

Y eso hizo. Salió de nuestra casa y, aquella noche, Miguel y yo nos peleamos por primera vez desde que nos habíamos casado. Me había callado una vez, no volvería a hacerlo.

Teníamos dos bocas que alimentar, sus padres eran ancianos y sería un viaje peligroso, lejos de la civilización... Amenacé a Miguel con que, si partía, al volver no me encontraría ni a mí ni a sus hijos. Pero él no me escuchó.

Al alba me desperté mientras él aún dormía, salí de casa y subí al Wayna Picchu, donde recé al Apu de la montaña para que me aconsejara.

Y el Apu vino a mí.

No pongáis esas caras. En los momentos de peligro extremo los señores de la montaña se muestran a los hombres. A menudo toman la apariencia de un viajero: si alguien se pierde entre las cumbres y pide ayuda, un Apu puede aparecer con una linterna y mostrar el camino justo, para después desaparecer en la nada. A veces, por el contrario, se presentan en una casa con las ropas de un peregrino y piden hospitalidad, es su modo de ponernos a prueba.

Aquel día el Apu vino a mí vestido de viejo ciego. Le di hojas de coca y él aceptó la ofrenda y me preguntó qué quería.

—Abuelito —le imploré—. Mi marido quiere partir para un viaje largo y estoy preocupada. Dime qué hacer.

—El viaje de tu marido es peligroso —dijo el Apu después de un largo silencio— y podría no volver. Detenlo a cualquier precio si lo amas.

En aquel momento corrí a casa para advertir a Miguel, en su lugar encontré a mi cuñada, sentada sobre una esterilla con Illa y Yurak en brazos.

—Miguel me ha pedido que viniera para cuidar a los pequeños.

—¿Y él dónde está?

Mi cuñada negó con la cabeza.

—Se ha ido con el estadounidense. Ha dicho que no quería discutir más, pero que las promesas se cumplen. Ha dicho que te ama y que no te preocupes porque volverá pronto a tu lado.

Enloquecí de la angustia. Hice lo imposible por llegar rápido a la estación, debía advertirlo de la tragedia que estaba a punto de cernirse sobre nosotros. Por desgracia, llegué tarde: su tren ya había partido.

Puesto que su vida estaba en juego, cogí un billete para el siguiente tren y llegué a Cuzco. Lo busqué por todas partes en la ciudad, fui a llamar a todos los hoteles... No tuve suerte, o bien él y Robert habían partido ya para Lima o quién sabía hacia dónde.

Permanecí en Cuzco tres días, durmiendo en la calle porque no llevaba suficiente dinero conmigo.

Al alba del cuarto día pensé que, si Miguel había tomado su decisión, yo no podía hacer nada para detenerlo.

Regresé a Aguas Calientes, con mis hijos.

Y no volví a tener noticias de él.

Hasta hoy.

Cuando la señora Auka dejó de hablar, el niño que llevaba a la espalda se despertó y empezó a llorar.

Miguel, el joven, obviamente, se levantó y fue a abrazarlos a los dos, al pequeño y a la mujer (por primera vez me di cuenta de que quizá se tratara de su hijo).

Estaba conmovido, también la abuela, y el niño protestaba. Por el contrario, yo me sentía petrificada, dura e insensible como una piedra.

Iquitos.

Más de mil kilómetros por aire.

Una ciudad a la que no se podía llegar por tierra, había que volar hasta allí o ir a Brasil para después coger una barca.

Iquitos.

Seguía repitiendo ese nombre y el sonido entre los dientes era parecido a: DERROTA.

No tenía ninguna esperanza de llegar tan lejos.

A la otra punta de Perú.

Al centro de la Amazonia.

Ninguna.

Esperanza.

Mis piernas se deshicieron, se volvieron líquidas. Me puse de pie. Me di la vuelta.

Corrí hacia fuera.
Alguien me llamó gritando.
No me detuve.
Me lancé abajo por las escaleras, después por las pequeñas calles de Aguas Calientes, otra vez hasta la pollería, y desde allí a la derecha, por el río, para alejarme del pueblo y de todo.

La calle estaba enfangada, las casas poco a poco fueron sustituidas por la vegetación agobiante de la jungla, de las ramas colgaban largas lianas. El aire era húmedo, el río rugía, saltaba entre las enormes rocas, espumeaba, yo espumeaba también, corriendo, sin pensar en nada.

Tropecé y caí, rodé por el terreno blando y me enfangué el poncho, me volví a levantar, seguí corriendo, solo que volví a tropezar otra vez. Esta vez me golpeé la barbilla, me la restregué con la mano y me manché de sangre.

Había oído también un chirrido, así que hurgué el bolso y saqué el walkman. Se había abollado, pero apreté el botón y aún funcionaba.

Entonces grabé el fragor del río.

Un ruido ensordecedor, continuo; un gruñido de rabia como el que yo tenía dentro.

–¡Laila!

Lo oí, antes de verlo.

El Rato se abalanzó camino abajo y me alcanzó corriendo.

–¡Laila! ¿Qué haces?

Se sentó cerca de mí, sobre la hierba húmeda de la orilla (el Urubamba se agitaba bajo nuestros pies).

–¿Por qué has salido corriendo? Eh, ¡pero si estás manchada de sangre! ¿Te has caído? ¿Te has hecho daño?

Había jurado que no lloraría. Me había jurado a mí misma que no me echaría a llorar. De todas formas, no sirvió de nada. No conseguí reprimirlo.

–Laila, no te pongas así… El doctor y Miguel han desaparecido, de acuerdo, no volvieron nunca… Pero en el fondo ya lo sabíamos. No significa que a nosotros nos vaya a pasar lo mismo. Somos fuertes. Podemos…

–¿Hacer qué? –grité–. ¡Iquitos! ¡En medio de la selva! ¿Cómo llegaremos allí?

–Has escuchado lo que ha dicho la señora: su marido fue en avión, y hace un montón de tiempo. Solo tenemos que volver a Cuzco y desde allí…

–Ah, sí, claro. Y ¿cómo pagamos el vuelo? El avión cuesta un montón de dinero, venir aquí me ha dejado sin blanca. Lo que queda no será suficiente para dos billetes, ni siquiera para uno solo…

–El dinero podemos encontrarlo. Se lo pediremos a Chaska, o haremos que nos contraten en la pollería, ahorraremos. A las malas, lo robaré…

–Claro.

–Entonces, iremos en barco.

–¿Por el río Amazonas? Que, por si no lo sabes, es el más largo del mundo. Cruza todo el continente. Y puesto que allí no hay calles, ¿dónde cogeremos el barco? ¿En Brasil?

Y ¿cómo llegaremos hasta allí?

—Yo solo digo que solución hay, solo tenemos que encontrarla.

Quizá El Rato tenía razón, quizá no, pero yo estaba demasiado enfadada para pensar en ello.

Y decepcionada.

Cansadísima.

Había dejado mi casa, a mis padres, que estaban tan preocupados que habían puesto mi foto en los periódicos. Había llegado a Cuzco y había habido un atentado, me habían secuestrado, había tenido una crisis, me había escapado a las montañas de noche (quién sabía si había sido realmente un Apu el que nos había salvado) y después de haber cruzado los Andes, había llegado hasta allí.

Y ahora me encontraba delante de una pared.

Una demasiado alta para intentar saltarla.

No tenía fuerzas.

En fin, se acabó.

Bandera blanca.

—¿Por qué tienes el walkman en la mano? —me preguntó El Rato.

Lo miré, estaba tan enfadada que ya no recordaba por qué lo había cogido y encendido.

Miré a El Rato. En el fondo, sabía que se lo podía decir, habíamos pasado juntos muchas cosas y yo estaba harta de todo.

Me encogí de hombros.

—He decidido eliminar la música, de todas formas, ya me la sé de memoria. Estoy grabando el sonido del río.

Él me miró.

—¿Por qué?

—He pensado que… —alcé la cabeza—. Cuando esté ciega, ya no podré ver fotos o dibujos, ni leer libros. Pero quizá aún pueda escuchar. Y por eso, hago esto. Los ruidos importantes, las voces, lo estoy grabando todo para llevarlo conmigo. Y si algo saliera mal..., si muriese, las voces estarían ahí para los demás. Una huella. Una especie de herencia.

El Rato cogió el walkman entre las manos, se lo llevó a la boca y declaró:

–Probando, probando, esta es la primera grabación de El Rato, ¡informo a todos de que Laila es realmenteunagrangilipuertas!

–¿Eh?

–Sí, sí, gilipuertas. Tontaina. ¡Llorica!

–Para ya y dame la cinta.

–Ni pensarlo; Laila no puede rendirse, ¡tonta del culo!, ¡idiotaca!

Era algo estúpido y pueril, así que le salté encima para quitarle el walkman; ese tonto lo estaba arruinando todo, como siempre. Pero él no soltó su presa, rodamos por la hierba y empecé a golpearlo, él recibió los puñetazos sin ni siquiera defenderse, estaba tan manchado de tierra que parecía un chico de barro y empecé a reírme.

Y él también se rio.

Primero bajito, después fuerte.

Y de repente toda la angustia que tenía ante mí se me pasó por un momento.

Me incliné sobre él.

Cerré los ojos. Le

Un beso.

Pequeño, simple, con los labios cerrados.

Duró un instante.

Pero fue mi primer beso y nunca lo olvidaré.

Cuando levanté la cabeza, vi que también El Rato había cerrado los ojos, y escuché una voz detrás de mí que decía:

–Espero no haber interrumpido nada.

Me giré de golpe.

En el camino, de pie, con las piernas separadas, estaba el ruso.

Con la nariz rota e hinchada.

Y en los labios una sonrisa desfigurada.

Intenta tú entender a las chicas, o mejor: intenta entender a Laila.

La noche anterior me había hecho dormir en el suelo y ahora me besaba.

Yo solo había visto los besos en las películas y, para ser sincero, no me habían parecido gran cosa.

Pero aquel beso.

¡Aquel beso!

Había sido un fuego lleno de colores, además de una sensación extraña en la tripa, confusión, también miedo, y el pensamiento de que nunca me había pasado nada tan bonito y quería que durara para siempre. O, al menos, me apetecía volver a hacerlo lo antes posible.

Por eso, con toda esa vorágine dentro, me costó un poco conectar con el cerebro cuando escuché:

–Espero no haber interrumpido nada.

Puesto que estaba tumbado sobre la hierba, con Laila a horcajadas encima de mí, no conseguí levantarme enseguida y giré la cabeza a un lado. El compañero Ladoga.

Ay, mierda.

Laila se levantó, yo también, me sacudí el barro de la ropa lo mejor que pude.

Mientras tanto, pensaba desesperadamente: el ruso estaba a una decena de pasos de nosotros. No nos apuntaba con ninguna pistola, lo que nos daba margen de acción. Podía correr hacia él y darle un cabezazo en la nariz, que, roja como estaba, debía de dolerle mucho. O bien, escapar. Tirarme al río. Mejor el río que los terroristas, ¿no? Pero yo no sabía nadar, en el hospital no es que hubiera piscinas para aprender.

–No os mováis –nos advirtió Ladoga.

Esto me hizo pensar que, en realidad, esa era una buena idea, así que cogí a Laila de la mano mientras miraba a mi alrededor. Camino o río, quizá bosque, ¿lanzarnos entre los árboles?

Después me di cuenta de que alguien más corría calle abajo hacia nosotros. Y ese alguien era Chaska.

¿Chaska?

Entrecerré los ojos un par de veces.

¡Sí, sí, era ella seguro!

Por un instante me quedé como petrificado. Durante dos días enteros me había esforzado en no pensar en ella, en fin, ¿qué podía hacer más que olvidarla?

Y, sin embargo, ahora la tenía ante mis ojos.

¡Viva!

Era maravilloso, increíble, pero...

¿Qué hacía allí?

¿Había venido a salvarnos?

Seguramente tuviera un arma, mataría a Ladoga y después...

Y nosotros...

–¡Por suerte, los has encontrado!

Chaska se colocó al lado de Ladoga, se puso de rodillas para recobrar el aliento y le apoyó una mano en el hombro. Así, como si fueran colegas.

–Les he dicho que no se movieran –masculló el ruso.

–De acuerdo, ahora os explicamos.

¡Más les valía! ¡Había muchas cosas que explicar!

—¿Te has pasado a su bando? ¿También tú te has hecho terrorista?

Ella y Ladoga se miraron, después estallaron en una carcajada.

—No —dijo Chaska—, desde luego que no.

—Más bien, yo me he pasado al vuestro —exclamó Ladoga.

Laila me lanzó una mirada confusa; yo también estaba bastante confundido. Llegados a este punto, *realmente* necesitábamos una explicación.

Nos dirigimos otra vez al pueblo, los cuatro, pero yo mantenía la máxima distancia con el ruso, porque, con todos mis respetos, no es que me fiara ni un pelo.

—A ver —dijo Laila. Caminaba rígida, un poco como solía hacer—. ¿Qué ha pasado? Cómo es que vosotros dos...

—Cuando os escapasteis del garaje, Viktor y yo luchamos —explicó Chaska.

—Viktor es mi verdadero nombre —explicó Ladoga—. Y no luchamos. Luchó ella sola. Me rompió la nariz y estuvo a punto de matarme.

Se levantó el cuello de la camisa para mostrarnos un corte profundo.

Sonreí: la marca de mi clavo.

—Después, él se defendió y estuvo a punto de matarme a mí.

—Entonces, paré —continuó Ladoga—. En la oscuridad me pregunté qué estaba haciendo. ¿Estrangular a una mujer? ¿Y correr en medio de la oscuridad para acabar con dos chavales? Me volvió a la cabeza una promesa que le hice hace mucho tiempo a mi hermana. Antes de partir hacia el sur de América. Le juré que nunca haría daño a un niño, a cambio de mi propia vida.

Ah, pensé, qué bonito y gran discurso. Demasiado para ser verdad. Seguía sin fiarme.

—Viktor dejó de estrangularme y me dijo que teníamos que estar callados porque, de lo contrario, nos arriesgábamos a despertar a los demás y, entonces, nos matarían a los dos.

—Es esto lo que quería decir con «a cambio de mi propia

vida». Los guerrilleros no olvidan: una vez que has jurado, estás con ellos para siempre. O te vuelves un traidor al que hay que eliminar.

Laila se paró para mirarlo.

–Entonces, ahora, ¿eres su enemigo?

–Yo no tengo nada contra esas personas... Pero creo que me están buscando, sí. Y si me encuentran...

Hizo un gesto con los dedos: ¡PUM!

–Pistola en la cabeza y adiós.

Lo dijo sonriendo; a mí, sin embargo, me parecía algo muy serio.

–Salimos del garaje, encontramos a la centinela que se había quedado dormida en la camioneta –siguió Chaska–. La atamos, la amordazamos y la dejamos encerrada en el edificio. Después, robamos la camioneta y vinimos a buscaros.

Volví a pensar en el momento en el que, por la noche, vimos los faros de coche en la carretera. Creí que se trataba de los terroristas... Sin embargo, quizá fuera Chaska.

–La camioneta nos servía también para bloquear a los otros en el refugio, dejarlos sin medio de transporte y ganar tiempo –añadió Ladoga.

–En fin, nos pusimos a preguntar a la gente. Dos chicos que viajan solos, y uno de ellos es una niña rubia, no pasan desapercibidos. Visitamos algunos pueblos, en Pisac nos dijeron que habíais ido a Ollanta, y allí que habíais cogido el tren. Vinimos aquí y nos hablaron de la pollería.

–Y Miguel nos ha dicho que os acababais de escapar.

–Llorando –añadió Ladoga.

–No estábamos llorando –protesté.

Mientras tanto, a fuerza de caminar habíamos llegado a la pollería, que aún estaba desierta, a excepción de Miguel, que había vuelto al local, y de una joven con aire simpático que se presentó como su esposa, Marta.

Después de pedir perdón por la fuga y tras alguna que otra

presentación, nos sentamos con Chaska y Ladoga a una de las mesas. De nuevo, Laila repitió toda su historia, incluidas las revelaciones de Auka.

Cuando terminó, Chaska negó con la cabeza.

–¿Iquitos? En efecto, está muy lejos...

–En la otra punta del mundo –dije yo.

–No tanto, pero mucho.

–El problema no es tanto la distancia como la selva –explicó Ladoga–. ¿Habéis estado alguna vez allí? Millones de kilómetros cuadrados de vegetación inexpugnable. No hay calles ni tampoco caminos. La única opción es moverse entre los árboles a golpe de machete, perdiendo días para hacer solo un kilómetro, con insectos que te devoran. No lo llaman el Infierno Verde por nada.

Chaska lanzó una mirada despectiva.

–Así los desmoralizas.

En efecto, Laila parecía estar hecha polvo.

–Pero es la verdad –rebatió él–. Hay dos modos para movernos en la jungla. Volar. O seguir el río Amazonas o uno de sus afluentes, que son centenares. Pero todas estas opciones son muy largas, hablamos de semanas de viaje. Y una expedición necesita financiación.

–Yo ya no tengo mucho dinero –confesó Laila–. Lo justo para pagar a Chaska...

–No te preocupes.

–Y para los billetes de vuelta a Cuzco. Algún hotel, algún restaurante si hacemos cuentas. Hasta ahí. Ni siquiera sabría cómo volver a Lima.

–Quizá deberías llamar a tus padres –sugirió seriamente Chaska–. Es más, eso es sin duda lo que deberías hacer. Estarán preocupados.

Estuvimos discutiendo hasta que Chaska se fue a comprar una guía turística de todo Perú, que abarcaba, por tanto, también la región amazónica. Estudiamos los posibles reco-

rridos: podíamos subir el río Amazonas desde Brasil o bajar-
lo desde el oeste, cruzando los Andes, y después cruzar la
jungla unos centenares de kilómetros... Demasiado difícil.
Entonces, lancé alguna que otra idea para conseguir dinero
para el avión, como pedir un préstamo u organizar un asal-
to a un banco. Pero me las rechazaron todas.

Ya que estábamos en la pollería, pedimos pollo para cenar;
Miguel dijo que si queríamos dormir podían acogernos, no
en su casa, porque era pequeña, pero en el local tenían colchones de más que podíamos poner en el suelo.

Era mejor que nada, de modo que aceptamos.

Después de cenar, Laila y yo salimos a dar un paseo, sentía que las piernas me picaban por haber pasado demasiado
tiempo parado, además, seguía pensando en aquel beso, me
habría gustado darle otro.

Pero ella no estaba del humor adecuado. Se quejaba de que
estaba muy oscuro, de que no veía nada, de que el fragor del
río le daba miedo, etcétera, pero yo sabía que aquellas cosas
no eran lo que realmente le preocupaba.

Lamentaba el beso perdido, pero mucho más verla así; entonces, le dije que nos apañaríamos. Cosa que en mi opinión
era verdad, solo que aún no conseguía imaginarme cómo.

Mientras tanto, Chaska y el ruso echaron el cierre y prepararon los jergones, el mío y el de Laila detrás de la barra y
el suyo en medio de la sala, al otro lado.

—Es para estar más cerca de la entrada en caso de que alguien llegue de repente —dijo Ladoga—. Al fin y al cabo, a mí
siempre me están buscando.

Cuando me fui a dormir, oí que seguían charlando en la
oscuridad y me pregunté si se habrían hecho pareja. Los adultos hacen un montón de cosas raras.

Sin embargo, al despertarnos al día siguiente, Ladoga había desaparecido. Y con él, la camioneta blanca que lo había
traído hasta allí.

–Hola..., ¿mamá?

–¡Laila! ¿Laila, eres tú?

–Sí, soy yo.

Silencio.

–Laila..., ¿dónde estás, cariño? ¿Dónde estás? ¿Cómo estás? No... Es que...

–Lo sé, mamá, perdona. Sé que estás preocupada. Lo siento mucho.

–Pensaba que estabas... No sabes... ¿Dónde estás? ¿Ha sido ese chico, el que ha desaparecido contigo? ¿Te ha secuestrado? ¿Te ha hecho daño?

–No, El Rato no tiene nada que ver. Es más, fui yo la que se quiso escapar. No me ha secuestrado. Nadie me ha secuestrado.

–¿Has sido tú? ¿Te has escapado? ¿Qué significa esto, Laila? ¿Por qué...?

–Necesito encontrar a alguien que me ayude.

–Cariño..., te entiendo. Nosotros estamos buscando... Yo, tu padre, el señor Tanaka... Debes volver al hospital, después te llevaremos a otro mejor, volveremos a Europa, ya lo hemos decidido, es todo verdad...

–Perdona, mamá, ahora debo irme.

–¡NO! Por Dios, te lo ruego, te lo ruego, ¡no me cuelgues! ¡Dime dónde estás!

–Cerca de Cuzco.

–¿En los Andes? ¿Estás de broma?

–No... Vine para ver a una persona que... No importa. Ya no. Te llamo para... que estés más tranquila, mamá, te juro que estoy bien. No he empeorado, al menos no demasiado, y... volveré pronto a casa. Te llamaré de nuevo en cuanto tenga oportunidad. No te preocupes.

–Laila, te lo ruego, explícame, no...

–Te quiero mucho. Os echo de menos.

Y no hablé más.

Pasaron bastantes días, una decena más o menos.

Chaska no nos dijo nunca por qué Ladoga se había ido. Por otro lado, la abuela Auka decía que, si te enamoras de un cóndor, volará. Y si te gusta una rata, en algún momento vuelve a las alcantarillas, en mi opinión.

También Laila se negó a contarme lo que le había dicho su madre cuando Chaska la había obligado a llamar a casa. Y no hubo más besos, que era lo que más me molestaba.

De hecho, durante aquellos días las dos siempre tenían una expresión oscura, y estaban insoportables; si les proponía volver a Lima o a Cuzco, irnos de allí, que a qué estábamos esperando, ni siquiera me respondían o cambiaban de tema.

Además, Laila, en general, hablaba muy poco, suspiraba cada dos por tres y parecía estar siempre sumergida en quién sabía qué tristezas. Por no hablar de la cara sin expresión, como de piedra. Estaba allí conmigo, pero también estaba en otra parte.

Al final decidí que para mí estaba bien así. Entre Aguas Calientes y el Santo Toribio, era mejor quedarme donde estaba: Miguel y Marta necesitaban que alguien les echara una mano en la pollería, y quizá si me aplicaba, un día heredaría el local. O bien, me convertiría en guía turístico. Quién sabía.

Así pues, por las tardes, Laila, Chaska y yo empezamos a ayudar en el restaurante. Durante el día me iba por ahí, yo solo, por ejemplo, a saludar a la abuela Auka y a Taki, que así se llamaba la hija de Miguel y Marta, a quien la primera vez había confundido con un niño, pero era una niña.

Y había algo que me gustaba por encima de todo: explorar.

Iba a donde me parecía mientras me aguantaran las piernas, a descubrir cómo de grande era el mundo. ¡Nada que ver con la vida en el hospital!

Si eso era la libertad, era otra Primera Vez. La más extraordinaria de todas.

Descubrí que, si seguía el río, un poco más abajo de donde Laila y yo nos habíamos besado, se llegaba a un puente de metal y, al otro lado, empezaba un camino sinuoso que llevaba hasta lo alto de la montaña, al parque de Machu Picchu.

Quien no tenía coche, como yo, podía coger un atajo que era un caminito hecho de escalones excavados en la roca, que atravesaba todas las curvas por el centro de la jungla y llegaba a la cima.

Subir aquellos escalones era un esfuerzo terrible, además, siempre llovía, a veces verdaderos chaparrones, y me empapaba en un segundo.

Pero era bonito. Me habían explicado que aquella selva no era como la jungla de Iquitos. Sin embargo, para un principiante, era de gran dificultad, y se llamaba bosque nuboso debido a que las cimas de los árboles se enganchaban en las nubes y les impedían escapar hacia el cielo.

Una vez en la cima, me habría gustado entrar en el parque de Machu Picchu, pero era caro; le pregunté a Chaska si podía acompañarme y quizá hacerme un descuento como guía, pero ella negó con la cabeza. En otra ocasión. Ya estaba acostumbrado a aquella historia.

Sin embargo, una mañana, justo después del desayuno, cuando estaba saliendo para ir a dar una vuelta como de costumbre, oí el ruido de un motor y vi un coche destartalado que se dirigía a mi encuentro.

Me sorprendí cuando me di cuenta de que el conductor era Ladoga.

–¿Dónde has dejado la camioneta?

–Era demasiado fácil seguirnos… Te dije que soy un fugitivo. Este es mejor. ¿Dónde está Chaska?

–Ella y Laila aún están durmiendo. –Señalé el restaurante cerrado.

–Pues despiértalas –dijo–. Tengo noticias.

–¿Cuáles?

–Si sois valientes, quizá haya encontrado el modo de llevaros a Iquitos.

Más o menos un cuarto de hora después estábamos sentados a una de las mesas de la pollería ante un vaso de chicha morada.

Cuando Chaska vio a Ladoga, corrió a abrazarlo, luego le dio una bofetada, y después lo besó.

¿He dicho ya que las mujeres son extrañas?

De todas formas, Ladoga se había ganado un buen beso y, por ello, yo le tenía envidia.

–Un amigo mío –explicó finalmente– es piloto y he ido a verlo… Estaba de viaje y he tenido que esperar a que volviera para hablar con él. De cualquier modo, tiene un Aztec, que es un pequeño avión estilo turismo…, solo puede llevar a seis personas. Pero él, en realidad, lo usa para transportar mercancías. En fin, esta noche viaja a Iquitos.

–¿Cuánto quiere que le paguemos? –pregunté.

–¿Dónde vive ese tío? –preguntó, por otro lado, Chaska–. ¿En Cuzco?

–No, él no usa el aeropuerto normal. Tiene un pequeño campo de vuelo a unas horas de aquí. Digamos que es una pista privada. Y, en fin, me debe un favor. Uno grande. Por eso, para responder a la pregunta de antes, no quiere dinero. Solo tenemos que estar allí antes de medianoche, que es la hora a la que tiene la intención de partir, lo que significa que deberíamos irnos de aquí... antes de comer.

Me puse de pie y me incliné hacia Laila, al otro lado de la mesa, y casi lo tiro todo.

—¡Laila! —grité—. ¿Lo has oído? ¡Podemos ir a Iquitos! ¡Tenemos avión! ¡Laila!

Estaba tan pálida que parecía una muerta. Solo que no lo era; de hecho, el labio le temblaba, y al poco se convirtió en una sonrisa.

—¿En serio? ¿Es verdad?

—Sí —respondió Ladoga—. Pero...

Ya sabía yo que aquel tipo nos tomaba el pelo. Volví a sentarme.

—¿Qué pasa?

Ladoga parecía avergonzado.

—Bueno —dijo—. Digamos que Pedro y yo... teníamos negocios.

—¿Y bien?

—Eran negocios... no muy... en fin. Para continuar con la guerra, Sendero Luminoso necesita bases operativas, automóviles, agentes... y también armas. Todas estas cosas cuestan un ojo de la cara, por eso hay que ganar dinero. Pedro era una de las personas con las que hacíamos negocios.

—¿Quién es este tal Pedro?

Laila hizo una pregunta más inteligente:

—¿Qué transporta?

Ladoga resopló.

—En fin... Vuestra gente, los peruanos, hacen uso desde hace siglos de una planta medicinal que consideran sagrada: la coca. Pues, bien, esa planta también se usa para extraer...

—¡Cocaína! —estalló Chaska—. ¿Ese Pedro es un traficante de drogas? ¿Quieres meter a los chicos en un avión del narcotráfico?

Ladoga, completamente rojo, se encogió de hombros.

–Ellos no volarán con la droga. Pedro... En la selva están las plantaciones clandestinas. Recogen las hojas de coca y las transforman en pasta base. Pedro la carga en el avión y la trae aquí, a los Andes, donde la transforman en cocaína. Después, otro avión lleva todo a Bolivia. Y así es cómo funciona.

–Bien hecho, algo muy bonito que contarles a los chicos –refunfuñó Chaska–. ¿Quieres convertirlos en traficantes, ya que estás?

–No, no, ¿qué dices? En fin, en el viaje de vuelta el avión de Pedro estará lleno de comida y... otras cosas que necesitan en la selva. No habrá droga a bordo.

A mí me parecía una buena noticia.

–Ah, entonces genial –continuó Chaska–. Iremos nosotros cuatro y tu amigo criminal en un avión lleno de armas y quién sabe qué más. Ahora sí que estoy tranquila.

Ladoga parecía querer desaparecer de verdad.

–Ese es el otro problema –murmuró.

–¿Cuál?

–Pedro dice que no hay espacio para cuatro personas. Por lo que he entendido, es una cuestión de peso. Normalmente, para optimizar los viajes hacen que vuele al límite. Para cargar a dos chicos tendrá que dejar en tierra una caja de no sé qué. Y no parecía muy contento. Pero, como decía, me debe un favor y lo he convencido. Pero sobre viajar nosotros, ni hablar.

–¿Qué? ¿Quieres que vayan ellos solos? ¡Estás loco!

Ladoga se encogió de hombros.

–Es lo máximo que he conseguido.

Laila se puso en pie. Muy lentamente. Miró a Ladoga directamente a los ojos y le dijo:

–Está bien. Si esas son las condiciones, yo me apunto. Quiero ir a Iquitos.

Se giró hacia mí.

–Bueno, nos apuntamos. Porque tú también vienes, Rato, ¿no?

–Uhm –resoplé–. No lo sé... Me parece peligroso; además, me gusta estar aquí: las montañas, la pollería... –Conseguí contar hasta tres antes de echarme a reír–. Está claro que yo también voy –exclamé–. Primero: porque quiero ver a ese famoso chamán.

–¿Y... segundo? –preguntó ella, temblando un poco.

–Sin mí, pequeña, no tendrías ninguna posibilidad de conseguirlo.

Habían sido días de vacío.

El aburrimiento y la preocupación me habían hecho deslizarme a lugares dentro de mí a donde ya no quería volver.

Un abismo de un futuro perdido. Un vértigo de cosas que siempre había soñado hacer y que ya no serían posibles.

Como, por ejemplo, conducir un coche.

Comprar una casa a la orilla del mar.

Grabar un disco.

Ir al cine con mi pareja.

Sacarme un título.

Sentía que la vida me había robado, y el peso me aplastaba.

Pero ya bastaba.

Juré que no me volvería a pasar.

Nunca más.

Si quería llegar al final del viaje tenía que ser más fuerte. Y tener fe en el hilo luminoso que, a pesar de todo, me acompañaba casi como por arte de magia, haciéndome superar incluso los obstáculos más imposibles.

Por eso, dije que sí.

Claro, tenía miedo, y la conversación con mamá era una especie de herida que seguía doliendo. Sin embargo, yo solo podía seguir adelante, ahora lo sabía.

Cogí de la mano a El Rato y salimos de la pollería.

—Debemos coger nuestras cosas —dije—. Y Chaska y Ladoga tienen que hablar.

—Bueno, discutir, más bien...

Y después hacer las paces, pero no lo dije en voz alta.

—¿Crees que son pareja? No, porque el ruso es bastante más mayor que ella... —insistió él.

—No lo sé —respondí—. No me importa. Cada uno puede enamorarse de quien quiera. —Y me di la vuelta para mirar a aquel chico con orejas de soplillo y cuello delgado que caminaba a mi lado, siempre a mi lado, desde que habíamos partido.

—Vamos a despedirnos de Taki —sugirió él.

—¿De quién?

El Rato hizo una mueca.

—¡La niña de Miguel!

Era una idea como otra cualquiera para pasar el tiempo, así que fuimos a la casa de los Castillo. El Rato le puso caras graciosas a la niña, que reía como si nunca hubiera visto nada más divertido en el mundo.

Les explicamos que estábamos a punto de irnos.

—¿Dónde vais? —preguntó la abuela Auka.

Yo no estaba segura, no sabía si decirle la verdad.

—A Iquitos —soltó El Rato.

—Entiendo —dijo—. Espero volver a veros. Y si descubrís qué le pasó a mi Miguel...

—Claro, se lo juro. Regresaremos para contárselo.

En aquel momento de impulsos saqué del bolso el diario de Clarke y se lo ofrecí.

—Está escrito en inglés, sé que usted no lo entiende... y que Robert no le caía muy bien. Pero dentro está la historia de su marido y a nosotros ya no nos sirve, querría dejárselo a usted.

Ella me abrazó y nos regaló patatas rellenas para comer durante el viaje.

Cuando volvimos a la pollería, Chaska y Ladoga ya estaban en el coche preparados para irnos.

–¿Habéis cogido todo? –preguntó él.

Yo solo tenía mi bolso de los ositos; El Rato, su mochila con la cena dentro.

Nos montamos en el coche.

Desde Aguas Calientes había solo un camino marcado que continuaba hacia delante, siguiendo el curso del Urubamba, hacia la jungla (es decir, no volvía a Ollantaytambo por el recorrido del tren).

Nadie tenía muchas ganas de hablar, así que permanecimos en silencio y me quedé dormido.

Al despertarme, el camino se había transformado en una calle asfaltada y el paisaje a nuestro alrededor se había convertido en el más familiar de los Andes, con las laderas verdes pero desnudas, sin árboles.

–¿Dónde estamos?

–Mejor que no lo sepas. En general, chicos, cuanto menos recordéis de este viaje, mejor. Así no tendréis que mentir si alguien os acaba preguntando. E intentad hablarle a Pedro lo menos posible. Él ha jurado que os llevará a Iquitos… Bueno, en realidad no. Ni siquiera puede aterrizar en el aeropuerto. Llegará a una pista de traficantes en medio de la jungla. Pero el río está cerca, y me ha prometido que os ayudará a encontrar una barca. Desde allí, Iquitos está a menos de medio día de viaje.

Chaska estalló furiosa:

–¿Ah, sí? Otra novedad, ¿no? Más bien debería decir la enésima complicación…

–Es lo mejor que he podido hacer, ¿vale?

–Lo sé –dije a Ladoga–. Gracias.

No fue suficiente para calmar a Chaska, pero yo estaba tranquila.

Cerca de la puesta de sol, después de una breve pausa, tomamos otro nuevo camino tan lleno de baches que pensé que el coche se atascaría a mitad de la subida o que resbalaría por un precipicio y moriríamos.

Cuando llegó la noche, Ladoga se negó a encender los faros.

–De todas formas, me conozco el camino.

De repente me vino a la cabeza una idea.

–Si este Pedro trabaja para los traficantes, pero también para Sendero Luminoso… ¿No tienes miedo de que pueda traicionarte?

–Exacto –dijo El Rato preocupado de golpe–. Quizá haya advertido a los terroristas y ahora estén allí para capturarte. Nos matarán a todos.

–Podría ser –dijo Ladoga–. Yo no me fio de nadie.

Me dieron escalofríos, pero sabía que el ruso no era alguien que mintiera solo por complacer. Aunque no era una situación fácil, sentía que podíamos conseguirlo.

Sobre las diez de la noche, llegamos al final del camino, en la cresta de una montaña más baja que las cumbres de alrededor. No había nada, ni siquiera una luz, solo una choza de chapa y un pequeño camión aparcado delante.

Ladoga dio la vuelta y colocó el morro del coche en dirección al camino por el que acabábamos de llegar.

–Ese es el hangar –explicó–. Y el camión con la última carga. Dejadme ir delante… Vendré a llamaros después de haberme asegurado de que todo está bien. Chaska, mientras tanto, ponte al volante. Si oyes disparos, enciende el motor y sal corriendo. Sin mirar atrás. ¿Entendido?

Ella asintió, tímida como nunca antes la había visto.

–Todo irá bien –dijo Ladoga, después desapareció en el hangar.

Pasó una infinidad de tiempo antes de que volviese para decir que, en efecto, todo estaba en orden.

Nos hizo bajar y nos llevó al hangar, que estaba iluminado por una lámpara de queroseno apoyada en una estantería.

También así, en la penumbra, podía ver el avión, que era azul, con el morro largo y dos hélices colocadas más o menos en la mitad de las alas. Pero era realmente pequeño (una cosa minúscula, como la camioneta de nuestros secuestradores de Cuzco).

–¿Llegaremos a Iquitos... en eso? –pregunté.

–Ah –respondió una voz–. Los pasajeros.

Desde detrás del avión salió un hombre delgado con la cara ruda y barba. Llevaba una gorra sucia y fumaba un cigarro.

–Él es Pedro –explicó Ladoga.

El piloto nos observó a mí y a El Rato.

–Maldita sea, estos pesan más de lo que me dijiste. Sobre todo el chico.

–Pero no llevan equipaje –dijo Ladoga.

–Sin embargo, yo veo un bolso y una mochila. Y eso que fui muy claro...

–Escucha, Pedro, no empecemos otra vez. Llévalos y terminemos con esto.

El piloto escupió el cigarrillo en el suelo.

–Como quieras. Pero ya has visto como está la pista, ¿no? Antes del precipicio hay el espacio justo para despegar. Y enseguida, justo después, tenemos que encajar entre esas dos montañas de ahí delante. Si pesamos demasiado, nos estrellaremos y entonces...

–Entonces deja en tierra otra caja.

Ladoga y Pedro se miraron, después empezaron a reírse los dos.

Terminaron de cargar en el avión ciertos contenedores bien cerrados (evité preguntar qué contenían). Después, Pedro movió el camión para permitir al avión salir del hangar.

Lo empujaron fuera de la choza a mano, tirando de él como si fuera una maleta, siempre él y Ladoga; después, Pedro aparcó el camión en el lugar en el que había estado el avión y cerró todo con un candado.

—Ya está listo —dijo—. Señores, nos vamos. Chaval, tú irás conmigo en el asiento del copiloto. Pero si tocas algo te juro que te corto los dedos.

—Sí, señor —respondió El Rato.

—Tú, por el contrario, deberás ir detrás. No hay asientos, está todo ocupado por la carga, pero te he creado una especie de hueco, estarás bien. ¿Habéis volado alguna vez?

—Sí, señor —volvió a decir El Rato.

Pedro se echó a reír.

Maldita sea, cómo no. En esas bestias que están de moda. Mi avión es otra cosa, ya veréis. Nos espera un largo viaje y deberemos volar bajo… Si va bien, llegaremos allí al alba. Vosotros podéis dormir, yo tengo un termo de café.

—Recuerda tu promesa —repitió Ladoga—. Deberás meterlos sanos y salvos en una barca para Iquitos. Si no lo haces, tienes mi palabra de que lo descubriré y te lo haré pagar.

—Eh, eh, no hace falta amenazar. Pedro promete, Pedro cumple. Venga, señores, adentro.

Había la habitual oscuridad molesta que me impedía ver, y estaba triste porque habría querido imprimirme la cara de Chaska en la memoria.

Así que cogí mi walkman y, sin que se diera cuenta, pulsé el botón de grabar.

Después, la abracé fuerte y dije:

—Gracias por todo lo que has hecho.

—Gracias a ti, niña —respondió ella—. Y cuando hayas encontrado tu flor, házmelo saber.

—¿Dónde te encuentro?

—Creo que Viktor y yo volveremos a Aguas Calientes. En la pollería necesitan ayuda, y de día podría hacer de guía en Machu Picchu. Llama al número de la oficina postal, ese desde donde llamamos a tu casa. Ellos vendrán a avisarme.

—Vale.

Le di la mano a Viktor, es decir, a Ladoga.

–Cuídala.

–Ha sido un placer conocerte, muchachita.

Para subir a bordo había que trepar sobre el ala derecha del avión y meterse por la puerta. Salté por encima de los asientos y me deslicé dentro: estaba hasta arriba de hatillos y grandes cajas amontonadas en una pirámide precaria. Si una de esas cosas me caía encima, me espachurraría.

Me senté sobre una caja de hierro verde, con la espalda apoyada sobre la muralla de paquetes.

–¿Ves que hay una tira de goma ahí? Pásala por ese gancho y apriétala contra la tripa. Será tu cinturón de seguridad.

Pedro me lo enseñó.

–Tú, chaval, cuidado con la puerta. No cierra bien, tiende a abrirse de golpe, y si ocurre en pleno vuelo es un jaleo.

–Entonces, ¿qué debo hacer?

–Abróchate bien el cinturón e intenta no caerte.

Pedro se colocó un gran par de cascos en la cabeza, después presionó toda una serie de botoncillos y palancas. En cierto momento, dijo:

Motores

Y oí que las hélices empezaban a girar.

–Bien, señoras y señores, preparaos para el despegue. La partida será un poco brusca, hay bastante viento y nosotros pesamos demasiado.

—¿Nos estrellaremos? —preguntó El Rato con un hilo de voz.

—Maldita sea, espero que no.

Me habría gustado ver algo, aunque solo fuera para despedirme de Ladoga y de Chaska por última vez, pero más allá del parabrisas todo estaba negro.

El fragor de las hélices se volvió tan fuerte que era ensordecedor, mucho más que las del jet que nos había llevado hasta Cuzco.

Nos movimos. Primero despacio, después muy rápido.

Pedro agarró el volante y tiró de él hacia su tripa, el avión inclinó hacia lo alto el morro con un tirón violento.

Grité, también El Rato, estaba segura de que nos caeríamos (el piloto había dicho que al final de la pista había un precipicio...)

Sin embargo, no nos caímos.

El avión rugió desesperado y permaneció en el aire.

—Maldita sea —dijo Pedro—. Por los pelos.

—¡Atento! —gritó El Rato—. ¡La montaña!

—Sí, sí, la montaña. Pasaremos por el medio. Chaval, yo volaba por estos valles cuando tú aún no estabas ni en el pensamiento de tu madre. Déjame hacer mi trabajo.

Nos inclinamos bruscamente hacia un lado y me choqué con violencia contra una caja, nos enderezamos y seguimos subiendo.

argo, pensé. Después, cerré los ojos, y no pensé en nada más.

TERCER ESPÍRITU
LA SACHAMAMA

La selva, Perú
Julio de 1986

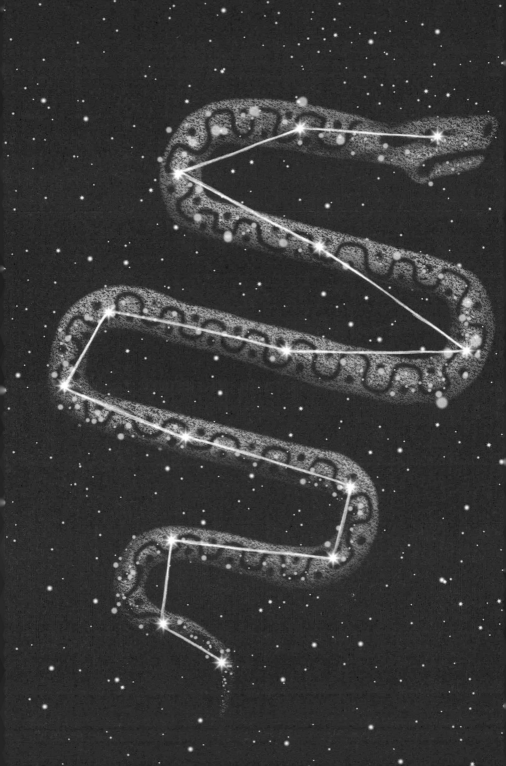

Aquella noche volví de caza a la selva.

Corrí durante horas, en la oscuridad, hasta que
llegué al pozo y me paré para beber.

El pelaje se me erizó en la espalda.

Algo oscuro y potente se arrastraba entre los árboles.

Me puse en posición de alerta
y un ojo rojo se dirigió directamente a mí.

Están llegando , dijo la voz.

¿Los dos chicos? , pregunté.

Están muy cerca, ahora.

¿Eres el tercer espíritu que los protegerá?

La voz rio.

Deberías saberlo, jaguar.

Yo no protejo a nadie.

Habíamos colocado las hamacas bajo la veranda del embarcadero. Estaban enganchadas las tres al mismo palo. La mía estaba colocada mirando hacia el lago, mientras que las de mis hermanos miraban en dirección opuesta.

Yo lo había decidido así. Al fin y al cabo, era el mayor, por tanto, tenía que montar guardia, vigilar el atraque y el pekepeke remolcado. Además, quería estar lo más lejos posible de los dos, que últimamente estaban insoportables: Fabio tenía una infección muy fea y se rascaba continuamente las piernas; y el otro, Gio, tenía un montón de pesadillas y sacudía la hamaca golpeando a todo el que se encontrara cerca.

Durante la noche hubo un chaparrón muy largo, insólito para la estación. En nada de tiempo la cuenca del embarcadero se llenó. El pekepeke empezó a flotar y tuve miedo de que el agua se lo llevara y después tener que ir a buscarlo, qué pereza…, así que me lancé bajo la lluvia. El agua estaba caliente como orín.

Llegué a la barca justo a tiempo, la empujé de nuevo hacia la orilla y la amarré a un árbol de aguaje.

Fabio y Gio no se dieron cuenta de nada y al día siguiente se lo haría pagar, era su tarea atar la barca.

Cuando volví bajo la veranda estaba empapado, me quité la ropa y me tumbé otra vez en la hamaca.

Aquel temporal cabrearía al tío, poco, pero lo haría. Esperaba el avión y tenía que pasar la noche con los hombres para transportar la carga al almacén. Al día siguiente estaría de mal humor y eso nunca era bueno.

Después de un rato, el temporal amainó y me entró el sueño. Soñé que había cumplido los dieciséis años y que el tío compraba un avión nuevo, un Piper Navajo pintado de azul, que desde la tierra no se podía ver cuando estaba en vuelo.

«Al diablo con ese holgazán de Pedro –decía–. Ya eres un hombre, Ramírez, serás tú el piloto.»

Y me regalaba un par de gafas de sol. Fabio y Gio se morían de la envidia y preguntaban si podían venir conmigo, pero yo respondía que si querían podían quedarse el pekepeke, solo tenían que evitar que el motor gripara.

Después, me despedía de ellos y rodaba sobre la pista, con mi Navajo azul, hacia el cielo…

–¡Ramírez! ¡El avión!

Pensaba que aún estaba soñando y dije:

–Sí, claro, el avión…

–¡Está aquí! ¡Despierta!

Abrí los ojos.

–¿Qué pasa?

–¡Ha llegado el avión! –dijo Gio.

Me dejé caer de la hamaca y me puse los pantalones y la camiseta, aún húmedos.

–¿Dónde está Fabio?

–Ya ha ido a la pista para avisar al tío. ¿Qué hacemos?

Qué pregunta más idiota.

–¡Corre!

El embarcadero estaba construido en la orilla de un pequeño lago, en el centro de la reserva natural. Formaba parte de un laberinto de canales que yo, modestamente, me conocía al dedillo. Cruzaban la selva y, para quien sabía lo suficiente como yo, llevaban hasta el río Marañón.

Por detrás del embarcadero, entre los árboles, se distinguían dos cabañas. Ahí era donde los trabajadores del tío colgaban las hamacas. Más allá aún, estaban la casa del tío y los almacenes.

Para llegar a la pista, sin embargo, habría que hacer casi un kilómetro por el bosque. Era una cuestión de seguridad: para que Pedro nos encontrara tenía que estar muy visible desde lo alto…, pero corríamos el riesgo de que la vieran también los del ejército, así que nosotros estábamos lejos de allí. De esta manera, si llegaban, teníamos tiempo para escapar.

Me precipité hacia el bosque.

–¡Espérame! –gritó Gio.

–¡Ven después! ¡Tengo cosas que hacer!

–¡Pero si he sido yo el que te ha despertado! ¡No puedes ir sin mí!

Tenía la voz de cuando estaba a punto de echarse a llorar y, si después el tío se daba cuenta, yo me la cargaba. No tenía elección: me lo eché al hombro y empecé a correr otra vez. La carga me ralentizaba y, sin embargo, contaba con ser igual de rápido que Fabio.

Aunque no había caminos que llevaran a la pista de aterrizaje, era bastante fácil seguir las huellas de los obreros: se veían las marcas de las botas en el barro.

–Coge el atajo, Ramírez, ¡así lo pillaremos!

A mí, más que Fabio, me interesaba el avión: no quería perderme el aterrizaje por nada del mundo.

Pasé el arroyuelo y el gran chuchuhasi con la corteza medio pelada. Ya estábamos cerca de la pista. Vi a mi hermano Fabio, que corría con la bandera para señalizar debajo del brazo.

–¡Para! –le grité.

Él se dio cuenta de que estaba allí e intentó distanciarse. Otra vez, no tuve opción: dejé en el suelo a Gio y aceleré para recorrer el último tramo. Salté hacia él y lo agarré por los hombros. Rodamos por el suelo y él intentó darme un bastonazo con la bandera, pero yo le lancé un puñetazo muy fuerte a la tripa.

–¡Fabio! ¡Tenías que despertarme, soy yo el que tiene que señalizar!

Mientras tanto, Gio nos había alcanzado. Juntos llegamos a la pista, una tira de barro estrecha y larga en medio del bosque. Mi tío miraba hacia arriba con un puro entre los dientes: ya se había dado cuenta de que el avión merodeaba por encima de nosotros.

–A buenas horas –dijo–. Como centinelas no valéis gran cosa, permitidme que os lo diga.

Los hombres estaban de pie junto a los fardos de mercancía que había que cargar. Yo fingí ignorar el comentario del tío y le quité a Fabio la bandera roja; después corrí al centro de la pista y la agité para indicar a Pedro que podía aterrizar.

Oí el ruido, que se volvía cada vez más intenso mientras el pequeño avión pasaba por encima de mi cabeza, desapareciendo entre el follaje. Había visto la señal. El Piper hizo un gran giro para alinearse con la pista, después volvió a aparecer entre los árboles. Tren de aterrizaje fuera, abajo el *flap*. Estaba preparado para tomar tierra.

–Va demasiado rápido, no lo conseguirá –comenté.

–Pedro siempre lo consigue –exclamó Fabio, que aún creía que el piloto era un héroe.

En efecto, lo consiguió, pero por los pelos. Chocó contra el terreno, dio una sacudida, derrapó de lado y el tío lanzó media blasfemia.

El avión tocó tierra también con la rueda de delante y derrapó tan fuerte que retumbó en toda la jungla. Se paró justo antes de estrellarse contra los árboles. Con toda la calma se giró y se volvió hacia nosotros con las hélices girando despacio.

Mi tío se quitó el puro de la boca y dijo:

–Mierda.

Después gruñó:

–¡Rafael, Esteban! ¡Atentos!

Estos eran sus guardias, y tenían metralletas.

–¿Qué pasa? –preguntó mi hermano Gio.

–¿No lo ves? –exclamé–. Pedro viene con alguien.

El asiento del copiloto estaba ocupado.

Problemas.

Pedro podría habernos traicionado: en lugar de traernos material, su avión podía estar lleno de soldados y nosotros estaríamos jodidos.

–Di a los demás que se coloquen en sus puestos –ordenó el tío–. Dedo en el gatillo. Si levanto una ceja, disparad.

Sin embargo, había algo que no tenía sentido para mí.

–Tío –murmuré con un hilo de voz–. El pasajero de Pedro es un muchacho.

Con las orejas de soplillo que tenía, y los ojos, más grandes que su cara, el chaval parecía aterrorizado. Lo único que no entendía era qué hacía en el avión de Pedro.

–Madre de Dios, sobrino, tienes razón. Aunque no me importa, mantened los ojos bien abiertos por si acaso.

Pedro apagó el motor, después, el muchacho abrió la puerta y los dos se arrastraron por el ala para bajar. Al ver los fusiles en guardia, levantaron las manos al cielo.

–Eh, eh, calma, no es necesario que me hagáis un nuevo agujero en el culo. Con uno tengo suficiente.

–Eso lo decido yo –respondió el tío–. ¿Quién es ese tipo que viene contigo?

–Un niño –respondió Pedro–. De la edad de Ramírez, diría. Y también hay una niña, detrás. Es una larga historia. ¿Podemos hablar?

–Depende. ¿Has traído lo que te pedí?

–Como siempre. Ningún cambio en el programa.

–Dos malditos mocosos *son* un cambio en el programa.

–Puedo explicártelo. Los del Sendero la han liado pero que bien en Cuzco, están todos locos… Pero para nosotros no habrá consecuencias. Si me ofreces algo de beber, te lo cuento.

–Que bajen.

Pedro saltó del ala y el muchacho con las orejas grandes también. Sí, era de mi edad, más o menos.

Justo después, del avión también bajó una chica, lo que me dejó realmente boquiabierto. Era muy guapa, con un pelo que no había visto jamás en mi vida, tan rubio que parecía un sol dorado.

–Ella es Laila, y a él lo llaman El Rato –explicó Pedro.

Mi tío hizo un gesto. Esteban tenía a tiro al trío en cuanto bajaron del avión, y Rafael se encaramó al Piper Aztec para mirar dentro.

–Todo parece estar en orden.

El tío escupió el puro y lo apagó con la bota.

–Está bien. Hombres, empezad a descargar y revisad las cajas, una por una. Ramírez, tú ocúpate de los mocosos. Y, Pedro, ven aquí y explícame qué ha pasado. Te conviene tener una historia convincente o te juro que esto acabará mal.

Aquel tipo no me gustaba ni un poco, sobre todo por cómo miraba a Laila. Parecía querer comérsela.

–¿Qué hacen? –dije señalando al hombre del puro y a Pedro. Se habían apartado para hablar detrás de una montaña de cajas.

–El tío está decidiendo cómo mataros –respondió el tipo. El niño que estaba a su lado asintió. El otro, en cambio, no dijo nada: tenía cara de hablar poco.

–¿Por qué quiere matarnos?

–Porque estáis aquí. Nadie puede ver el campo. Es un lugar secreto.

–¿Tenéis miedo de que os delatemos a la policía? Es que ni aun queriendo, ¿cómo haríamos para traerlos hasta aquí…? ¡No sabemos dónde estamos! Vuestra droga está segura.

Me mordí el labio porque, al fin y al cabo, no era algo muy inteligente que decir.

El tipo sonrió con sarcasmo.

–Ya sabes demasiadas cosas, Orejotas.

–Llámame así otra vez y…

–Orejotas.

Estaba a punto de saltarle encima cuando Laila intervino.

–¿Cómo os llamáis?

–Yo soy Ramírez, y ellos son mis hermanos pequeños, Gio y Fabio.

Este último asintió.

–¿Vivís aquí?

–Claro.

–¿Él es vuestro tío?

–¡Sí! ¡Es una persona muy importante!

–Bien –exclamó Laila–. Pues podríais decirle que esté tranquilo. Yo soy Laila, él es El Rato, y también nosotros estamos huyendo de la policía.

Ramírez hizo una mueca.

–¿En serio?

–Estamos implicados en el atentado del tren en Cuzco, no sé si habéis oído algo. Y Pedro nos ha ayudado a venir hasta aquí.

Siempre me había considerado un maestro de las mentiras, pero creo que el verdadero genio era Laila, porque, tal y como lo había contado, parecía que fuéramos dos criminales a la fuga.

De hecho, Ramírez nos lanzó una mirada llena de respeto.

–Entonces, quizá el tío no os mate…

Mientras hablábamos, una retahíla de hombres se agolpaba en torno al avión descargando cajas de madera, fardos de tela y bidones. Me imaginé que, después de haberlo vaciado, lo volverían a cargar con todas aquellas cosas que esperaban en la pista.

¿Era droga? Probablemente. Un escalofrío me recorrió el cuerpo.

Habíamos aterrizado en un rectángulo de hierba estrecho y alargado. Alrededor, por todas partes, había más árboles de los que yo jamás había visto. Hacía mucho calor y yo estaba sudado, normal que aquellos tres chicos estuviesen medio desnudos.

Otra Primera Vez para mí: la selva. No pensaba que en el

mundo hubiera un bosque *tan grande*. Era increíble, desde el avión había visto cómo se alargaba hasta el horizonte por todas partes, con una estela centelleante en medio: el río.

Oí que el tío gritaba:

—¡Me importa una mierda lo que le hayas prometido a ese tipo!

Pedro siguió hablando y nos señaló, el tío sacudió la cabeza, Pedro dijo algo más. El tío escupió en el suelo y después le dio la mano.

En aquel momento se giró para mirarnos. Ramírez, Fabio y Gio se pusieron firmes como soldaditos. Laila y yo los seguimos, un poco más despacio. Estaba nervioso: claramente acababan de decidir nuestro futuro y yo no estaba nada tranquilo.

—Muy bien, mocosos —dijo Pedro—. Yo diría que hemos llegado a un acuerdo.

—Por lo que parece, mi piloto le debía a vuestro amigo el ruso un favor muy grande… y deseo que mantenga su palabra.

—A cambio de dos viajes gratis —suspiró Pedro. Tenía una expresión oscura.

—Tres. Tres viajes gratis. Ida y vuelta. Así tus amiguitos no morirán.

—Y como esto me sale muy caro, decídselo a Ladoga cuando habléis con él. Ahora ya estamos en paz, ¿queda claro?

Por supuesto. Y yo estaba muy feliz, de verdad.

—Habías prometido que nos llevarías hasta Iquitos —le recordó Laila.

El tío la miró por un momento y después se echó a reír.

—Escucha a la muchacha, Pedro. Los tiene más grandes que tú. En fin, por suerte para vosotros, no tengo ganas de teneros por aquí. Mis tres ayudantes tienen una barca. Os llevarán hasta Nauta. Es una ciudad en el río Marañón, a medi

Río Marañón

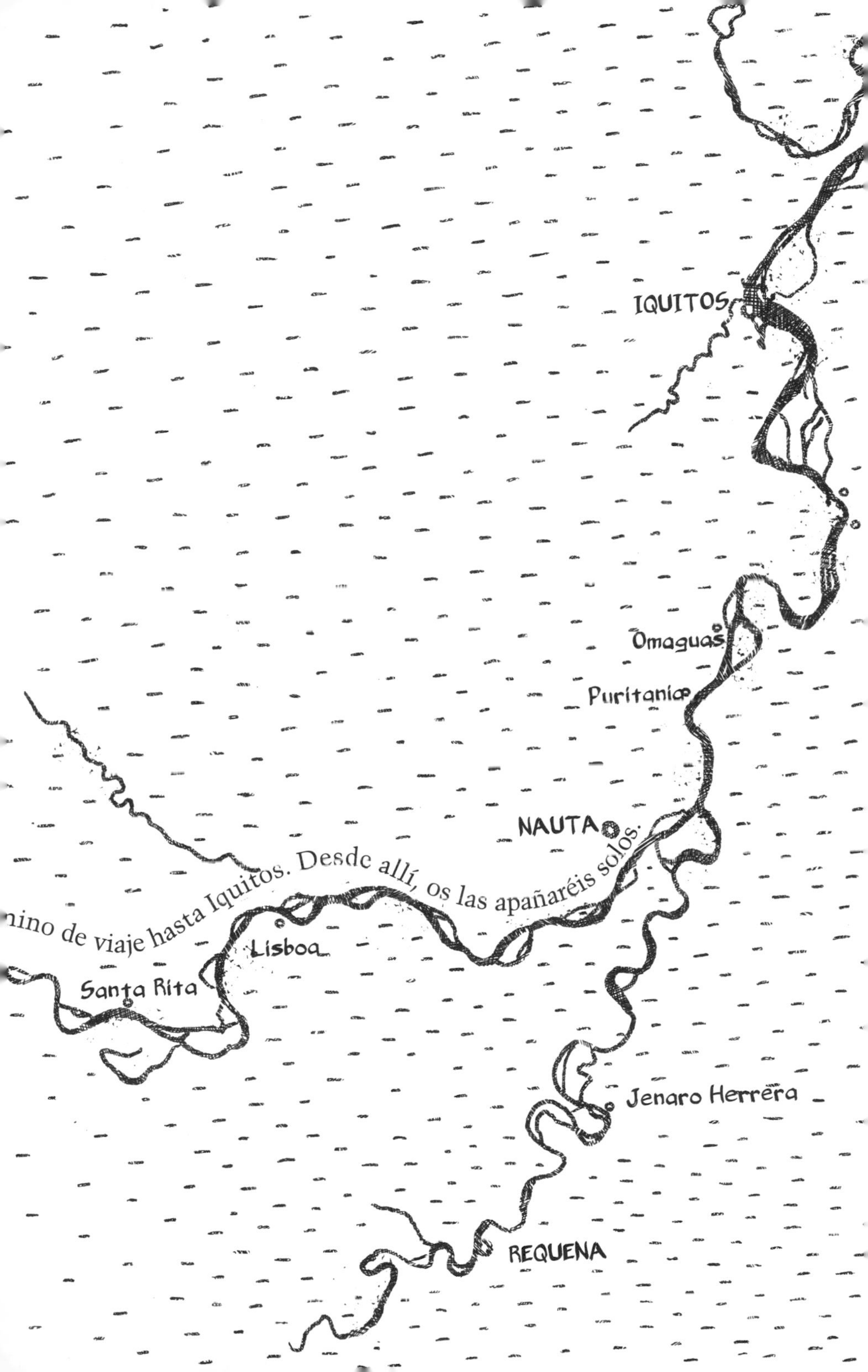

IQUITOS

Omaguas

Puritania

NAUTA

...mino de viaje hasta Iquitos. Desde allí, os las apañaréis solos.

Lisboa

Santa Rita

Jenaro Herrera

REQUENA

–No –repitió Laila–. El acuerdo era llegar hasta Iquitos. Puedo pagar. En dólares americanos.

Con un movimiento muy rápido el tío la agarró por la barbilla. Salté hacia delante para pararlo, pero Ramírez me agarró por un hombro.

–Cuidado, chiquilla. Me caes bien, pero es mejor que no tenses demasiado la cuerda…, no tengo mucha paciencia.

Laila no hizo nada. Se quedó mirándolo.

El tío la soltó.

–Basta ya, me habéis hecho perder demasiado tiempo. ¡Ramírez! Quítame a estos dos de encima.

–Sí, tío. ¿Adónde… los llevo?

–Donde quieran, como si es al infierno. Pero llévate también a Fabio y a Gio, y que la chica no se marche sin pagar.

–Sí, señor.

–Acuérdate de encapucharlos para que no puedan ver el camino por el campo. Si hacen tonterías, o no os fiais de ellos, tiradlos al río.

–Sí, señor.

El tío se giró hacia mí. Tenía los ojos como bolas de cristal.

–Sumergirse en nuestros ríos es desagradable por los peces que nadan en ellos. Por ejemplo, el candirú, ¿has oído hablar de él?

Negué con la cabeza.

–La gente normalmente tiene miedo de las pirañas, los peces caníbales. Pero el candirú es aún peor. Es muy pequeñito, y cuando te bañas se te mete por la cola. Está lleno de espinas. Para sacártelo hay que llamar a un cirujano.

Tragué. Muy fuerte.

–Ahora, largaos.

Hice un gesto de despedida a Pedro y sin decir una palabra me dirigí hacia los árboles. Sentía la espalda rígida y una piedra gélida entre las piernas.

–¿Es verdad la historia del candirú?

–Yo tengo más miedo de las anguilas –explicó Gio, el niño–. Si te rozan te dan una descarga eléctrica muy fuerte y después te mueres.

–No es verdad.

–¡Sí lo es!

Los chicos nuevos hablaban entre ellos, yo casi ni los oía. Nunca había estado en la jungla y debo decir que me esperaba otra cosa. Había tantos árboles que debajo de ellos estaba oscuro; aún conseguía ver algo, pero no muy bien.

Y hacía calor, y había humedad. El poncho se había vuelto insoportable, así que me lo quité para colgarlo en diagonal sobre el bolso.

Pensé que ni siquiera tenía una camiseta para cambiarme, olía mal y la ducha más cercana estaba como mínimo a un día de distancia.

–¿En serio vienes de Cuzco? –me preguntó Ramírez, el más mayor de los tres, que debía de tener más o menos mi edad.

–En realidad, vivo en Lima. Pero antes vivía en Argentina. Y soy de Finlandia.

–Uh-uh. ¿De dónde?

–De muy lejos, de la otra punta del mundo, básicamente. Y vosotros... –Señalé la jungla–. ¿Os gusta estar aquí?

Él suspiró como si nunca se hubiera hecho esta pregunta.

–La mayor parte de las veces está bien. Menos cuando el tío se enfada. Todos le tienen miedo... Es de los que te mata como si nada. Has sido muy valiente antes.

–No –respondí–. Simplemente no tengo nada que perder.

En realidad, cuando hablé con el tío, estaba aterrorizada: ese hombre horrible podía haberme disparado en cualquier momento. Pero en Aguas Calientes había prometido que no me rendiría nunca, así que no daría mi brazo a torcer.

Ramírez y sus hermanos nos guiaron entre los árboles hasta un pequeño lago fangoso. Allí había dos chozas, un embarcadero de madera y una cabaña con tres hamacas colgadas bajo el pórtico.

–Gio, vete a preparar la barca. Fabio, Orejotas, vamos a coger el motor.

–No me llamo Orej...

–Muévete.

Los tres chicos desaparecieron en la cabaña, el pequeñito chapoteó hasta la orilla para alcanzar una canoa larga y estrecha, lo bastante grande como para transportar a una docena de personas, a simple vista. De los lados salían monturas de hierro oxidado que sostenían un techo parasol de paja trenzada.

En cuanto Gio saltó a bordo me di cuenta con miedo de que el fondo de la barca estaba inundado: había por lo menos dos palmos de agua y una cacerola de metal flotaba dentro. De hecho, Gio empezó a usar la cacerola para vaciar la canoa lo más rápido que pudo.

Mientras tanto, El Rato y los otros dos hermanos salieron con un motor fueraborda al que estaba unido una vara de metal con una hélice al final. Resoplando por el peso, lo arrastraron hasta la barca, y después Ramírez y Fabio lo engancharon a la popa.

Fabio se colocó en el puesto de pilotaje y se puso bajo el brazo la barra de guía.

–Venga, subid.

Eran las primeras palabras que le escuchaba decir.

Me coloqué en uno de los banquitos que estaban a lo largo de toda la barca. El Rato se puso delante de mí, mientras que Ramírez cogió la cacerola y terminó de vaciar la barca. Aún había un poco de agua en el fondo, aunque no mucha, por suerte.

El chico desató el cabo que nos sujetaba a una palmera, después Fabio tiró de una cuerdecilla y el motor se puso en marcha con un ruido ensordecedor.

Viró bruscamente y se colocó en dirección a un riachuelo que había en la otra parte del lago.

–Ayer todo estaba lleno de barcas por aquí –me explicó Gio, alzando la voz para hacerse oír–. Vienen de Yurimaguas. Llevan la mercancía del tío hasta la reserva natural, que es donde estamos ahora.

–¿Una reserva?

Sí, así no hay entrometidos. Después, el tío carga la mercancía en el avión de Pedro...

Ramírez le golpeó la cabeza con un puño.

–¿Quieres dejar de contarles nuestros asuntos? Y cúbreles la cara con esto. Ya has oído las órdenes: no deben ver adónde vamos.

Levantó dos sacos de tela mugrienta y yo decidí que, después del secuestro en Cuzco, no dejaría que me encapucharan otra vez. Y mucho menos con algo tan asqueroso como eso.

–Hagamos lo siguiente –sugerí–. Mi amigo y yo estamos muy cansados. Podríamos tumbarnos en los bancos bocabajo, quizá dormir un poco; en cualquier caso, solo conseguiríamos ver el suelo de la barca. Y levantaríamos la cabeza únicamente cuando nos dierais permiso. ¿Qué decís?

–No lo sé –respondió Ramírez–. Las órdenes...

–Bah –dijo Fabio–. Venga. Qué más da.

Le sonreí a modo de agradecimiento y él me devolvió la sonrisa.

El Rato se tumbó, yo también, y me quedé así, escuchando el ruido del motor mientras la canoa se balanceaba debajo de mí a cada viraje.

En algún momento me quedé dormida, y me desperté cuando una manita me tocaba la mejilla.

–Ramírez dice que ahora puedes levantarte, si quieres. Ya casi estamos en Nauta.

Me senté, aturdida, me dolía la espalda y me había quedado la marca de la madera sobre los brazos.

–Ah –dije.

Navegábamos por el centro de un río inmenso, tan grande que era d Las orillas estaban cubiertas de vegetación opulenta, muy verde, y e siguiendo la corriente, rodeada de un mundo de colores incandescen

tinguir la orilla o entender de qué parte venía la corriente. La barca avanzaba despacio,

a brillaba por el sol como mercurio líquido. Luz.

, verde. Luz.

–¿Así que este es el Amazonas? –pregunté.

–No, estamos en el río Marañón –sonrió Gio, sorprendido de que no supiera algo tan simple–. El Amazonas empieza más adelante, cuando este se une al Ucayali.

–Entonces, ¿es aún más grande?

Se echó a reír y no respondió.

Ramírez aprovechó la ocasión para cruzar toda la canoa hasta llegar a mí.

–Dentro de poco llegaremos a Nauta, está en aquella orilla de allí –gritó por encima del estruendo del motor.

–Pero nosotros seguimos hasta Iquitos –exclamé–. ¿Verdad?

–Si quieres, sí. He hecho que te despertaran a posta. Para preguntarte.

El Rato aún estaba tumbado sobre el banco, con un brazo colgando sobre el agua estancada del fondo. Tenía una expresión ridícula que me hizo sonreír.

–Estoy segura –dije.

–Desde aquí hasta Iquitos será un viaje largo, por lo menos siete horas de navegación. Antes podríamos parar en Nauta y comprar algo de comer.

–Por mí bien.

–¡FABIO! –gritó entonces–. ¡NAUTA!

El piloto planificó el viraje. En la orilla la extensión ininterrumpida de árboles estaba intercalada por cabañas con paredes de colores, techos de chapa y canoas amarradas. A veces, desde las hamacas colgadas bajo los pórticos sobresalía una cabeza que se detenía para mirarnos.

El río se apartó hacia la derecha creando una pequeña bahía, las casas aumentaron en número. Vi viejas barcazas, embarcaderos, gente que caminaba por las pasarelas con bolsas y cajas.

Ramírez se puso de pie sobre la punta de la barca para dar indicaciones a su hermano, agitando una mano o la otra para guiarlo entre los meandros del pequeño puerto, evitando así que nos estrelláramos contra las otras canoas.

Cuando atracamos les di un par de billetes.

–Ve tú –dije–. Pero rápido. Querría irme cuanto antes.

–¿Qué quieres? ¿Fruta? ¿Patatas fritas?

–Las dos cosas. Y algo para beber también.

El chico saltó de la barca y desapareció entre los puestos de un mercado. Volvió después de un montón de tiempo y, en cuanto estuvo a bordo, Fabio encendió el motor, giró la barca y nos alejamos de nuevo por la salvaje inmensidad del río.

Ramírez me entregó la calderilla de la vuelta y me enseñó lo que había comprado: galletas de caramelo, patatas fritas, plátano frito, maíz tostado. Zumo de maracuyá y papaya. Y cuatro plátanos con la cáscara amarilla con pintitas negras.

–¿Está bien?

–Sí, sí. Despertemos a El Rato, desayunemos.

Él abrió los ojos.

–¿Desayuno?

Repartimos las galletas, los plátanos y el plátano frito, que engullimos con el zumo de fruta. Llevé algo de comer también a Fabio: el chico se había metido tapones en las orejas para soportar el ruido.

–¿Por qué queréis ir a Iquitos? –preguntó Ramírez mientras comíamos.

–Es una larga historia.

–¿Cuál? Cuéntanos.

En realidad, no tenía ganas de explicarles todo desde el principio. Sobre todo, lo de que estaba enferma. Que El Rato buscaba una casa. Y que, por esa razón, habíamos huido siguiendo lo que decía un diario de más de cuarenta años de antigüedad.

–En otra ocasión.

–Está bien, como quieras. No importa –bufó él, haciéndome ver que en realidad sí importaba, y mucho–. ¿Puedes decirme por lo menos qué vas a hacer en la ciudad?

–Tengo que encontrar a una persona.

–¿Y él? –dijo señalando a El Rato.

–Me acompaña.

–¿Es tu novio?

–Sí –respondió él.

–No –respondí yo.

Me puse muy roja. ¿Cuántos días habían pasado desde que nos habíamos besado en Aguas Calientes? No había llevado la cuenta. Me parecía que hacía una vida entera.

–Y ¿dónde está esa persona a la que tenéis que encontrar en Iquitos? –insistió Ramírez.

–En el mercado de Belén.

–Um… Entonces, me temo que llegaremos tarde. El mercado está lleno de gente por la mañana, a las seis o las siete, cuando los de la selva llegan a la ciudad para vender. Sin embargo, después se van todos. Cuando lleguemos nosotros, muchos puestos ya habrán cerrado.

El Rato y yo nos lanzamos una mirada: estábamos siguiendo una pista frágil. Sabíamos solo que el doctor Clarke estaba convencido de que los indígenas del pueblo de K. iban a vender sus productos al mercado. Pero desde entonces había pasado mucho tiempo. Quizá hoy ya no hubiese indígenas, tal vez se hubieran trasladado o quién sabía.

Obviamente la idea de llegar a Iquitos y no encontrar a nadie me preocupaba. Pero hasta aquel momento el hilo luminoso de la fortuna no me había abandonado, tenía que continuar y tener fe.

–No importa –dije–. Ya veremos cuando lleguemos.

–¿Sabéis dónde vais a dormir esta noche?

–Nos las apañaremos –respondí otra vez.

–¿Habéis estado alguna vez en Belén?

–No.

–Es un lugar extraño –explicó Ramírez–. Primero, porque es un barrio que está sobre el agua. Las casas están construidas sobre estacas o balsas. De esta forma, durante el verano, cuando el río está en crecida, flotan. Ahora estamos en julio, que es la estación seca, y las balsas estarán sobre el fango. Tenéis que tener cuidado porque el lugar es peligroso. Está lleno de criminales.

Me entraron ganas de reír: el sobrino de un traficante me estaba avisando sobre los delincuentes.

–El mercado está dividido entre las cabañas y la parte de arriba, en la calle. Quedaos en esta última, si podéis. Os conviene.

Fabio llamó a su hermano para que lo sustituyera con el motor y vino a colocarse cerca de mí; para mi sorpresa, en lugar de hablar conmigo, se puso a bromear con El Rato.

Empezaron a reírse.

Entonces yo me relajé y observé el paisaje. Saqué el walkman y apreté el botón de grabar para captar el ruido metálico del motor.

Seguimos navegando.

REKEPEKEPEKEPEKEPEKEPEKEPEKEPEKEPEKEPEKEPEKEPEKEPEKEPEKE

PEKEPEKEPEKEPEKEPEKEPEKEKE

El motor era una nana martilleante que me destrozaba los oídos. El túnel de árboles que nos acompañaba desde hacía horas se abrió y el río, de repente, se volvió cuatro o cinco veces más grande.

–Ahora estamos en el Amazonas –exclamó Fabio, después empezó a rascarse las piernas, que tenía llenas de picaduras.

–Es el río más largo del mundo –dijo Laila–. Continúa sin interrumpirse hasta el océano, al otro lado de América Latina.

¡El océano! ¿Era más grande aún que aquel río? Esperaba poder verlo algún día.

Mientras, la canoa permanecía cerca de la orilla, y había pájaros que volaban sobre el palmeral, lianas que bajaban hasta el agua, y un millar de plantas diferentes a las que no sabía dar nombre.

–Y bien –le dije a Fabio–. ¿Cómo es que vivís con vuestro tío en el campo?

Él hizo una mueca.

–Nuestros padres están muertos. Bueno, mamá murió. Hace tres años. Papá no sé, nunca lo conocí. Y, en fin, eso es todo: ella trabajaba para el tío, nosotros hemos seguido haciéndolo.

–Y ¿qué trabajo hacéis?

–Pues lo típico. Montamos guardia. Damos la voz de alarma si vemos algo raro. De vez en cuando cogemos la barca y vamos a Nauta a hacer recados. Cosas así.

–¿Te gusta llevar la barca?

Fabio me sonrió.

–¿Quieres probar?

Claro que quería, así que nos acercamos a Ramírez para ver si me dejaba pilotar un poco.

–Ni hablar.

–¿Por qué? –dije yo–. Solo hay que mantener recta esa cosa que tienes debajo del brazo. No es difícil.

–Sin embargo, lo es. Hay que estar atentos porque el río lo arrastra todo, hay troncos que navegan y otras cosas, podríamos chocar. Además, es muy fácil perderse. Lo que podéis hacer es coger la cacerola y vaciar la barca, estamos llenos de agua y eso nos ralentiza.

Aunque me molestaba recibir órdenes del señor Fanfarrón, me tocó obedecer, y mientras me empeñaba a fondo con la cacerola miraba el río. Ramírez tenía razón: se dividía constantemente en canales más pequeños, se desdoblaba en islas y pantanos, bastaba un instante para perderse en medio de la nada.

Laila había cogido su walkman y se lo estaba enseñando a Gio, el niño cantaba en el micrófono una canción, después la rebobinaba y la escuchaba con los cascos. No sé qué conseguía oír con el jaleo del motor, de todas formas, eso era asunto suyo.

En realidad, estaba enfadado con Laila porque cuando Ramírez había preguntado si estábamos juntos, ella había respondido que no. En mi opinión, sí que lo estábamos. De lo contrario, ¿por qué me había besado? Y después ¿por qué no lo había vuelto a hacer?

Fabio volvió a sustituir a su hermano con el motor, y

puesto que con Ramírez no quería hablar, me acomodé en mi banco y me dormí.

Cuando volví a abrir los ojos, la canoa navegaba por una especie de laguna. Por un lado, cañas y charcos centelleantes; por el otro, la ciudad. Se distinguían las casas, que no eran chozas, sino edificaciones de verdad, de madera y ladrillo, como las de Lima o Cuzco.

Laila se me acercó.

–Por fin estás despierto, has dormido todo el trayecto. Pensaba que te habían envenenado.

Me señaló las casas.

Después añadió:

–Estamos en Iquitos.

Antes de tocar tierra, Ramírez se acercó para que le pagáramos.

Me quité el zapato izquierdo, donde estaba la mitad de mis ahorros, y me di cuenta de que no quedaba mucho. Aun así le di lo suyo y él se metió los billetes en el bolsillo de los pantalones cortos.

–¿Volvéis enseguida?

–Ya que estamos en la ciudad, merece la pena aprovechar el viaje. El tío seguramente no espera vernos antes de mañana.

Está bien, confieso que albergaba esa esperanza.

–¿Qué os parecería acompañarnos a Belén?

–¿Qué? –exclamó El Rato–. ¿Por qué deberían venir?

–Porque conocen la ciudad y el mercado. Sería útil. Os daré más dinero.

Ramírez me dirigió una sonrisa fría.

–Está bien.

Preparamos el equipaje, o, más bien, yo metí en mi bolso las últimas provisiones y El Rato guardó en la mochila mi poncho y su jersey de lana. Después, atamos la balsa a un embarcadero renqueante.

Gio me enseñó cómo moverme entre las pasarelas para evitar caerme. Eran las tres de la tarde y el calor lo arrasaba todo, el mal olor del agua estancada me producía náuseas.

–¿Y nos vamos así? ¿No tenéis miedo de que os roben la canoa? –preguntó El Rato.

Gio sonrió.

–Esa es del tío. Nadie le robaría una barca al tío.

El puerto estaba abarrotado de embarcaciones como la nuestra (había aprendido que se llamaban pekepeke), pero había otras más grandes, transbordadores de hierro que provenían de Brasil, lanchas, yates fluviales y barcos de turistas.

Nos abrimos paso entre la gente y salimos a parar a una calle asfaltada.

–¡LAILA, ATENTA!

El Rato me agarró por la barriga y me empujó. Acabamos en el suelo, yo encima de él, y un destello rojo pasó a un palmo de mi nariz. El destello tocó la bocina y se fue, ahumándonos a todos con una nube de gasolina quemada.

–¡Por poco no te atropella!

–¿Qué... es... eso? –murmuré.

La calle estaba invadida por extraños carros de tres ruedas, con una motocicleta en la parte delantera, donde estaba el conductor, y una carroza pequeña para los pasajeros en la parte trasera.

Una de esas cosas había estado a punto de matarme.

–¡Son mototaxis! –nos explicó Gio–. Todos los usan. Son muy divertidos.

–Y a nosotros nos vendría bien uno. El mercado está demasiado lejos para ir a pie con este calor –observó Ramírez.

Silbó y del enjambre de cosas de tres ruedas se separó uno que vino hacia nosotros y frenó con un derrape.

El Rato y yo nos subimos a bordo.

–Llévalos al mercado de Belén –gritó Ramírez al conductor–. Nosotros vamos detrás.

El piloto metió la marcha y partió. El aire del mediodía en la cara era candente.

–¡Primera Vez en un mototaxi! –gritó El Rato–. Y es fantástico, ¡estos chismes son geniales!

Reía, yo también reí, aunque la verdad era que el corazón se me quería salir por la boca. No me habían atropellado por los pelos, y si no hubiese sido por El Rato, habría acabado muy mal.

El hecho es que yo no había visto aquel mototaxi acercarse a mí en absoluto.

Estaba mirando hacia delante y no me había dado cuenta de que una moto venía hacia mí por un lado. Era posible que El Rato hubiera entendido que había sido por culpa de mis ojos.

Habían empeorado mucho.

Empecé a mover la cabeza de un lado a otro, fingiendo admirar el panorama, cuando lo que intentaba era entender cómo me funcionaba la vista.

En el centro veía perfectamente: una alegre ciudad tropical llena de plazas y de personas.

Pero si algo no estaba justo delante de mi nariz, ya no lo veía. Era como tener un catalejo pegado a la cara.

–Ánimo, Laila –murmuré en voz baja–. Ya casi has llegado y todo se arreglará.

El mototaxi se metió por una calle que bordeaba el río, giré el cuello; a un lado reconocí un largo paseo peatonal, al otro, una fila de casas coloniales.

El paseo del río terminaba en un barrio muy pobre. Alguien había colgado toldos de plástico entre los edificios para proteger las calles del sol. También había puestos de madera y esterillas en el suelo, todos llenos de mercancías, con los vendedores acuclillados cerca.

–El mercado de Belén –anunció el taxista–. ¿Está bien si me paro aquí?

Le entregué una moneda y esperamos al segundo mototaxi, que llegó justo después. Nos metimos los cinco por debajo de los toldos en un manto de calor irreal. Nos embistió un olor dulzón a carne, fruta y pescado dejados al sol durante demasiadas horas.

El mercado se extendía por un barrio al completo, con cientos de puestos que vendían de todo: ropa y cosas para la cocina, comida... Había expuesta fruta y verdura que nunca había visto. Grandes pescados destripados, anguilas, tortugas en trozos con el caparazón abierto. Pollos crudos y bistecs, animales de la jungla amontonados en pirámides rojas de sangre, monos colgados de ganchos que parecían pequeños cadáveres.

Toda aquella muerte era un espectáculo desgarrador. Las calles estaban inundadas de basura, un perro hacía pis. El aire era irrespirable por el mal olor. Me tambaleé y tuve que apoyarme en El Rato para no caerme.

–Laila, ¿te encuentras bien? –El Rato me cogió de la mano–. Estás muy pálida.

–Sí, enseguida me repongo.

Sin embargo, los tres hermanos parecían estar en su salsa.

–A ver –dijo Ramírez–, hasta ahora habéis sido misteriosos, pero si queréis que os ayudemos, tenéis que contarnos más. ¿A quién habéis venido a buscar aquí en Belén?

Era una buena pregunta.

–Buscamos a un chamán –exclamó con seguridad El Rato–. Del pueblo de K.

Ramírez se rascó una mejilla.

–¿Qué pasa?

–Nada. Estoy sorprendido. En fin, no pensaba que dos tipos como vosotros, que vienen de Lima... vinieran hasta aquí para... ¿Qué tiene de especial ese chamán?

–¿Es muy potente? –preguntó Gio–. ¿Puede hacer magia?

–Yo espero que sí –respondí–. Hemos hecho todo este viaje solo para encontrarlo.

–Debe de ser un pez gordo –reflexionó Ramírez.

–Eso esperamos. ¿Tú has oído hablar de él? ¿Del chamán de K.?

–Nunca. Y, además, ¿qué es ka?

–No lo sabemos. Probablemente sea solo la inicial del verdadero nombre. ¿Estáis seguros de que no os dice nada?

Entonces, Fabio murmuró:

–Normalmente los chamanes están todos en el pasaje Paquito.

–Claro –exclamó el hermano mayor.

–¿Qué es el pasaje Paquito?

–Es algo que está por este lado.

Poco después entendí que se trataba de una callejuela, justo en el corazón del mercado, donde se congregaban los puestos de pociones mágicas y de hierbas medicinales. Encima había pirámides de cigarrillos hechos con tabaco sagrado, hileras de botellas de colores extravagantes y miles de recipientes llenos de polvos y de hierbas trituradas.

Los vendedores llamaban a los paseantes a voces.

–¡Señorita! ¡Tengo la liana uña de gato, que protege contra toda enfermedad!

–¡Piel de serpiente! ¡Cabezas de mono!

–¡Achiote fresquísimo recién recogido!

–¡Agua florida! ¡Auténtica agua florida para ritos mágicos!

–¡Sangre de grado! ¡Para-para!

–¡Pociones de amor! ¡Extracto de siete raíces!

Una mujer joven y lozana vio pasar a El Rato y lo señaló.

–¡Jovencito! ¿Qué buscas? Tengo de todo, filtros y pociones, ingredientes recogidos esta mañana en la selva…

–En realidad, no… –balbuceó El Rato confundido.

–Yo querría comprar la flor perdida del chamán de K. –intervine–. ¿Por casualidad no la tendría?

La joven me dirigió una gran sonrisa.

–¡Pues claro! Tengo muchísimas flores aquí, señorita. Y frutas de la jungla. Y extractos de raíces fermentadas y embotelladas…

–Sí, sí, pero la flor perdida de K., ¿la tienes?

–¿Dónde está ese Ka? Tengo tantas flores… También cactus. Lianas…

No insistí, y me acerqué al puesto siguiente. El vendedor era un hombre grande con una camiseta azul.

El pequeño Gio gritó:

–¡Me apuesto a que tú tampoco tienes la flor perdida de K.!

El hombre señaló las botellas sobre el tenderete.

–Tengo estas –dijo–. Todas son buenas pociones medicinales, las hago yo.

–¿Podemos mirar?

Nos pusimos a leer las etiquetas, todo estaba escrito, excepto la flor que yo buscaba.

–¿Has oído hablar alguna vez de un pueblo que se llama K.? –pregunté–. ¿O K-algo? En la selva, ¿aquí cerca?

El hombre se encogió de hombros.

Repetimos la escena en el siguiente puesto, y en el siguiente, y así por todo el pasaje Paquito. Algunos vendedores eran amables, otros menos, pero se veía que estaban cansados por el calor y porque llevaban allí desde por la mañana.

Ninguno consiguió ayudarnos.

–En mi opinión, ese chamán no existe –concluyó Ramírez–. O quizá no viva aquí. Creo que ya nos volvemos, dentro de poco oscurecerá…

–Sí, sí, idos –resopló El Rato–. No os necesitamos.

–Esperad. Antes decíais que Belén estaba construida sobre pilares de madera, pero que el barrio de aquí es normal, con casas de ladrillos.

–Los pilares de madera están en la parte de abajo. Si queréis os llevo, pero no...

–Sí, venga –le rogué–. Por favor.

–Por favor –añadió Gio.

–Está bien –se rindió Ramírez–. Pero agarra bien el bolso. Ya os lo he dicho, Belén es un lugar peligroso.

Los tres hermanos nos llevaron a través del mercado hasta una escalera de piedra que bajaba hacia el río.

Desde allí arriba se podía ver la ciudad flotante de Belén: una inmensa *barcópolis* construida sobre el agua, toda de madera y hierro, plástico y chapa. Con casas con el techo de paja sobre grandes balsas, cabañas en equilibrio sobre zancos más endebles que palillos. Un sistema descabellado de escaleras y pasarelas permitía trasladarse subiendo y bajando, escalando, mientras que sobre el agua había tráfico de canoas, niños que se bañaban y otros que usaban palanganas de plástico como barcas improvisadas, remando con las manos.

Estaba todo abarrotado, y era a la vez colorido, paupérrimo, confuso, terrible y fascinante.

–Em, Laila –dijo El Rato–. ¿En serio quieres ir allí abajo?

–Claro –dije decidida, y empecé a bajar los escalones.

Me estaba metiendo en la boca de un cocodrilo.

Y era un cocodrilo hambriento y peligroso. Claro que, simpler

quel momento aún no lo sabía.

–¡Buenos días, señores! ¡Bienvenidos a Belén! No sois de por aquí, ¿verdad?

–¿Cómo lo has sabido? –pregunté.

–Porque Pepito Grau, es decir, yo, ¡conoce a todo el mundo! ¡Y a vosotros no os conozco! ¡Ja, ja! Por el contrario, estos tres jóvenes sí son de la zona. Gente del río, ¿verdad?

Ramírez, Fabio y Gio asintieron.

–Mientras que tú eres de las montañas, y la muchacha… ¡Es una gringa! ¡Ja, ja, Pepito Grau tiene buen ojo!

El hombre estaba sentado en el último escalón y a nuestra llegada se puso de pie. Era un poco más alto que yo, oscuro y descalzo, y ni siquiera tenía dientes.

–¿Qué os trae a Belén? ¿Turismo? ¿Buscáis a alguien? ¿A un amigo?

–Más o menos –murmuré. Y lancé una mirada a Laila.

–¿De quién se trata? Yo los conozco a todos, podría ayudaros.

–No sabemos cómo se llama, es un chamán muy poderoso. Viene del pueblo de K.

–Uh –dijo Pepito–. Esta es difícil… Había oído hablar de un pueblo así, pero hace mucho tiempo que nadie habla de él. ¿Estáis seguros de que esa persona aún vive en Belén?

–No –admitió Laila–. Es de hace tiempo. Querríamos descubrir dónde ha acabado.

El hombre le dirigió una sonrisa desdentada.

–¿Eres tú la comandante, señorita? Lo he visto enseguida. Y te interesan los grandes secretos..., la chamanería, la curandería, la brujería. Pero debes tener cuidado: los brujos, los hechiceros, son gente misteriosa. También hay un montón de farsantes. Pero yo conozco a un chamán de verdad, si os interesa. Muy muy bueno. Puede maldecir a vuestros enemigos, preparar pociones de amor, una vez me dijo que también había resucitado a un muerto. Vive justo aquí cerca...

–No, no –dijo Laila–. Nosotros buscamos al chamán de K. Solo a él.

–Um –murmuró Pepito–. Um...

–Ya está bien –interrumpí, aquel tipo me tenía harto–. Gracias de todas formas.

El hombre se paró.

–Esperad, qué prisas. Vuestra petición es muy difícil. No conozco al hombre que buscáis..., pero sé quién podría ayudaros. Un amigo mío que vive aquí, en Belén. Es muy anciano y lo sabe todo. Venid, os acompaño hasta él.

Volvió a dedicarnos una sonrisa desdentada. Ninguno de nosotros se movió.

–¿No os fiais? Hacéis bien, en Belén siempre hay que tener los ojos bien abiertos. Pero, puesto que estáis conmigo, no os pasará nada. Tenéis mi palabra. Vamos.

Abrió los brazos y se dirigió hacia la pasarela más cercana. Laila lo siguió, así que yo también, y, conmigo, los demás. Bajamos una escalera de mano y llegamos al nivel del agua. El sol aún pegaba. Algunos niños se bañaban en el río, que olía tan mal que, en comparación, el mercado era el culmen de las perfumerías.

Ramírez me cogió por un hombro, estaba justo detrás de mí, y me susurró al oído:

–Oye..., a mí este Pepito no me gusta nada.

Por increíble que parezca, estaba de acuerdo con él.

–Estoy de acuerdo en seguirlo, porque quizá me equivoque y pueda ayudarnos de verdad, pero si intenta hacernos entrar en una casa o algo parecido, tú y yo, que somos los mayores, intentaremos quedarnos fuera.

–¿Y después?

–No lo sé. Veremos qué pasa. ¿Vale?

–Vale –murmuré.

Mientras tanto, Pepito nos hacía un montón de preguntas. Pasamos una pasarela y escalamos por otra escalera que salía del agua y llegaba hasta uno de los pilares, tres o cuatro metros más arriba.

Era un simple cuadrado de tablas de madera, y en el centro había una cabaña con el techo de paja y sin ventanas. En el lugar de la puerta había un agujero en la pared.

–Hemos llegado –dijo Pepito–. Entrad aquí.

Ramírez y yo intercambiamos una mirada. Dejamos entrar a Laila, Fabio y Gio, mientras nosotros nos quedábamos un paso por detrás.

Pero Pepito hizo lo mismo.

–Venga, venga –nos apresuró.

Inseguro, metí la cabeza en la cabaña y pestañeé fuerte para que los ojos se me habituaran a la oscuridad. Vislumbré una habitación vacía y dos hombres sentados sobre un viejo colchón. Se estaban poniendo de pie. Tenían una cara que daba miedo. Uno agarraba un cuchillo.

Grité:

–¡ENCERRONA!

Pepito me agarró e intentó empujarme hacia dentro, me desasí y le di un pisotón con las botas de montaña. Él iba descalzo y gritó. Los dos tipos de dentro arremetieron contra nosotros.

–¡CHICOS! –gritó Ramírez–. ¡TODOS FUERA!

Fabio y Gio se escabulleron hacia la salida; sin embargo, a Laila le costaba ver en la oscuridad, y en aquella balsa, tras la luz fuerte del exterior, seguramente estuviese casi ciega. Así que me lancé hacia ella.

Uno de los hombres la había cogido por los hombros y la sacudía como a una hucha.

–Eres tú la que tiene el dinero, ¿verdad? ¿Dónde está?

Arremetí contra él con la cabeza baja y lo golpeé con un formidable cabezazo en el estómago.

Era dos veces más grande que yo, pero no se lo esperaba y voló hacia atrás.

–Rato...

–Sígueme, rápido, ¡fuera!

El tipo del cuchillo se precipitó hacia nosotros y me habría rebanado si no hubiera sido por algo que cruzó la habitación y que le impactó en toda la cara.

Me di la vuelta: ¡Fabio le había lanzado su zapatilla!

Agarré a Laila y en dos pasos nos plantamos fuera de la casa, Ramírez y Pepito estaban luchando, rodando sobre la plataforma de madera. Me agaché sobre ellos y le di al desdentado una patada en la cara. Él, que estaba combatiendo con Ramírez, no consiguió defenderse. Puse al chico de pie de un tirón.

Estaba a punto de preguntarle hacia dónde ir, pero me mordí la lengua.

Ya no existía un dónde.

Los teníamos encima.

Estábamos rodeados.

En menos de un segundo nos capturarían, y esta vez no tendríamos esperanzas.

Así que tomé una decisión.

Cogí a Laila de la mano.

Nos acercamos al borde de la plataforma.
Aguantamos la respiración.
Y saltamos al agua pútrida de abajo.

Fue un salto

L
A
R
G
U
Í
S
I
M
O

que sólo duró un momento. Después, Laila y yo caímos
en el agua densa y oscura.

Y en la cabeza me martilleaba el mismo pensamiento:
«Dios mío, no bebas, te lo pido por favor, no bebas, Dios
mío, no bebas esta agua, por favor, no la bebas».

Mi mochila, que tenía dentro el jersey y el poncho, se em-
papó y enseguida se volvió muy pesada. Me hundí y golpeé
con el culo el fondo fangoso del río.

Me intenté quitar aquel maldito chisme de los hombros,
mientras me acordaba de que no sabía nadar y me entró el
pánico. Pensé que moriría ahogado, así que pataleé con todas
mis fuerzas y, aunque las botas también eran muy pesadas,
no me rendí. De alguna manera, conseguí sacar la cabeza
otra vez al aire.

Laila salió justo después de mí, a tiempo para ver a Ramírez, Fabio y Gio saltar uno detrás del otro.

SPLASH

SPLASH

SPLASH

Los cuatro hombres nos miraron desde lo alto, indecisos sobre si lanzarse también ellos; pensé que ante la duda era mejor ahuecar el ala. Enseguida.

Llegué a la pasarela más cercana y subí, ayudé a Laila, echamos a correr, sin pararnos ni siquiera un segundo para hablar, adelante, adelante, entre las pasarelas, las casas, el agua, el fango, las barcas, hasta destrozarme los pulmones, con las botas como piedras que golpeaban la madera.

¿Nos seguían? ¿No? ¿Sí? Corríamos y punto, sin rumbo. Hasta que al final no pude más y me paré contra la pared de la balsa, doblado sobre las rodillas, vomité un coágulo de miedo y de agua de río.

–Qué... –balbuceó Laila, justo detrás de mí–. Qué...

–Querían atracarnos –expliqué jadeando por el esfuerzo–. Pero Ramírez ha sospechado y también yo...

–Le has dado un cabezazo...

–Dios mío, ¡me he bebido medio río!

–El río..., mi walkman...

Laila lo sacó del bolso. Goteaba.

–No volverá a funcionar... y dentro estaban todas mis voces... Todas las que había grabado...

–¿También la mía? ¿La que yo grabé? –preguntó Gio.

–Todas y cada una de ellas... Mi herencia. Los sonidos que quería recordar para siempre...

Laila estaba tan desconsolada que quería abrazarla incluso así de empapada.

–Venga –dije intentando consolarla–, verás cómo secando bien el walkman vuelve a funcionar. Esas cosas son japonesas. Material sólido.

–¡A quién le importa! –estalló Ramírez–. Por poco nos matan. ¡Y todo por vuestra culpa!

Estaba furioso. Y a sus pies se estaba formando un charco.

–Tienes razón –dijo Laila–. Perdóname. Es más, perdonadme todos.

–Yo ya he tenido bastante –siguió diciendo Ramírez–. Es tarde, dentro de poco oscurecerá y si mañana no estamos en casa, el tío se enfadará. Así que volvamos al puerto. Adiós, muy buenas.

–Espera... El chamán...

–¡No me interesa! Ni vuestra flor perdida ni el chamán de K., que, entre paréntesis, en mi opinión, ni siquiera existe.

–Oh, oh, oh –rio una voz–. Oh, sí que existe, el chamán de la tribu de K. Yo me acuerdo bien de él...

De una choza cercana salió una señora anciana, con el chándal descolorido y una camiseta de flores. Tenía el pelo blanco y tantas arrugas que no se le veían los ojos.

–¿En serio? –preguntó Laila–. ¿Usted conoce al chamán de K.?

–Lo conocía. Hace mucho tiempo.

–¿Y se acuerda de dos personas que vinieron a buscarlo? ¿Un estadounidense y un peruano de las montañas? Hace... ¿unos cincuenta años?

–¿El doctor Clarke y el señor Castillo? –exclamó la vieja–. Claro. Cómo no. Hacc un tiempo, también los conocí a ellos...

Nací bajo un repollo en el mercado de Belén.

Es así como se dice, ¿no?

Nacer bajo un repollo... En mi caso es real. Mis padres eran tejedores de hojas de chambira y tenían un puesto para vender cestas. El día en el que nací mi madre estaba en el trabajo. Cuando llegó el momento, las otras mujeres hicieron que se tumbara en medio de la fruta y de la verdura, crearon un apartado con telas y después llegué yo al mundo.

Me llamaron Blanca porque estaba muy pálida, y desde aquel día vivo entre las chozas de Belén.

Pero estad tranquilos, no os contaré la historia de mi vida, es solo para explicar que pocas personas conocen este lugar mejor que yo.

Y, sin embargo, la tribu de K. siempre ha sido un misterio.

Empezando por el nombre: K y ¿qué más? Creo que no lo sabe nadie.

En realidad, ni siquiera está tan lejos. Tres días de barca a remo bajando el río, después otro día de marcha por el bosque. Yo nunca he estado allí, sé solo lo que me han contado.

Según algunos, la tribu ya no existe. Todos están muertos, y sus cabañas se las ha tragado la jungla. Según otros, solo ha quedado él: el chamán.

Venía a Belén a vender sus mercancías una vez cada estación, con una canoa hecha con el tronco de un árbol. Iba siempre descalzo y medio desnudo, solo algunas tiras de cuero le cubrían las vergüenzas. Ningún pelo ni cabello, tenía la piel lisa como los bebés, y era imposible distinguir qué edad tenía.

Llegaba, dejaba la canoa en los parajes, entre los pilares, después subía hasta el pasaje Paquito. Se sentaba en el suelo y vendía sus cosas: polvos y ungüentos que preservaba en pequeños saquitos de piel curtida.

Había remedios potentes, ingredientes tan misteriosos que ni siquiera el nombre se pronunciaba. Para hacerse con ellos había una fila que llegaba hasta más allá del mercado.

Después, el chamán se levantaba, se gastaba lo que había ganado en arroz, telas, enseres y otras necesidades, lo cargaba todo en la barca y se iba.

Así, siempre.

Aquí, en Belén, estamos acostumbrados a las extrañezas, sobre todo si vienen de la selva, y aun así la llegada del chamán de K. era todo un evento. Los niños divisaban la canoa ya desde lejos y daban la alarma, desde ese momento lo seguían por todas partes.

Hace más de cuarenta años —tanto tiempo ha pasado—, entre aquellos niños estaba también mi hija Ana. Que era una niña guapísima y terrible, se escapaba y se metía en problemas.

Fue precisamente mientras intentaba encontrarla cuando los conocí: al doctor Clarke y a su amigo Miguel Castillo. Ocurrió un día en el que el chamán estaba en la ciudad, y en torno a él se había congregado una multitud de clientes. Había tanta gente que, a pesar de los empujones y de los gritos, aquellos dos no conseguían avanzar para hablar con el brujo.

Tenían un aire tan desconsolado que me atreví a acercarme. Les expliqué que, si buscaban algún medicamento, el pasaje Paquito estaba lleno de ellos. Aquel chamán venía exclusivamente para la gente del lugar, es más, no hablaba ni inglés ni español y, antes de que pudieran llegar hasta él, su mercancía ya se habría vendido toda.

El doctor Clarke no se rindió. Me dijo que habían hecho un largo viaje y esperaban desde hacía años aquel momento. Era un tipo realmente obstinado. Esperó a que el chamán terminara de comerciar y a que el gentío se alejara, entonces se acercó al hombre agazapado y le habló en un par de dialectos indígenas que yo no sabía cómo demonios conocía.

—Soy el doctor Clarke, un médico de Lima. He sabido de su flor perdida y deseo analizarla. Quiero estudiar los métodos de sus curas.

El chamán escuchó hasta la última palabra y cuando Clarke terminó, se fue sin decir nada. El doctor y Castillo no eran tipos que se rindieran fácilmente: lo siguieron mientras compraba el arroz y las demás cosas, e incluso hasta su canoa. Después, vieron cómo se alejaba por el agua sin haberles dirigido la palabra.

Mientras tanto, yo había reencontrado a mi Ana y había vuelto a casa, cerca de donde el chamán había amarrado la barca, por eso me encontré de nuevo ante los dos hombres.

Castillo me preguntó:

—¿Usted sabe dónde vive ese hombre?

—No lo sabe nadie —respondí—. En la selva.

—¿Y cada cuánto vuelve aquí?

—Más o menos, una vez cada tres meses.

Desde aquel día, los dos compañeros se volvieron una presencia fija en el mercado de Belén. Llegaban por la maña na temprano y se iban por la tarde, esperando en el lugar donde el chamán vendía sus productos.

Tres meses después, regresó. Ellos volvieron a pedirle ver la flor perdida y él siguió con su silencio obstinado. Tras terminar las ventas, se montó en la canoa, pero esta vez Clarke y Castillo estaban preparados: habían alquilado una lancha y lo siguieron.

Al día siguiente, los volvimos a ver en el mercado, como siempre.

—¿Fue mal la búsqueda? —le pregunté a Miguel.

—El motor se rompió cuando no llevábamos ni media hora —respondió él—. Tuvimos que volver a la ciudad a remo.

—Son sus poderes de brujo, que mantienen las distancias. No podéis seguirlo porque él no quiere.

—Tonterías —masculló Clarke, y continuó con su larga espera.

Fue larga de verdad: casi dos años. Durante todo ese tiempo el chamán volvió a Belén una vez por estación, y ellos hicieron de todo para convencerlo. Aprendieron nuevas lenguas, inventaron mil trucos para seducirlo o para seguirlo.

En vano. Recuerdo la última vez que ocurrió. Mi puesto de cestitas no estaba muy lejos del pasaje Paquito. Además, yo sentía curiosidad, igual que muchos de los habitantes de Belén, por ver quién vencería: el extranjero testarudo o el chamán indígena.

Como siempre, Clarke esperó a que el hombre vendiera sus medicinas y se quitó el sombrero. Dijo:

—Señor, quizá no entendáis mis palabras, pero estoy seguro de que podéis leerme el corazón. He comprendido que soy un tonto. Quería conocer los secretos de la flor perdida por soberbia, soñaba con conquistar fama y gloria. He olvidado el sagrado juramento hipocrático, que es curar a los pacientes por encima de todo. Pero ahora lo recuerdo. Miguel, mi amigo y hermano, está muy enfermo.

Me giré hacia el señor Castillo y me di cuenta de que estaba muy delgado, con las mejillas demacradas y pálido.

—No sé qué le pasa y, sobre todo, no sé qué hacer para curarlo. Podría llevarlo a Lima o a otra ciudad, pero tengo miedo de que el viaje lo mate. Usted es mi última esperanza. Se lo ruego, señor, ayúdenos.

Hubo un largo silencio y todas las personas que habíamos asistido a la escena contuvimos el aliento.

Al final, el chamán se puso de pie, muy lentamente, se acercó al señor Castillo y le tocó la cara, los hombros y el abdomen. Negó con la cabeza.

Por fin, para sorpresa de todos y en perfecto español, anunció:

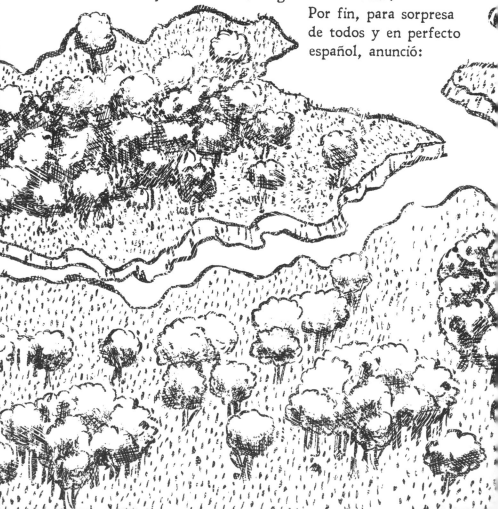

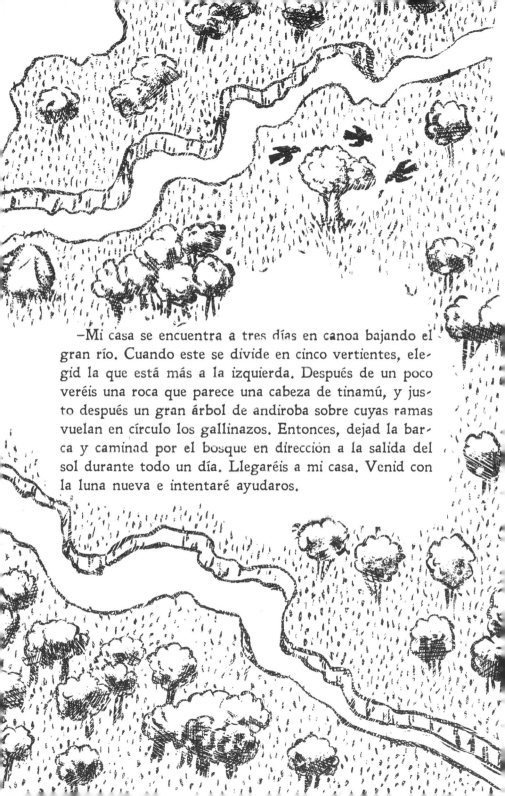

—Mi casa se encuentra a tres días en canoa bajando el gran río. Cuando este se divide en cinco vertientes, elegid la que está más a la izquierda. Después de un poco veréis una roca que parece una cabeza de tinamú, y justo después un gran árbol de andiroba sobre cuyas ramas vuelan en círculo los gallinazos. Entonces, dejad la barca y caminad por el bosque en dirección a la salida del sol durante todo un día. Llegaréis a mi casa. Venid con la luna nueva e intentaré ayudaros.

Todos estaban estupefactos, especialmente yo, tanto que las palabras del chamán se me grabaron en la mente y aún las recuerdo.

Después del discurso, se alejó sobre la canoa como siempre.

El doctor Clarke y Castillo se abrazaron y lloraron de felicidad. Durante los días siguientes se prepararon para la expedición, la luna nueva estaba al caer. Compraron una barca a motor, comida y agua, y el día establecido partieron hacia el alba.

Todo Belén se aglomeró entre los pilares para despedirlos. Allí vimos cómo se alejaban en la laguna, Clarke, recto y orgulloso comandando el motor, y Castillo delante, tumbado, porque no se sostenía ya sobre sus piernas.

Fue la última vez que los vi.

Nunca más volvieron a Iquitos, y desde entonces también el chamán de K. dejó de venir a la ciudad.

Desaparecieron los tres como engullidos por la selva.

Ocurre, ¿lo sabíais?

La selva tiene sus misterios.

A veces, te rechaza.

A veces, te acoge.

A veces, te atrapa y no deja que te vuelvas a ir.

Estaba ocurriendo otra vez.

Un momento antes parecía estar todo perdido, después algo surgía de la nada y volvía a ponernos sobre la pista.

Era como si una fuerza mucho más potente que nosotros mismos nos estuviera guiando, y el hilo luminoso que nos acompañaba desde el principio del viaje se negara a romperse. O bien, todo era fantasía y éramos nosotros los que, a fuerza de intentarlo, encontrábamos una nueva vía por una simple cuestión de probabilidad.

Mientras hablaba, la señora Blanca nos hizo entrar en la casa, que consistía en una única estancia que daba al río, llena de cestitas para vender en el mercado y hojas de palma (aún enteras o ya reducidas a largas fibras listas para trenzar).

De una cubeta sobresalía un gran coco con la cáscara brillante y anaranjada. Tras terminar su discurso, la viejecilla cogió un machete y cortó la parte superior del fruto de tal forma que hizo un agujero en la cáscara. Nos lo pasó por turnos para que pudiéramos beber el agua de dentro, después lo partió en dos para que nos comiéramos la pulpa.

Tras terminar la merienda, nos dijo que nos tocaba a nosotros contarle por qué queríamos encontrar al chamán de K.

Y enseguida Ramírez salió con que también él y sus hermanos querían saberlo.

Tenía razón, no sé cómo, pero sentía que era lo justo. Así que repetí mi historia una vez más. Y otra vez volví a sumirme en aquellos pasajes, que me parecían muy lejanos y que, sin embargo, había vivido.

Cuando llegué a la parte de la fuga del hospital, Gio me interrumpió.

–Entonces, ¿estás enferma?

–Me temo que sí.

–No lo parece –comentó Fabio.

–Mis ojos no funcionan muy bien y, según los médicos, es solo el principio. Se trata de algo muy grave. –Me esforcé en sonreír–. Por eso debo encontrar al chamán. Es mi última esperanza.

Tragué y retomé la narración de nuestras aventuras, evitando detalles como el beso que le había dado a El Rato y el hecho de que el tío de los chicos fuera un traficante de drogas. Terminé con el encuentro con Pepito Grau y el chapuzón en el río.

–¡Ay! –estalló la señora Blanca–. ¡Qué bellaco! Intentar engañar a unos niños. Ahora estáis seguros; si queréis un consejo, es mejor que no sigáis andando por Belén, al menos hoy.

–Nosotros tenemos que volver a casa… –farfulló Ramírez.

–Lo haréis mañana, ¿no querréis pasar la noche en una barca en el río? Dormid aquí y partiréis al alba. Un poco de compañía no me molesta.

El Rato y yo aceptamos con entusiasmo, también Fabio y Gio, Ramírez refunfuñó, pero al final tuvo que ceder.

La viejecilla sacó un hornillo y se puso a cocinar una sopa de cabezas de pescado. Hasta un mes antes, la idea de comer algo hecho con la cabeza de otro animal me habría dado náuseas; sin embargo, ahora muchas cosas habían cambiado, y devoré mi parte con gusto.

Después, los demás intentaron ayudar a la señora con las cestas de fibras de chambira que había que trenzar. Pero para mí estaba demasiado oscuro y mis manos tenían dificultades para seguir mis pensamientos, así que me tumbé en una esterilla y saqué el walkman.

Todo el interior de mi bolso de los osos estaba forrado con plástico, dentro estaban los caramelos de coca y el paquete donde Ramírez había puesto la compra que había hecho en el mercado de Nauta.

Tenía la esperanza de que todo aquello hubiese protegido mi precioso walkman del agua del río. Lo froté insistentemente con la camiseta, saqué la cinta y la froté aún más.

Volví a poner todo dentro y contuve el aliento, cerré los ojos y pulsé el botón.

Nada.

Los cabezales no giraban, la cinta estaba parada.

EL WALKMAN SE HABÍA ROTO.

Me obligué a pensar que quizá la cinta se había salvado. Una vez a mi amiga Ana se le había caído una cinta en la bañera llena de agua y aún funcionaba.

Solo que no me controlé y me entró el pánico. Había voces, al principio, y ruidos: mi madre despidiéndose de mí, los paseantes de Cuzco, el fluir del río Urubamba. Pero también estaba lo que me quedaba de aquellos momentos. La verdad era que no tenerlos me hacía sentirme sola. Mucho más sola.

Me acurruqué sobre la esterilla con el walkman agarrado entre los brazos y me quedé dormida así.

A la mañana siguiente nos despedimos de la señora Blanca. Yo compré una de sus cestitas, la más pequeña, la única que me cabía en el bolso, a modo de agradecimiento.

Dos mototaxis nos llevaron otra vez al puerto.

—¿Ahora qué hacemos? —me gritó El Rato contra el viento. La tarde anterior, entre una cosa y otra, no lo habíamos hablado.

—Cojamos una barca y sigamos exactamente las instrucciones de Blanca —sugerí—. Tres días a lo largo del río, un día de camino por la jungla...

—Sí, sí, he entendido, etcétera, pero ¿de dónde sacamos la barca? —El Rato me miró, después negó con la cabeza—. Ay, no... No querrás pedírsela...

—Sí. A Ramírez. Sin ellos tres, ayer con Pepito las habríamos pasado canutas. Le daré mis últimos ahorros.

—Y después, ¿cómo nos apañaremos?

No respondí.

Tras llegar a las verjas del puerto, esperamos al segundo mototaxi con los hermanos.

Ramírez saltó el primero.

—Aquí estamos. Ahora tenemos que despedirnos...

—Yo no quiero —protestó Gio.

—Tú, cállate. Tenemos que volver a casa. Y el tío nos pegará porque vamos a llegar tarde.

—Pues si os va a pegar de todas maneras... —intervine—. ¿Por qué no sacáis algún beneficio, por lo menos?

—¿Qué quieres decir?

Escuché que El Rato suspiraba detrás de mí, pero yo no tenía ninguna intención de pararme.

—Tengo dinero. Dólares. No demasiados, pero son todos vuestros. A cambio, querría que nos acompañarais con la barca por el río.

—¿Qué? Tú estás loca, las órdenes...

—Ya desobedecisteis ayer. Y, como decías, vuestro tío se enfadará de todas maneras. No tenéis que llevarnos hasta el chamán... Será suficiente con que nos dejéis a la orilla del río. La señora dijo que son tres días de viaje en una canoa a remo. La vuestra tiene motor, solo será uno. Esta noche vol-

véis, le decís al tío que hubo un problema o algo parecido...
y os lleváis algo de propina. ¿Qué decís?

Como no parecía convencido, me quité el zapato derecho
y cogí el último rollo de billetes. Había disminuido, en efecto, pero eran dólares, al fin y al cabo.

—Ramírez —dijo Fabio—. Yo creo que deberíamos...

—Déjame pensar, ¡yo soy el que decide! Mmm..., está bien,
sí. De acuerdo. Pero os llevamos y nos vamos enseguida,
¿queda claro?

Nos estrechamos la mano por turnos y sonreímos. También El Rato.

Me sentía bien. Preparada.

Nos dividimos las tareas antes de la partida: Ramírez y
Fabio irían a comprar el carburante para la barca mientras
El Rato, Gio y yo hacíamos la compra. Quedamos en volver
a encontrarnos al cabo de una hora.

Un señor dijo que había una tienda de comida a cuatro
manzanas de distancia. Compramos más plátano frito y galletas, y tostas, cuatro botellas de agua y una de zumo de frutas.

El Rato me recordó que estábamos a punto de irnos a la
jungla y necesitábamos material de supervivencia, por eso
añadimos el espray antimosquitos, cinco paquetes de cerillas y un set de cuchillos con mango de plástico (El Rato
habría preferido un machete igual que el de Blanca, pero en
la tienda no tenían).

Al volver al puerto nos topamos con un quiosco que vendía rollitos de hoja de palma rellenos de arroz, pollo y huevo.
Puesto que costaban muy poco, gastamos lo que nos quedaba en comprar diez.

—Ya está, ahora estamos sin blanca —comentó El Rato—.
Espero que este chamán esté dispuesto a hacernos un préstamo, o tendremos que quedarnos en la selva para siempre.

Me eché a reír. No sé por qué, pero lo que ocurriera después no me interesaba. Era como si no me afectara.

En el puerto, Fabio y Ramírez nos estaban esperando. Habían cargado en la barca un bidón lleno de líquido amarillento.

–Parece pis –comentó Gio.

–Ja, ja. Si nos quedamos sin nafta, podrás hacer pis dentro y veremos sin funciona –dijo Ramírez–. Todos a bordo, ¡ya hemos perdido demasiado tiempo!

Saltamos al pekepeke, Ramírez desató el amarre y se colocó en la proa en equilibrio para dar indicaciones a su hermano. Giraron la barca y se dirigieron hacia atrás, donde la cuenca de Iquitos se unía otra vez al río Amazonas.

Aunque era pronto, el sol ya estaba alto, los colores eran tan brillantes que al mirarlos te dolían los ojos. Una bandada de aves de rapiña sobrevoló la barca dos veces y después se alejó.

Zarpábamos para la última etapa del viaje.

Miré a El Rato, que ayudaba al pequeño Gio a achicar agua del fondo de la barca con la cacerola.

Habíamos recorrido mucho juntos.

Y aún nos quedaba otro trozo.

El tío nos iba a matar.

O, como mínimo, nos haría mucho daño.

Ya me lo imaginaba: se alzaría por encima de la veranda, escupiría su puro y le haría un gesto a Rafael. El mismo gesto que ya había visto en otras ocasiones, una especie de sonrisa torcida. Y Rafael cogería la metralleta o el cinturón, el de cuero con la hebilla grande, para golpearnos hasta que nos desmayáramos.

Había ocurrido antes y podía volver a suceder, y sería mi culpa. Eso decía el tío: quien manda recibe honor y culpa. Pero, al menos intentaría convencerlo de que dejase en paz a Fabio y a Gio. Diría que ellos no habían tenido nada que ver... o algo parecido.

–Mira –gritó El Rato–. El agua tiene dos colores distintos. ¡Negro y azul!

–Es porque el río que está a la izquierda es el Nanai, que es muy oscuro –le expliqué–. El Amazonas, por el contrario, es mucho más claro, y se necesita un tiempo para que el agua se mezcle. Continúa así durante kilómetros.

–Todo está lleno de ríos que desembocan en el Amazonas, ¿eh? ¿Cuántos hay?

¿Y yo qué sabía? Tenía otras cosas en las que pensar.

Pasamos la comunidad indígena de Barrio Florido y, un poco más allà, las refinerías que sacaban adelante la región. El petróleo mantenía en pie toda la zona. Junto a la coca. Y, por lo que decía el tío, era mejor la coca: se volvía uno aún más rico..., sobre todo si no te mataba.

Un par de horas después el río se estrechó. A la derecha, una masa muy verde.

–¡Es la isla de los monos! –exclamé–. Quiere decir que hemos llegado muy profundo en la selva.

–¿Cómo? –preguntó Laila.

Estaba sentada a mi lado, con El Rato y Gio justo enfrente. Ella me gustaba, no la conocía mucho, pero era la chica más dura que había conocido.

–Nunca he estado tan lejos como ahora –expliqué–. De aquí en adelante no conozco el río. Navegaremos a ciegas.

–¿Crees que será un problema?

–Bastante. Como decía El Rato, todo está lleno de afluentes. Algunos son muy grandes. A veces, por el contrario, el Amazonas parece más pequeño, porque las islas lo dividen en dos o en tres vertientes diferentes.

–«Cuando el río se divide en cinco ramas» –recitó Laila, recordando a la vieja de Belén.

–Exacto. Por eso, en un segundo nos podemos equivocar. Podríamos acabar en otro río y viajar durante horas en una dirección cualquiera. Le ha pasado a un montón de gente: se pierden. Y normalmente nunca vuelven. Mueren de hambre o terminan la gasolina y deben tocar tierra, y después se pierden en la jungla. O son devorados por...

–Creía que vosotros eráis más espabilados –comentó El Rato con desprecio–. ¿No sois gente del río? Es así como os han llamado los criminales de Belén.

Resoplé, molesto.

–En esta zona se dice que la Amazonia está habitada por dos pueblos: los que viven en la orilla y se trasladan con las barcas, y los que viven en la selva, que, por el contrario, habitan en los árboles. Nosotros somos el pueblo del río, pero hasta aquí nunca habíamos llegado y no creo que esto nos ayud…

OOOOOOAAAAAAAAAAAHHHHHHHHHHHHHEEEEEEEEEEEEEEEEEEEEEEEEEEEEEEEEEEEEEEE

EEE

trastornos mentales función

pérdida de control muscular impulsos respiración ruidosa bruscas descargas células nerviosas

es focales corteza cerebral

cerebro convulsiones pérdida de

células glía

nervio vago relajación funcionamiento

pérdida de conciencia

nervio central trastorno neurológico

convulsiones

corteza cerebral

células nerviosas cerebro

ioso central trastorno neurológico funcionamiento normal sistema ne-
cerebral funcionamiento normal sistema
consciencia trastornos actividad eléctrica
consciencia trastornos
pérdida
movimientos involuntarios pérdida
movimientos involuntarios
ioso central trastorno neurológico células nerviosas cerebro convulsiones pérdida de consciencia
entumecimiento de
los músculos pérdida de consciencia convulsiones
los músculos pérdida de consciencia impulsos respiración
células nerviosas crisis confusión temporal movimiento
involuntarios pérdida de consciencia crisis epiléptica contracciones convulsiones
impulsos respiración ruidosa bruscas descargas de
conciencia
temporal movimiento
crisis tónicas

nnnnnnnnnnnnnnnnLaila lanzó un grito terrorífico y se puso rígida, con la espalda recta.

–¡Una crisis! –gritó El Rato–. ¡Laila está sufriendo una crisis!

Se lanzó sobre ella, haciendo uno de esos movimientos prohibidos en una barca estrecha como un pekepeke: se corre el riesgo de volcar y acabar todos empapados.

Por instinto, me tiré sobre el banco opuesto para contrarrestar el peso.

Los ojos de Laila se torcieron y se volvieron blancos, la cabeza le cayó hacia atrás de un latigazo. Temblaba muy intensamente. El Rato la agarró por las rodillas para intentar contenerla, pero no lo consiguió. La barca cabeceó, Laila seguía sacudiéndose como una anguila eléctrica.

Se balanceó hacia atrás, suspendida en el borde de la canoa por una fracción de segundo.

Después, cayó.

Al río.

—¡FABIO! —grité.

Mi hermano levantó de golpe la hélice para parar la barca, oí el motor chisporrotear.

Yo decidí en un instante. Cogí aire. Y me tiré.

Estaba en la parte opuesta de la canoa y me sumergí para pasar por debajo del casco plano. Pataleé el fondo, los ojos abiertos para ver algo.

El agua era oscura y turbia. Tenía la esperanza de que Laila supiera nadar, una chica como ella debía de haber aprendido a la fuerza. Pero la verdadera pregunta era: ¿podría hacerlo durante una crisis?

Vi algo que se movía delante de mí, podía ser un pez o un tronco o basura arrastrada por el río.

Sin embargo, era precisamente Laila.

Estaba bajo el agua, con los ojos cerrados.

Nadé frenéticamente hacia ella, la alcancé de una brazada y la cogí por la camiseta, que se me rompió en dos entre las manos. Laila había dejado de temblar y estaba flácida como un saco vacío. Le pasé el brazo por debajo de los pechos, intentando no pensar en que ella era una chica y que eso eran tetas. Empujé con todas mis fuerzas, conseguí sacar su cabeza fuera del agua.

Emergí yo también, un respiro inmenso, tosí y grité:

—¡AYUDA!

Me di cuenta de que la barca había seguido adelante, arrastrada por la corriente. Fabio la había colocado al través y estaba girando. Oí el ruido de la hélice que volvía mordiendo el agua. El Rato se inclinó hacia nosotros para recogernos.

El cuerpo de Laila estaba inmóvil junto al mío. Me dejé llevar por la fuerza del río, controlando todo el rato que ella tuviera la cabeza fuera del agua. Intenté coger la mano de El Rato, fallé al primer intento, al segundo lo conseguí. Fabio apagó el motor y corrió a ayudarnos, consiguieron subir a bordo a Laila. Yo la seguí un instante después.

–Ha bebido… –dije jadeando, después de haber recuperado el aliento.

El Rato la colocó sobre el banco, la cabeza se giró de lado y un chorro de agua oscura le salió de la boca.

–¡Laila…, Laila!

–¿Respira?

–Laila…, has tenido una crisis…, ¿me oyes? ¿Consigues oírme?

–¿Cuánto tiempo ha tenido la cabeza debajo del agua? –pregunté a Fabio.

–No lo sé –dijo mi hermano–. Menos de un minuto. Has sido muy rápido.

El año anterior algunos marineros del tío la habían liado mientras bajaban el Marañón. Habían volcado y la barca se había ido a pique. Me contaron que uno de los hombres había quedado atrapado debajo de la barca, bajo el agua. Había permanecido allí más de cinco minutos antes de que los compañeros consiguieran liberarlo. Y había sobrevivido.

–Un minuto no es mucho –comenté esforzándome por creérmelo–. Podría salir adelante.

Intenté recordar los detalles de aquella vieja historia.

–¿Tú sabes hacer la cosa esa con la boca? –pregunté a El Rato.

–¿Eh?

–Esa especie de beso para empujar el aire dentro de las personas desmayadas. Has pasado toda tu vida en un hospital…, ¡te habrán enseñado algo!, ¿no?

–¿Te refieres a la respiración boca a boca? –balbuceó–. Sí, en los cursos de…

–¡Házsela! ¡Rápido! ¡Vamos!

El Rato estaba pálido, casi gris, se arrodilló al lado de Laila, que seguía tumbada sobre el banco.

Le cerró la nariz con los dedos de una mano.

Se inclinó sobre ella y la besó soplando fuerte.

Una vez, dos, tres. Pausa. Volvió a empezar.

–¿Qué hace? –preguntó Gio.

–Chis –le mandé callar–. Deja que se concentre.

Otras tres respiraciones, pausa. Tres respiraciones, pausa.

Laila tosió. El Rato se apartó hacia atrás, al fondo de la barca, la chica se dobló hacia un lado y vomitó el río.

–¿Mejor? –pregunté–. ¿Cómo te encuentras?

Ella no respondió, permaneció tumbada de lado con los ojos cerrados. Dormía.

Estuvo así durante no sé cuánto tiempo, pero a nosotros nos pareció muchísimo. Quizá porque seguíamos controlando si respiraba o no.

No teníamos ropa seca que ponerle; por suerte, con aquel calor no era un problema.

En cierto momento, Laila abrió los ojos y se irguió un poco.

–¿Qué es…?

–Has tenido una crisis –exclamó El Rato–. Te has caído al agua. Ramírez se ha tirado y te ha salvado.

–Ah…, gracias –dijo.

Gio se echó a llorar, y yo también tenía ganas.

La colocamos otra vez tumbada sobre el banco y ella cerró los ojos.

Tosió más fuerte que antes.

Al menos, estaba viva.

Nunca me había gustado Ramírez, con esos aires de fanfarrón, capitán-del-barco-lo-sé-todo-yo. Y además me había llamado Orejotas.

Pero había salvado a Laila. Había saltado al río rápidamente y se había sumergido, había desaparecido debajo de la balsa como un pez, yo había visto su sombra en el agua turbia y después había salido con Laila en brazos, como un héroe.

Había sido algo increíble.

Así que me acerqué a él.

–Has estado genial. Gracias –le dije.

–Ya ves.

–No, en serio. Fantástico.

–Tampoco tú has estado tan mal, con la cosa de la respiración boca a boca. Deberías enseñarme a hacerlo.

–Se lo explicaban a los estudiantes de medicina en el hospital... No es difícil. Pero no me pidas que te la haga a ti porque sería asqueroso.

Ramírez se rio, yo también, y la cuestión terminó ahí.

Mientras tanto, estábamos en medio del río con el motor apagado, intentando reponernos. La barca se deslizaba con la corriente, Gio lloriqueaba y Fabio lo tenía cogido de la mano; Laila dormía, tosiendo de vez en cuando.

–¿Qué es eso... de la crisis? –preguntó Ramírez señalándola.

–Es como si su cerebro tuviera un cortocircuito, ella se desmaya y se mueve de ese modo que has visto antes de que se cayera al agua. No es que le pase todos los días, pero corre el riesgo de hacerse daño. Esta vez podría haber muerto.

–Ya. Ha faltado muy poco.

Fabio se levantó de su asiento y pasó delante de nosotros, un poco encorvado bajo el techado de paja.

–¿Adónde vas?

–Al motor –respondió–. Nos estamos colocando de través, es peligroso.

Hablando de héroes, él también lo había hecho muy bien: había elevado la hélice para evitar que Laila y su hermano se engancharan en ella, después había hecho algunas maniobras espectaculares para salvarlos a los dos.

Un momento después el PEKEPEKEPEKEPEKEPEKE de la barca eliminó todos los pensamientos y volvimos a descender la corriente, esta vez al mínimo de velocidad.

Cuando Laila se despertó le dolía la cabeza y se sentía débil; le di zumo de frutas y un poco de plátano frito. La tos era fuerte, pero no parecía demasiado grave.

En torno a las seis de la tarde, el río se volvió de color rosa.

Fabio y Ramírez vieron una pequeña cala donde atracar, viraron, después apagaron el motor y dejaron que la corriente empujara la barca hasta que se encalló en el fango.

Si hubiera sido por mí, y una leche nos parábamos, pero Fabio me explicó que navegar a oscuras era peligroso y, además, ninguno de ellos conocía esa parte del río. Fue suficiente escuchar que podíamos equivocarnos de camino para dejar de insistir.

Amarramos la canoa para estar seguros de que una ola repentina no se la llevara de nuevo al agua.

Habíamos terminado en una franja de fango rodeada de árboles. Ramírez y yo fuimos a explorar, adentrándonos entre lianas y arbustos, pero eran tan altos que no conseguíamos ver hacia dónde demonios estábamos yendo. Recogimos algunas ramitas y volvimos.

Fabio usó las ramas para construir una pirámide, Ramírez echó encima una gota de carburante y yo encendí todo con una cerilla.

Laila aún tosía y estaba blanquísima y, sin embargo, a mí me parecía que ya estaba un poco mejor.

Cenamos los rollitos de arroz y las galletas. Charlamos cerca del fuego, después se puso a llover y nos refugiamos debajo del techado de la barca.

Había mosquitos por todas partes, nos echamos la mitad del espray que habíamos comprado en Iquitos, aunque no servía para nada. Me picaron tantas veces que empecé a sangrar también yo, mientras Fabio se rascaba continuamente los bubones de las piernas.

Puesto que dormir era imposible, al alba ya estábamos listos para continuar el viaje.

Laila se colocó en el asiento de proa; Fabio, en el motor, en la popa. Ramírez y yo empujamos otra vez la canoa hacia el agua y saltamos a bordo, volvió el estruendo del pekepeke y nos alejamos por el río.

No veíamos a nadie desde la tarde anterior.

La última barca había sido un crucero que llevaba un grupo de turistas por el río, nos habíamos cruzado con él hacia el atardecer y ni siquiera se habían dignado a mirarnos. Después, nada más.

Gio se me acercó, estaba aburrido, así que le conté mis historias del Santo Toribio: de cómo el doctor Brown había llenado un armario de cerebros, y de Carlos, que durante su primer ingreso se había metido con la silla de ruedas en la ambulancia de José en un espectacular intento de fuga.

–¿Vivías en el hospital? –preguntó Gio, que era pequeño, pero el más curioso de todos.

–Sí, siempre he vivido allí, desde que nací.

–Su padre es un médico muy bueno –explicó Laila.

–Y una porra –intervino Ramírez–. No me lo creo.

–¿Qué?

–Que sea hijo de un médico.

–Pues sí –dijo Laila.

–No se comporta como un rico. Tú sí, pero él no. Y los hijos de los doctores son ricos.

Laila tosió, se dio la vuelta para mirarme.

–Rato, díselo tú...

Yo estaba a punto de hacerlo, lo juro, estaba a punto de contarle la historia habitual de siempre o alguna otra mentira nueva.

Pero no.

¿Por qué mi Secreto me había parecido tan importante hasta entonces?

Era tan minúsculo ahora...

Un secreto muy pequeño en un mundo donde nos podíamos ahogar, salvar a alguien, arriesgar la vida o ganarla. O bien perderla.

Quizá hubiera llegado el momento de parar. ¿No?

ESO HICE.

CONFESÉ.

–Laila... Hay algo que debo decirte.

No era fácil, para nada, entendí que la única opción era soltarlo, ser valiente y decirlo todo de una vez.

–El doctor Brown no es mi padre.

Vi que estaba a punto de interrumpirme, no le dejé y continué.

–No sé quiénes son mis verdaderos padres, me abandonaron de recién nacido, dejándome en un carrito roto justo delante del Santo Toribio. Fue el doctor Brown el que me encontró, junto con una enfermera. Así que me dieron sus apellidos. Pero mi madre no está muerta... Bueno, la verdadera no lo sé, nunca la llegué a conocer. La otra, la señora Mamani, está muy bien. Solo que cuando yo tenía seis años la trasladaron a otro hospital y no la he vuelto a ver.

–¿Fue realmente ella la que te llamó Rato? –preguntó Laila.

–Sí, pero no porque sea importante ni nada de esto. Cuando era pequeño les decía a todos que el momento más bello de mi vida había sido cuando había probado el helado. En fin, no es una gran historia, en efecto.

Laila me miraba fijamente y tenía una extraña mueca en la cara.

–Perdóname –murmuré–. Tendría que habértelo dicho antes. Sobre todo, a ti. Pero los del Nido eran los únicos que no me trataban como a un pobre huérfano. Así que pensé que al menos con vosotros podía intentar mantener el Secreto. Y sentirme, por una vez, como un chico normal.

–Tampoco yo tengo padres –dijo Gio.

–Ni nosotros –añadió Ramírez–. Y yo diría que somos normales.

Laila se dio la vuelta hacia el río, mirando a lo lejos.

–Entonces, ¿el doctor Brown y esa enfermera te adoptaron? Y ¿por qué no vivías con ellos?

Me encogí de hombros.

–No es que me adoptaran... Ni siquiera estaban casados, apenas se conocían. Cuando me encontraron estaban juntos por casualidad. Solo me dieron sus apellidos, y fueron todo lo amables que pudieron conmigo... Pero mis padres en realidad eran todos los empleados del Santo Toribio, juntos, como podían. Por ejemplo, los encargados del comedor me daban de comer, mientras que el equipo de limpieza me guardaba los juguetes que se quedaban olvidados en el ambulatorio.

Era lo único que se podía hacer. De lo contrario, habría acabado en un orfanato.

—¿Has estado alguna vez en uno? —me preguntó Fabio.

—No, nunca. El doctor Brown, la Mamani, De la Torre y los demás… no quisieron llevarme. Se encariñaron conmigo. Así que decidieron mantenerme escondido. No me registraron en ninguna parte, no tengo un certificado de nacimiento, ni documentos. En la práctica, ante la ley, no existo.

—Guau —dijo Ramírez.

—En realidad no es tan raro. Es decir, sí que lo es, pero ocurría muy a menudo. Lo de no registrar a los huérfanos y quedárselos en el hospital para siempre, quiero decir. También porque normalmente los recién nacidos abandonados en el Santo Toribio estaban realmente enfermos. Yo no, pero ha sido casualidad. O quizá de pequeño parecía maltrecho. No lo sé. —Respiré profundamente—. Vosotros, aquí, en la Amazonia, tenéis el pueblo del río y el de la selva. Nosotros éramos el pueblo del hospital. Y, en verdad, no puedo quejarme… En el Santo Toribio he estado bien, me han protegido. Pero no podía salir. Estaba enjaulado. Bien, pero enjaulado. Mi destino era crecer allí, encontrar un trabajo y al final morir, siempre en el hospital. Solo que yo quería algo más. Una casa. Una vida de verdad. Por eso, decidí partir contigo, Laila. Perdóname. Debería habértelo dicho hace mucho tiempo. Lo siento.

Cuando terminé de hablar, descubrí que todas aquellas mentiras se habían hinchado dentro de mí como una infección. Y la verdad era una medicina que me había curado. Claro, me había dolido, y había pasado miedo. Pero ahora que me sentía vaciado, estaba mucho mejor.

Aquella era otra Primera Vez para mí, y miré a Laila porque temía que estuviera enfadada; en cambio, ella se levantó, se me acercó y me dio un abrazo muy fuerte.

Y yo también la estreché. Me habría quedado allí para siempre, respirando su pelo, que olía a viento.

Sin embargo, Ramírez desde el fondo gritó:

–¡Eh! ¡Tortolitos!

–¿Qué?

–El río. Se divide en cinco más adelante. ¿No os lo parece a vosotros también?

Me moví hasta la proa. Orientarse era difícil porque el río era grande como un lago y no se entendía muy bien si las extensiones verdes eran islas o afluentes o yo qué sé qué.

Me puse a contar. Uno, dos, tres, cuatro.

–¡Son cuatro! –grité.

–No, mira mejor.

Fabio llegó hasta la proa y señaló con el dedo. A medida que la barca se movía se volvía más claro que el primer canal en realidad se desdoblaba en dos. Entonces, eran uno, dos, tres, cuatro. Y cinco.

–¡Es aquí! –gritó Laila.

–Ramírez, ¡todo a la izquierda! –ordené yo.

Tardamos una eternidad en llegar al brazo justo del río; cuanto más nos acercábamos, más parecía alejarse.

Solo quedaba encontrar la roca que era como una cabeza de tinamú.

–Pero ¿qué es un tinamú?

–Venga ya, ¿nunca has visto uno? –respondió Gio.

–En ese caso, no lo preguntaría…

–Son pájaros parecidos a los pollos. Y tienen una cabeza como… como…

–¿Pico recto o curvo como las águilas? –preguntó Laila.

–¡Recto!

–Vale –dije–. Ramírez, ¡motor al mínimo!

–¡Mira que no eres el capitán!

–Está bien, pero vete más despacio. De lo contrario, nos arriesgamos a perdernos. Esta roca de tinamú puede que sea muy pequeña.

Por suerte, Ramírez me escuchó y ralentizó aún más, el

pekepeke se metió lentamente en el canal, que, en realidad, era tan grande que podía albergar un crucero.

Y se nos planteó el primer problema:

–¿Esa roca estará a la derecha o a la izquierda?

–¿Y quién te dice a ti que el chamán no viva en una isla? En las instrucciones está previsto caminar durante un día por la selva. No se trata a la fuerza de tierra firme.

–Claro. Tú mira por aquí, yo miraré por allí.

Fabio y Gio se pusieron a ayudarnos, también Ramírez desde su puesto, al fondo de la barca. Pero entre los árboles, las lianas y las piedras, distinguir algo era toda una hazaña. Como ponerse a buscar una aguja en un pajar.

–Además, las instrucciones de la señora Blanca se refieren a hace cuarenta años. Mientras tanto, el río podría haber cambiado su recorrido, haber derribado islas, haber movido rocas. Quizá la que buscamos ni siquiera exista.

–Venga, ánimo. No podemos rendirnos ahora.

Yo no es que quisiera rendirme, solo que pasaban las horas y era fácil desanimarse. Intentábamos no perder nunca de vista las orillas, pero todo era tan igual que me entró incluso dolor de cabeza.

–¿Podría ser aquella? –preguntó Gio señalando una roca encallada en el fango.

–No sé cómo es un tinamú, pero no me parece que…

–¡Los gallinazos! –sugirió Laila–. Las instrucciones dicen que justo después de la piedra hay un árbol de no sé qué…

–Andiroba –gritó Fabio.

–Y lo sobrevuelan los gallinazos. ¿Qué son?

–Otros pájaros –respondió Gio.

–Ya me imagino, dado que vuelan. Pero ¿cómo son?

Tenía miedo de que me respondiera que como con los tinamús; sin embargo, Fabio dijo:

–Se parecen bastante a los buitres. Sobrevuelan por donde hay carroña que picotear. Y el andiroba es un árbol muy alto con el tronco fino y un montón de hojas verdes despeinadas en la copa.

De esta forma, nos concentramos en mirar al cielo. Una bandada de buitres no debería ser difícil de identificar, sobre todo si volaba en círculos sobre un árbol despeinado.

—¡Allí! —exclamé—. Después de aquella curva del río, ¿lo veis?

—Yo no —dijo Laila.

—Espera... Ahí, ¿ahora? Cuando está en contraste con el cielo se ve mejor.

—¿Eso son gallinazos?

—Sí, sí —dijo Gio—. ¡Gallinazos!

—¡Ramírez, adelante, despacio!

—Ya te he dicho que...

—¡Adelante y despacio, maldita sea!

Pasamos la curva y allí estaba, sobresaliendo de la orilla, un gran escollo circular con una protuberancia inclinada hacia delante. Bueno, se necesitaba un poco de fantasía, pero recordaba al pico de un pájaro. Y poco después, un árbol muy alto sobre el que volaban los buitres.

El árbol estaba en el centro de una pequeña bahía de arena, justo antes de la selva.

—Ramírez...

—Ya, lo veo. ¡Viro!

Apagó el motor y dejó que el empuje nos llevara hasta la orilla.

Tocamos tierra con un golpe.

Bajamos y nos acercamos al andiroba. Alguien había clavado en el tronco, más o menos a nuestra altura, la piel de un animal. Podía tratarse de un ratón, no estaba muy seguro. Debía de haber pasado bastante tiempo, porque la criatura desprendía un olor que revolvía el estómago.

—Por eso sobrevuelan los gallinazos —comentó Ramírez—. Se sienten atraídos por esta asquerosidad.

–También significa otra cosa –dijo Laila–. Que alguien quiere que lo encontremos.

Su voz era extraña, fría, casi espectral.

Quizá estuviese asustada y, en realidad, yo también lo estaba un poco.

Porque si realmente había sido el chamán, quería decir que nos estaba esperando.

Y podía ser una buena señal, o no.

Laila volvió a la canoa y cogió su bolso de tela, que tenía un aspecto horrible. Los osos ya no se veían de lo sucio que estaba.

–Bueno –dijo–. Parece que ha llegado el momento de despedirnos...

Sí.

Misión cumplida.

Era el momento de volver a montarse en la barca y subir por el río hasta Nauta y la reserva.

Volver con el tío.

Nos miramos los cinco. El Rato y yo, ella, Fabio y Gio.

–¿Os vais ya? –preguntó Laila–. ¿O preferís acampar aquí hasta mañana? Oscurecerá dentro de unas horas...

–No lo sé –admití–. ¿Vosotros qué haréis? ¿Partís ya?

El Rato asintió.

–Creo que sí.

–Pero dormir en el bosque será peligroso...

–Puede ser.

–Sobre todo para dos chicos solos...

–Exacto.

–Si fuerais más, sería diferente.

–Tres más, por ejemplo.
–Sí, sería mucho mejor.
–Qué pena que tengáis que volver enseguida a Nauta.
–Ya, es un fastidio.
–Vuestro tío estará muy enfadado.
–Cabreadísimo.
–Tanto que no se podría enfadar más.
–Tan enfadado ya, que... un día más, un día menos...
–Ni siquiera se daría cuenta.
–En mi opinión, no.
–Qué diferencia supondría.
–Ninguna.
–Yo nunca he conocido a un chamán.
–Yo sí, pero jamás de esta zona.
–Yo sí, pero no tan potente.
–Es una oportunidad.
–Sobre todo para Gio, que es tan pequeño.
–¡No soy pequeño!
–Entonces, ¿quieres volver a casa?
–¡No! ¡Venga! ¡Sigamos!
–¿Y tú, Fabio?
–Yo también.
–¿Rato?
–Si venís, en el fondo, no me disgusta. Es más seguro.
–¿Laila?
–A mí, obviamente, me encantaría. Pero te toca a ti decidir, Ramírez...
–Cuatro contra uno, yo diría que no tengo mucha elección.
–Entonces, ¿vamos?
–Vamos.
–Por aquí.

Lo primero que había que hacer, explicó Ramírez, era esconder el pekepeke para evitar que alguien que pasara por allí decidiera robarlo (improbable, pero no imposible).

Los chicos desmontaron el motor y lo llevaron entre los árboles, donde lo cubrieron con hojas de palma y ramas.

El bidón de carburante terminó a cinco árboles de distancia, después levantamos la barca a pulso y la llevamos también bajo la vegetación. Esconderla era imposible, por su gran tamaño, pero aun así lo intentamos.

Juntamos todo el equipaje, que no era mucho: dos botellas de agua, los últimos paquetes de galletas y tostas, el espray para los mosquitos, los cuchillos de cocina y las cerillas.

Las instrucciones decían que había que caminar hacia la parte por la que salía el sol, es decir, el este. Ramírez señaló por dónde se ponía: iríamos hacia el lado opuesto.

Nos quedaba un día de camino. Fácil (es decir, prefería pensar que iba a ser fácil).

Nos pusimos en marcha: Ramírez delante, El Rato justo detrás, yo llevando de la mano a Gio, y Fabio cerrando la fila.

No había caminos y el sotobosque no era demasiado espeso. Yo solo debía tener cuidado con las raíces, que me hacían tropezar. El sol se filtraba entre las hojas iluminando todo con una bonita luz verde.

Seguimos subiendo por una colina; después, sobrepasamos un trozo fangoso formado por una espesa red de arroyuelos y comenzamos la bajada.

La vegetación se volvió más espesa. Ramírez y El Rato movían hojas y lianas para pasar.

Un ramo me golpeó como un latigazo repentino en la barbilla. Me tiró al suelo.

El Rato me ayudó a levantarme, me preguntó si estaba bien y, en efecto, no tenía nada. Aparte de que no había visto el ramo.

Con mis ojos, moverse en aquella jungla era de una peligrosidad insidiosa. Si miraba al suelo no me percataba de las ramas que tenía delante de la cara y viceversa.

Volví a moverme lentamente, pero tropecé y acabé otra vez en el suelo, me pelé una rodilla.

–Laila, ¿qué te pasa? –La voz de Gio era llorosa, lo estaba asustando–. ¿Quieres hacer otra vez como ayer, lo de que te pones a gritar y te caes?

–No lo haré, no te preocupes. Pero vete con Ramírez, creo que necesita ayuda. Fabio, pasa delante tú también, por favor. Tengo que hablar un segundo con El Rato.

Reorganizar la fila llevó un poco de tiempo, después dejé que los demás se adelantasen, para que no nos escucharan.

–¿Qué ocurre? Tienes un cardenal muy feo...

–Es por los ojos. No veo las ramas, El Rato...

Le expliqué la tarea de mirar arriba y no ver lo de abajo, o mirar hacia abajo y no ver lo de arriba. Prácticamente, o me tropezaba o me golpeaba la cabeza.

Sentí cómo la desesperación me picaba la garganta, interrumpiendo mis palabras. Estaba rodeada de enemigos invisibles y no podía pararlos.

–Rato..., ¿qué hago?

Él se acercó, mucho, sonrió y dijo con decisión:

–No te preocupes.

Se dio la vuelta, me cogió de las manos y se las colocó sobre las caderas.

–Si tú no ves, yo seré tus ojos. Caminaremos unidos así. Solo tendrás que estar pendiente de no tropezar. Mi cuerpo será tu escudo para todo lo demás.

Era algo tan tierno que las palabras se me bloquearon en la garganta.

–A mi verdadera madre nunca la he conocido y mi apodo nació por una estupidez. No sé si nací en un momento importante. Pero sé que el instante más importante para mí es este.

Lo abracé fuerte, por la espalda, después me separé y volví a poner mis brazos en sus costados.

–De acuerdo, intentémoslo.

El método de El Rato nos ralentizaba, pero era seguro. Conseguimos llegar al final de la bajada y, durante un tiempo, avanzamos despacio entre los arbustos. Había muchos insectos, no conseguía verlos, pero oía cómo zumbaban a mi alrededor y, sobre todo, sentía sus picaduras en la cara, en las manos, en los tobillos. Me puse el espray, pero no sirvió de nada. Hacía mucho calor y los árboles eran tan densos que no se veía el cielo.

Ramírez se quejó de que sin sol no teníamos la seguridad de que la dirección fuera la correcta. Según Fabio, por el contrario, solo había que ir rectos. Pero en el bosque se podía uno torcer sin ni siquiera darse cuenta, así que... ambos tenían razón. Sin embargo, yo volví a pensar en el hilo luminoso que nos guiaba. Debíamos hacerlo lo mejor que pudiésemos, y ya.

Seguimos por un laberinto de palmeras, arbustos, troncos, lianas. Ya había aprendido que en los trópicos la puesta del sol era breve, pero allí, en medio de los árboles, fue casi repentina, y nos encontramos sumergidos en la oscuridad.

–No tengas miedo –dijo El Rato.

–¡Pero si no veo nada!

–Vamos despacio. Si hay piedras o raíces, yo te advierto. Como hicimos la primera noche, cuando nos escapamos del Santo Toribio, ¿te acuerdas?

–No lo sé..., preferiría pararme.

–¡Ramírez! –lo llamó El Rato–. ¿Acampamos?

–Aquí no. No hay espacio ni siquiera para sentarnos. Avancemos un poco, busquemos un claro.

Continuamos y se puso a llover. Un chaparrón violento que duró lo justo para empaparnos; después, los mosquitos volvieron más aguerridos que antes. Los mordiscos continuos me estaban volviendo loca, la humedad tornaba irrespirable el aire.

–Ya está –dijo Ramírez en un punto–, no veo hacia dónde vamos, no entiendo si nos movemos rectos o no. Corremos el riesgo de perdernos. Ahora mismo ya no sabría regresar hasta donde hemos escondido la barca.

Ninguno de nosotros había pensado en marcar los troncos de alguna manera, ni en dejar señales para encontrar el camino de vuelta. Quizá nos estuviéramos moviendo en círculos desde hacía horas y no nos habíamos dado ni cuenta. Tal vez la barca estuviese perdida para siempre.

Aquel pensamiento me hundió en el desánimo.

Llegamos a una extraña palmera que tenía el tronco formado por un montón de ramas más pequeñas, colocadas en forma de pirámide: me recordaba a una hoguera que esperaba a ser encendida. Ofrecía cierto amparo, así que decidimos establecer nuestro campamento base allí.

Nos sentamos en el suelo... y un segundo después, Gio se puso de pie de un salto y empezó a chillar.

–¿Qué hay?

–No lo sé, no se ve nada.

–¡Ayuda, ayuda, ayuda!

Fabio se acercó a su hermano y empezó a gritar:

–¡Hormigas! ¡Está lleno de hormigas!

El pequeño estaba cubierto de insectos de la cabeza a los pies: debía de haberse sentado por accidente sobre un nido. Nos dimos prisa por restregarle el cuerpo con manos y hojas, le quitamos la camiseta y los pantalones y la ropa interior y lo sacudimos muy fuerte para limpiarlo. Rozándole la piel noté los bubones de las picaduras, Gio estaba lleno de mordiscos.

Cuando se calmó, nos trasladamos. Pero no nos sentamos. Nos quedamos de pie, con la espalda apoyada contra un árbol.

A nuestro alrededor el bosque estaba lleno de ruidos, cantos de pájaro y gritos de monos. Sentía *cosas* que se movían entre las ramas.

Nadie tenía hambre, pero nos obligamos a comer, cinco galletas por cabeza, y las tragamos con agua.

–No tenemos más provisiones –dijo Fabio–. Solo dos tostas para desayunar, después estaremos tiesos.

Aquella noticia empeoró el humor de todos.

De repente, El Rato gritó:

–¡Una pantera!

–¿Cómo? ¿Qué?

–Estás soñando.

–No, no, os lo juro. –Tenía la voz aguda por el miedo–. Había una cara entre los arbustos de ahí. ¡La he visto! Parecía un gato, pero mucho más grande...

–Es imposible –exclamó Ramírez–. No hay panteras aquí. Como mucho, un jaguar.

–Pantera, jaguar, es lo mismo, ¡os juro que está ahí!

–Un jaguar no se deja ver. A menos que esté a punto de comernos.

Pero El Rato estaba muy asustado, se empeñó en coger los cuchillos de cocina y los distribuyó entre todos como armas.

Eran ridículos, con la punta redondeada. En mi opinión, era improbable que esas cosas preocuparan a un jaguar.

Y, sin embargo, el pensamiento de que hubiera un animal escondido, además de la oscuridad, el ruido, los insectos, la humedad…, era demasiado para nosotros.

Solo se podía hacer una cosa: alejarnos de aquel lugar infernal.

Volvimos a formar la fila: Ramírez delante, después Gio, El Rato y yo abrazados, Fabio al final.

Recorrimos unos cientos de metros, entonces nos encontramos con los pies metidos en dos palmos de agua congelada. Quizá fuera una ciénaga, un arroyo, no lo sé, estaba claro que ninguno lo había visto.

Llegamos a otro árbol y nos volvimos a parar.

Gio estaba nervioso, propuso que nos contáramos historias, pero teníamos que permanecer en silencio, para oír si llegaba algún enemigo.

La verdad era que partir por la tarde, en lugar de esperar al nuevo día en la playa, había sido un error. Ya no había nada que hacer. Estábamos aterrorizados y exhaustos.

Dejamos que pasaran las horas gota a gota, apretados los unos contra los otros. En cuanto volvió un poco la luz, nos pusimos otra vez en camino.

Aún era difícil ver el sol y, por tanto, encontrar la dirección, pero lo hablamos y nos dirigimos hacia una parte que podía ser correcta o no, no se sabía.

La jungla era toda igual y a la vez diferente, millones de plantas que no se parecían, fango, hojas, arroyos escondidos en el terreno, piedras cubiertas de musgo, setas, extrañas flores, colinas, barrancos que de repente nos cortaban el camino y nos obligaban a tomar largos desvíos para pasar.

Caminamos durante horas hasta que ninguno de nosotros sentía ya las piernas. Éramos una banda de niños sucios, hambrientos y exhaustos. Nos comimos las últimas tostas y bebimos el agua que quedaba; seguimos adelante.

—Es imposible —se lamentó Ramírez—. Tendríamos que haber llegado ya... Nos hemos equivocado de camino.

—No digas eso. No te atrevas a decirlo. Sigue adelante.

En cierto momento, el bosque se abrió en un lago pequeño o, mejor dicho, en una poza, porque no había ríos alrededor, parecía surgir del terreno.

—Una quebrada —exclamó Ramírez.

—Pero ¿a quién le importa? —dijo El Rato—. ¿No lo veis? Allí. ¿Qué hay? Al otro lado.

Todos levantamos la cabeza.

En la orilla opuesta, a unos cientos de metros de distancia de donde estábamos, ¡ahí estaba! Una cabaña. Ahora que El Rato me la había enseñado, distinguía los palos torcidos de la veranda, el techo de hojas de palma, los troncos de la estructura.

Y una hamaca colgada entre dos árboles.

Me habría tirado a la poza para llegar a la otra parte más deprisa. Sin embargo, eché a correr, chancleteando con los zapatos, ya negros por el fango, y oí que los demás venían por detrás, así que aceleré aún más. Quería ser la primera en llegar, me lo merecía.

Me paré justo ante la cabaña y me doblé inclinándome hacia delante para tomar aliento.

¿No había nadie?

La hamaca se balanceó y dos zapatos tocaron el suelo. Eran Converse, justo como las mías, e igual de sucias.

Vi un par de vaqueros raídos.

Un ombligo negro como la corteza de un árbol.

Y una cara curiosa que me sonreía.

—Por fin llegáis.

Mientras, El Rato, Ramírez, Fabio y Gio se me habían unido.

—¿El chamán de K.? —pregunté con un hilo de voz.

–No puede ser el chamán de K–. exclamó El Rato–. La señora Blanca dijo que iba semidesnudo, y que no tenía ni un pelo en la cabeza…

En efecto, el viejo que estaba ante nosotros tenía bigote, y el cabello muy blanco, denso y largo.

–Esto es precisamente K., o, mejor dicho, lo que queda de él –dijo, vocalizando cada palabra–. Pero la persona a la que buscáis dejó este mundo hace muchos años, su alma volvió entre los espíritus.

–¿El chamán está muerto? –preguntó El Rato.

–¡Pues claro! –rebatió Ramírez–. Han pasado un montón de años desde la última vez que se lo vio…

Sabía cuál iba a ser mi próxima pregunta, y tenía miedo de formularla.

–¿Quién…? –respiré hondo–. ¿Quién es usted?

–Hoy ya no tengo nombre –respondió el viejo–. Pero hace un tiempo me llamaba Miguel.

–¿Miguel Castillo?

No me lo podía creer.

–¿El amigo del doctor Clarke?

También el viejo parecía sorprendido de que conociera su nombre. Asintió.

–Dios mío. Llevamos tanto tiempo buscándolo…–. Cogí aire otra vez y me salió todo junto como una cascada–: Encontramos el diario del doctor y partimos desde Lima para seguir sus huellas, y en Aguas Calientes conocimos a su mujer, Auka, y a sus hijos, ah, y su nieto se llama Miguel, como usted, y tiene una niña guapísima que se llama Tika. Por tanto, usted es… bisabuelo, ¿lo sabía? Después vinimos hasta aquí, en Iquitos hablamos con la señora Blanca, del mercado de Belén, tengo aquí una cestita de chambira hecha por ella, y nos dijo cómo encontrarlo, y… –Me interrumpí. Una lágrima, grande como un diamante, se deslizaba por la mejilla del viejo Miguel.

–¿Habéis conocido a mi Auka? ¿De verdad?

Hice un gesto de afirmación con la cabeza.

–Los espíritus me habían advertido de vuestra llegada. Me dijeron que necesitaríais mi ayuda. No sabía que vosotros también me ayudaríais a mí.

Miguel, el doctor Clarke, Aguas Calientes, Auka, Tika, Blanca, el mercado de Belén... Miguel, el doctor Clarke, Aguas Calientes, Auka, Tika, Blanca, el mercado de Belén... Miguel, el doctor Clarke, Aguas Calientes, Auka, Tika, Blanca, el mercado de Belén... Miguel, el doctor Clarke, Aguas Calientes, Auka, Tika, Blanca, el mercado de Belén...

Me llamo Miguel Castillo, eso ya lo sabéis.

Nací en Aguas Calientes, viví allí durante mucho tiempo. Dejé mi casa por amor a la aventura, por una curiosidad insaciable y ganas de descubrir el mundo, o, quizá, mi alma.

Hice muchos viajes, y el último fue para mantener una promesa.

O, al menos, es el motivo que dije a todo el mundo. A mi mujer, a mis hijos. A Robert. Y también a mí mismo.

Mentía. Me sentía incompleto, como si en la vida me faltara algo. Debía partir. Para acallar la voz de dentro que no me dejaba en paz.

Robert y yo vivimos en Iquitos durante dos años. Encontramos muchas veces al chamán de la tribu de K., pero él no quiso hablar con nosotros. Intentamos seguirlo, pero fracasamos.

Un día, enfermé. No sabía de qué se trataba, tampoco Robert, que era el médico más bueno que yo había conocido. No conseguía comer y me debilitaba cada vez más, la piel se me había secado y vuelto de color gris, parecía un caimán y sentía el final muy cerca.

Fue Robert el que me salvó. Cuando volvimos a encontrar al chamán, le rogó que me ayudara y él aceptó. Nos explicó cómo llegar a este lugar, donde hacía tiempo se encontraba el pequeño pueblo de la tribu de K.

Compramos una canoa y seguimos las instrucciones, fue un viaje muy duro, yo conseguía moverme muy poco y Robert tuvo que pilotar la barca completamente solo, y después llevarme a cuestas por la jungla.

Pero qué os voy a contar, acabáis de hacer el mismo viaje, sabéis lo difícil que es. También peligroso y extenuante.

Llegamos a esta quebrada justo al límite de nuestras fuerzas. Por aquel entonces, en el claro, se elevaban los refugios tradicionales de los indígenas, hechos de troncos y hojas de palma trenzados. Esta cabaña no existía.

También nosotros encontramos a alguien que nos estaba esperando. El chamán en persona. Hizo que nos laváramos en la poza y nos ofreció de comer papilla de fruta triturada e infusiones de hierbas amargas para beber. Éramos impuros, dijo, teníamos que ponernos a dieta. Nada de sal, de azúcares, nada de grasas. Solo la comida de la naturaleza. En su opinión, había enfermado porque el cuerpo y el alma se habían alejado y ya no estaba en armonía conmigo mismo.

Y debo decir que sus curas me hicieron sentir mejor, en poco tiempo volví a tener apetito y fuerzas.

La comunidad de K. tenía un nombre de verdad, pero era sagrado, y solo los miembros de la tribu podían conocerlo. El chamán nos explicó que habían construido el pueblo en aquel claro porque era el único lugar en el mundo donde crecía la flor perdida.

Nos reveló que todo lo que creíamos saber a propósito de la flor era mentira. Al contrario de lo que creía Robert, no se trataba de una medicina. Y, de hecho, no debía ser usada por un enfermo. La flor era para el chamán. Al recogerla, él adquiría el poder extraordinario de cruzar, despierto, el límite entre nuestro mundo y el de los espíritus.

Se trata de una dimensión parecida a la nuestra, sobrepuesta a la que llamamos realidad, aunque, en ciertos aspectos, completamente diversa. Está habitada por los espíritus y los demonios, por dioses, y normalmente es invisible a los seres humanos. Algunas personas muy dotadas, a veces, pueden vislumbrarla durante un instante en sueños.

La flor perdida, en cambio, es diferente. Gracias a ella, el chamán entra en el mundo de los espíritus siendo completamente consciente. Es muy peligroso, ¿sabéis? Se corre el riesgo de morir o, aún peor, de perder la propia alma. Pero se obtienen también facultades extraordinarias. El chamán puede transformarse en jaguar, hablar con los espíritus. Puede ver el verdadero rostro de las cosas: el aspecto-de-poder, que es muy diferente al de la realidad ordinaria. Es capaz de hablar con los animales del alma, que guían y protegen a todos los hombres.

Y es gracias a todos estos dones como los demonios de la enfermedad son derrotados.

Sé lo que pensáis ahora: que son fantasías de pueblos primitivos. Leyendas sin fundamento. Yo también lo creía, y Robert... Ay, él se enfadó muchísimo. No soportaba que le tomaran el pelo.

Intentó estudiar una flor, se la pidió al chamán, pero él le respondió que no le serviría de nada. Robert estaba cada vez más enfadado. Me sugirió que volviéramos, a nuestra canoa, a la civilización. Yo quería regresar con mi mujer, con mi Auka, a la que había abandonado.

Y, sin embargo, no me decidía a partir. Sentía que mi tarea aquí no se había cumplido aún. Mi cuerpo había sanado, pero mi alma aún estaba perdida.

Entonces me confesé con el chamán y él dijo que podía acogerme como a un discípulo, enseñarme sus secretos. Dijo también que era un camino difícil, absorbería mi vida y no me permitiría volver nunca más a la civilización. Un cha mán no puede alejarse demasiado de su tierra de magia, a menos que renuncie a todos sus poderes.

Me aconsejó que reflexionara bien sobre mi decisión.

Y yo lo hice. Durante toda una luna me retiré a solas en la jungla, sobreviví cazando monos y recogiendo raíces, bebí agua de los torrentes, y medité.

Tenía hijos, responsabilidades, y, sin embargo, mi familia me creía muerto y mi mujer podría haber vuelto a casarse. Si regresaba con ellos, corría el riesgo de hacerlos infelices, al serlo yo también... Pensaba y volvía a pensar. ¿Qué estaba haciendo en realidad? Mentía otra vez: ardía de ganas por saber si los poderes fantásticos que el chamán me había descrito existían de verdad.

Fue una decisión dictada por el egoísmo. ¿Tanto tenía que perder? Me planteaba. Si eran solo fantasías, entonces sería libre de volver a casa. Si fuese real... ¿qué maravillas podría conocer?

Volví a casa del chamán y acepté convertirme en su pupilo. Dije que estaba preparado para acoger la flor perdida y él se rio a carcajada limpia. Me explicó que antes de tocar la flor pasaría mucho tiempo.

Y fue exactamente así.

Mi adiestramiento duró años. Cambié mi modo de comer, de respirar, de dormir. Aprendí a conocer las plantas de la selva, a llamar por su nombre a los animales, a leer la lengua escondida de la naturaleza. Mientras Robert se adaptaba a los usos y costumbres de los indígenas y se convertía en uno de ellos, yo entraba a formar parte de la gran comunidad espiritual de la selva.

Me costó mucho entender por qué el maestro era tan duro conmigo: tenía que aprender la lección que Robert ya había comprendido. No se vuelve uno chamán para satisfacer curiosidades ni sed de poder. El conocimiento debe servir para ayudar a los demás, como única razón. Estar en el mundo de los espíritus, a solas, significa arriesgar la propia vida, se puede perder fácilmente sin conseguir volver atrás. La única luz es la voluntad de hacer el bien.

Poco a poco, con esfuerzo, aprendí, y conseguí que el maestro se sintiera orgulloso de mí.

Después, Robert murió. Había ido a cazar con los demás guerreros, había trepado a un árbol, pero había resbalado y caído desde una gran altura. Murió en el acto y nadie pudo ayudarle. Cuando lo supe, ya habían pasado tres días.

El maestro me dijo que no llorara, Robert era un alma bendecida por la Sachamama: el espíritu de la selva que tiene forma de boa, con el cuerpo tan largo que no es posible ver su final.

Aquella noche, por primera vez, me dio permiso para coger la flor perdida y entrar en el mundo de los espíritus. Descubrí que ya no era yo mismo, sino que me había convertido en un jaguar, que es el animal guía de todos los chamanes.

En esta nueva forma, dotado de garras, cola y dientes, corrí por la selva, que ya conocía bien y que ahora se me presentaba completamente diversa.

En la espesura encontré a la Sachamama, que es realmente una serpiente muy larga cuyo final no se ve, con la piel recubierta de hojas y raíces, setas y piedras, y tan antigua como la jungla misma.

La Sachamama me explicó que Robert viviría para siempre y que podía hablar con su espíritu si lo deseaba.

Después, en la oscuridad, oí la voz de mi amigo, supe que estaba sereno.

Volví a nuestra realidad con el rostro surcado de lágrimas.

Desde entonces, el maestro me enseñó cada secreto de este bosque y del otro, escondido y mágico.

Cuando murió, hace veinte años, me convertí en el único chamán de la tribu de K.

Y el tiempo pasó. Nuestra tribu era pequeña, poco más de un puñado de familias muy unidas.

Algunos murieron por culpa del petróleo: durante una batida de caza se encontraron con un grupo de trabajadores, se asustaron e hirieron a uno con una flecha. Los otros tenían fusiles y los mataron a todos.

Algunos años después hubo una guerra, una tribu, enemiga decidió invadir nuestro territorio para hacerse con la flor perdida. Conseguimos vencer la batalla, pero a cambio de verter mucha sangre.

Quedamos muy pocos, ya en aquellos años, y un solo niño. Cuando este se hizo un hombre, decidió que quería unirse a una mujer, cogió su canoa y zarpó a lo largo del río en busca de la felicidad.

Yo no dejé nunca de ejercer mi deber como chamán en esta cabaña que había construido, alejándome solo una vez cada tres meses, como había hecho mi maestro, para ir a la ciudad e intercambiar mis medicinas por ropa y otras cosas que necesitaba.

No volví nunca más al mercado de Belén, por miedo a ser reconocido.

Permanecí con la tribu que se había convertido en mi gente, y cuando la última mujer murió, me quedé aquí, porque aquí está la flor perdida, la fuente de mi poder.

Ya os lo he dicho: un chamán no se aleja jamás de su tierra de magia.

–No lo he entendido. Entonces, ¿la flor perdida no es una cura para las enfermedades?

La cabeza parecía que me iba a explotar y, sin embargo, llegados a ese punto, después del relato del chamán, solo quería entender. Tenía que entender.

–Eso es –dijo Miguel–. Es una puerta al mundo de los espíritus. El hombre que sabe cómo convencerlos puede pedir muchas cosas. También curar a alguien.

–Entonces, con la flor sí se curan enfermedades.

Miguel sonrió.

–No exactamente, joven amigo.

–Está bien. Pero si tú hablas con esos espíritus, ¿ellos pueden curar cualquier enfermedad? ¿Incluso la más grave?

Como la de Laila, quería decir.

Miguel reflexionó sobre la pregunta antes de responderme.

–Hay algo que es más potente que todos los espíritus, y es el destino universal. Ese no se puede combatir. Solo aceptar.

–¿Quieres decir que hay enfermedades que no se curan?

–Yo no sé curar ninguna enfermedad. Pero los espíritus pueden curar muchas de ellas. No todas. Así como pueden alejar la muerte. Durante un tiempo. Porque al final llegará igualmente para todos. Forma parte del destino universal.

Laila agachó la cabeza.

–En resumen, estás diciendo que no sabes si tú, es decir, los espíritus, podéis ayudarme.

–Eso es. No lo sé.

–Y ¿estarías dispuesto a intentarlo?

–Has hecho un largo camino para llegar hasta aquí, te estaba esperando. Ayer por la noche tomé la forma del jaguar y fui a observaros a la jungla...

–¡La pantera! –grité–. Entonces, ¿eras tú?

–Las cosas que ocurren en el mundo de los espíritus tienen un modo extraño de reflejarse en este: las dos realidades son mitades de un mismo fruto. Sé que cada uno de vosotros ha sufrido, y habéis demostrado tener un gran coraje. Haré todo lo que pueda, usaré todo mi conocimiento, arriesgaré mi propia alma con tal de ayudaros. Tanto a ti como a los otros. Tienes mi palabra.

Eran palabras bonitas, de verdad; sin embargo, tenía la esperanza de que fuera más simple. En realidad, nunca me había preguntado cómo sería conocer a un auténtico chamán. Pero me imaginaba a un tío con plumas en la cabeza, que recogería la flor perdida, la trituraría en un cuenco con ciertos polvos mágicos, recitaría a continuación alguna canción sagrada, y TACHÁN.

Laila bebería, y después se pondría de pie sana y en forma.

Era así como debía suceder, en mi opinión.

Pero aquel extraño chamán en vaqueros, aquel viejo al que habíamos seguido cruzando todo Perú, en fin, me parecía sincero. Haría todo lo que pudiera.

–Estaréis cansados –dijo Miguel–. Tengo hamacas en la cabaña, podéis colgarlas entre los árboles y dormir. O bien podemos comer algo. ¿Tenéis hambre?

–Bastante –confesé.

–Justo ayer en el bosque encontré suri. Os devolverán la fuerza.

No sabía lo que eran los suri, así que dije que perfecto, mientras que Ramírez, Fabio y Gio se reían.

Miguel entró en la cabaña y salió con un cuenco de madera.

—¡Dios mío! —chilló Laila.

El recipiente estaba lleno de gusanos amarillos, grandes y largos como dedos. El cuerpo estaba formado por una fila de anillos hinchados, con una cabecita roja oscura en una extremidad.

—¡Suri! —exclamó Gio muy contento.

Cogió uno del cuenco, aún vivo, que se intentaba escapar. Después se lo metió en la boca y lo masticó. No fingía, lo estaba disfrutando de verdad.

—Muy bueno.

Yo sentí cómo se me revolvía el estómago, también Laila tuvo un amago de vómito. Miguel, Ramírez y Fabio, sin embargo, ya no se contenían la risa.

—Los suri viven bajo la corteza de las palmeras de aguaje y están realmente buenos —explicó Miguel—. Pero no tenéis que coméroslos crudos a la fuerza.

—Ehm…, no creo que los coma de ninguna de las maneras—dije.

—Como quieras.

El viejo fue a coger ramitas y encendió un fuego, después ensartó los suri en las ramas rectas para hacer una especie de pinchos. Era un espectáculo tan horrible que Laila y yo nos alejamos.

Aprovechamos para darnos un baño en la quebrada. Miguel me había asegurado que en el agua no había candirú, los peces que me había dicho el tío de Ramírez, pero nos lavamos con ropa. También porque estaba mugrienta y un poco de agua le vendría bien.

La quebrada estaba fresca y tenía un punto muy profundo en torno al centro donde no se hacía pie, pero cerca de la orilla se podía chapotear en santa paz.

Otra Primera Vez para mí. En el Santo Toribio podíamos ducharnos, y un día, cuando tenía siete años, había intentado darme un baño en una tina. Pero la idea de tener suficiente agua para nadar, hacer piruetas y sumergir la cabeza no se me había pasado nunca por la mollera.

Los tres hermanos se nos unieron. Nos encontramos salpicándonos y, en medio de una lucha, Fabio me enseñó a tumbarme sobre el agua y flotar.

Cuando volvimos a la orilla, empapados y limpios, los pinchos estaban listos y debo decir que cocidos a la brasa los suri tenían otro aspecto, parecían salchichas. Y, además, para comer solo había eso, acompañados por una papilla de fruta triturada que era un poco ácida, pero estaba rica.

En fin, al final también Laila y yo nos resignamos a coger un pincho.

Probé un trozo con los ojos cerrados, intentando no pensar en que estaba tragándome un gusano. Era cremoso y tenía un sabor ahumado. No me recordaba a nada que hubiese probado antes. Pero no estaba malo, y nos comimos tres pinchos por cabeza.

Después de aquello, puesto que la noche anterior no habíamos descansado, Miguel nos entregó las hamacas y las colocamos entre los árboles cerca de la quebrada.

Nunca había dormido en una hamaca y creía que me despertaría con dolor de espalda o algo parecido; sin embargo, empecé a balancearme, hacía calor, pero también un poco de viento, y en cierto momento cerré los ojos. Nada más. Dormí como nunca antes en mi vida.

Me desperté cuando todos los demás ya estaban en pie y dándose un baño, mientras Miguel pelaba algunas ramas con un cuchillo pequeño, para hacer no sé qué.

–Ah, te has levantado –comentó–. Ya que estáis todos, ¿qué decís de ir a ver la famosa flor perdida? Habéis hecho un largo camino. Imagino que sentiréis curiosidad.

Los chicos saltaron fuera del agua, goteando, con una expresión de ilusión y asombro al mismo tiempo.

–Pero cuidado –nos avisó Miguel–. Hay algunas reglas que respetar. La primera es no dejaros engañar por vuestros ojos. Cada objeto, cada planta, cada criatura existe contemporáneamente en dos realidades: la nuestra y la de los espíritus. Y en cada una de ellas se muestra de una forma diversa. Está el aspecto del mundo ordinario, el tradicional, que veis normalmente. Y está el aspecto-de-poder, que puede ser muy diferente. La flor perdida es sorprendente cuando se la mira en el mundo espiritual, mientras que aquí es solo una flor. No os desilusionéis.

Laila asintió. Nosotros también.

–La segunda regla es que no toquéis la flor ni la planta sin mi permiso. No porque sea peligroso. No lo es. Pero la planta es muy delicada, y aun habiendo buscado mucho tiempo en este bosque, no he encontrado otras. Es la única que queda. Si no prestáis atención podríais estropearla y no tengo ninguna de repuesto. ¿Ha quedado claro?

Asentimos otra vez.

–¿También para ti, pequeño Gio?

Asintió.

–Entonces, seguidme. Está a dos pasos, justo a las afueras del pueblo.

Nos pusimos en marcha, Miguel delante, después nosotros en fila, y Laila detrás de mí con las manos a mis costados, a nuestra manera, para que no se cayera cada dos por tres.

Fue un paseo breve, menos de diez minutos. Dejamos el claro y nos metimos entre los árboles siguiendo un camino de hierba pisada que probablemente hubiera creado el mismo Miguel a fuerza de ir una y otra vez.

Estaba ligeramente en pendiente, pero era fácil. Al final, salimos a un segundo claro más pequeño que el de la quebrada, rodeado de arbustos.

En el centro se elevaba un árbol gigantesco, tan grande que veinte hombres no habrían podido abrazarlo. Al mirarlo, parecía llegar casi hasta el cielo.

–¿Es este? –preguntó Laila.

–No –respondió el chamán–. Esta es una lupuna. El árbol sagrado de la jungla, el más alto. Rendidle respeto.

No se podía no hacerlo con un árbol tan grande.

–La flor perdida está aquí.

Entre los arbustos que delimitaban el claro, Miguel se paró delante de un árbol pequeño, de unos dos metros.

El tronco fino se dividía en tres o cuatro brazos, que a su vez sujetaban una cabellera espesa de hojas. En medio de aquel verde surgían manchas de un rojo vivo como la sangre. Eran flores extrañas, formadas por pétalos carnosos, gruesos y revestidos por una especie de pelusa. Cada flor tenía cinco, y el árbol estaba cubierto de la cabeza a los pies.

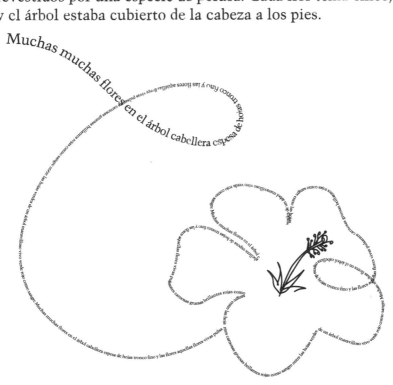

–Aquí está –dijo el chamán–. La flor perdida; mejor dicho, las flores, pues, como podéis ver, hay más de una. Pero la planta es única. Habéis llegado justo en el momento de la floración, dentro de poco tendré que recogerlas y ponerlas a secar para usarlas durante el resto del año.

–Si hay flores, también habrá frutos y semillas –observó Laila–. Si es el único árbol en su especie, ¿no se puede intentar... plantar otro?

–Podría hacerlo, en esta realidad. Y quizá incluso crecería. Pero en el mundo de los espíritus es completamente diferente a como lo veis ahora y no sabría cómo reproducir su diversidad. No sé si me explico. Es porque no podéis ver la otra realidad. Por eso, temo que tendréis que fiaros de mi palabra.

Miguel nos había advertido de que no nos desilusionáramos, que era solo una flor, etcétera. Sin embargo, yo estaba encantado: aquel árbol era tan simple, tenía dentro... No sé cómo decirlo. Una fuerza especial. Era fuerte, amable y bueno. Una planta a la que amar.

Y, en mi opinión, la grande lupuna estaba en el centro del claro para custodiarla, como un guardián con armadura que protege a una pequeña princesa. O, como yo, que había intentado acompañar a Laila durante todo el viaje.

–Bien –dijo Miguel–. Yo diría que por hoy hemos molestado lo suficiente a la flor. Volvamos. Debemos buscar algo para la cena: ¿alguno de vosotros sabe cómo usar una cerbatana? ¿Queréis aprender a cazar?

Gritamos que sí, los cinco, y seguimos otra vez a Miguel entre la espesura.

Pasaron los días. Seis, siete, diez: no habría sabido decirlo. Nos levantábamos por la mañana, desayunábamos, después seguíamos a Miguel por la selva. Siempre había algo que hacer: recoger fruta, preparar trampas, pescar, cazar. Trabajar en una minúscula plantación de yuca que el anciano había creado en medio de la espesura.

En realidad, era él quien hacía la mayor parte del trabajo, porque aquellas tareas simples requerían un montón de conocimientos.

Por ejemplo, ir a pescar para Miguel significaba embarcarse en una expedición de un día entero. Llegados a un riachuelo que fluía entre los árboles, había que encontrar el lugar perfecto, después ponerse a trabajar en el agua, excavando y plantando palitos hasta obtener una especie de poza separada del resto del río y, obviamente, llena de peces.

En aquel momento, Miguel se iba a la jungla en busca de una liana específica, que después cortaba en trozos largos como un brazo.

Los metía en la poza y enseguida el agua se volvía blanca y los peces salían a flote, dormidos y como muertos, ya solo había que recogerlos y llevárselos a la cabaña para preparar la cena.

En aquel periodo aprendí que la raíz de yuca, tal y como se la recogía, era tóxica, y para comerla había que seguir un procedimiento de lavado que duraba varios días.

Y aprendí que antes de cazar había que restregarse el cuerpo con algunas hierbas para eliminar el olor que hacía huir a los animales.

Aprendí también a reconocer una planta que parece un junco y que solo con restregársela por el cuerpo no te crecía ni un pelo; de hecho, El Rato se la pasó por las cejas y le desaparecieron del todo, en un instante, dejándole la piel lisa (como magia).

Vivir así era extenuante, pero también divertido, y todos éramos bastantes felices, en mi opinión. Ramírez y sus hermanos no habían vuelto a hablar de volver con su horrible tío, y El Rato quizá hubiera encontrado la casa que buscaba desde hacía tiempo.

Solo yo seguía sintiéndome inquieta. Miguel nunca había querido hacerme un reconocimiento; en realidad, nunca me había prestado atención. Creo que se había dado cuenta de que tenía un problema en los ojos, porque por la noche, cuando la oscuridad caía sobre el claro, a veces me quejaba a El Rato. Miguel estaba allí, lo oía todo, pero no hacía preguntas. Y era muy severo sobre lo que debíamos y no debíamos comer, pero la dieta era la misma para todos.

Al final, una tarde que hacía mucho calor y él se había retirado a dormir en la hamaca, reuní suficiente valor.

Me acerqué y dije:

–Señor Miguel…

–¿Sí?

–Cuando llegamos, me dijo que me ayudaría. Yo de verdad lo necesito. Los médicos del Santo Toribio, el hospital donde trabajaba Robert, descubrieron que estoy enferma. Es algo muy feo. Horrible.

–Lo sé, niña. Los espíritus me hablaron de ello antes de que llegaras.

–Entonces, ¿le habrán dicho que me estoy quedando ciega y que acabaré en una silla de ruedas, que mi cerebro dejará de funcionar y que, al final, moriré?

Miguel me miró, muy serio, sin decir nada.

–Dejé a mi familia, hice todo lo que pude por venir aquí. Y ahora necesito saber si puede curarme.

Había repasado aquel discurso muchas veces en la cabeza para permanecer tranquila, pero no había funcionado.

–Lo sé.

–Entonces, ¿por qué no hace nada? ¿Por qué nos lleva a cazar, a pescar, y aún no ha intentado usar su magia conmigo?

–En realidad, niña, empecé mi trabajo en el mismo momento en el que tú y tus amigos aparecisteis en mi casa.

Me quedé sin palabras (Miguel se echó a reír, seguramente yo tenía una cara extraña).

–Ya te lo dije, no todas las cosas son lo que parecen. Durante estos días hemos comido, corrido, cazado y hemos hecho todas esas cosas que has mencionado. Pero tú y yo también hemos iniciado un recorrido. Un camino. Tú tienes un problema serio, y por esa razón tendremos que pedir ayuda a los espíritus de la jungla. Sin embargo, primero tienen que conocerte. Saber quién eres, cómo es tu alma. No te he llevado conmigo durante estos días porque necesitara tu ayuda, sino para presentarte a la selva.

–¿Y ahora la selva me conoce?

–Está empezando. Ayer conseguiste acercarte a un tiro de flecha de un mono, y el día anterior un papagayo cantó dos veces para avisar de que estabas pasando.

–¿Y entonces?

–Dentro de poco iré al claro a recoger la flor perdida. Yo también me estoy preparando, me espera una batalla terrible.

Me estremecí.

–No tengas miedo, niña. Estoy listo. En todos estos años he aprendido a ser un guerrero. Confía en mí.

Asentí, y me esforcé por confiar, y por tener paciencia. Pasaron otros días, en los que Miguel llevó a cabo las actividades habituales, y yo, también. Charlaba con El Rato, jugaba con Gio. Me bañaba. Me entrenaba con la cerbatana intentando apuntar a un blanco que Fabio había marcado en la pared posterior de la cabaña.

Gracioso, ¿no? Estaba a punto de quedarme ciega, pero me preocupaba hacer diana con una flecha. Es decir, en realidad tenía la esperanza de volverme muy buena, entonces formaría parte de la selva, y Miguel empezaría a ayudarme en serio.

Sin embargo, ocurrió otra cosa. Una tarde fui a recoger fruta y, en torno al atardecer, estábamos volviendo a casa. Yo iba como siempre, con El Rato delante para hacerme de escudo, cuando tropecé. Que es algo que me ocurría a menudo, pero esta vez fue extraño porque caminaba mirándome justamente la punta de los pies.

No había sido yo la que se había equivocado, sino el terreno, que se había colocado justo debajo de mí. Me caí y arrastré también a El Rato al fango.

Justo después Gio gritó:

–¡Una serpiente!

–¡Arrea! –dijo Ramírez, poniendo los ojos en blanco–. ¡Mirad qué larga es!

Fabio dio un paso hacia la criatura, pero Miguel lo paró y dijo:

–Dejadla. Dejad que vuelva entre sus árboles.

Solo cuando desapareció vino hacia mí.

–Era una boa hembra. Es un animal sagrado, caza de noche y es muy tímida. Por eso es raro ver una durante el día. Y es aún más extraño poder tocarla.

Me fascinaba que supiese que era una serpiente hembra, pero él no tenía dudas.

Me lanzó una mirada y añadió despacio:

–No les digas ni una palabra a los demás. Esta noche, cuando tus amigos estén durmiendo, vendrás conmigo hasta el claro de la gran lupuna. Es el momento de recoger la flor perdida.

Pasé lo que quedaba de tarde con el corazón encogido por la angustia.

Me había ocurrido antes, un montón de tiempo atrás, cuando planeaba escapar del Santo Toribio con El Rato. También ahora estaba a punto de empezar un viaje. Y no sabía adónde me llevaría.

Así que ayudé a Ramírez a preparar el fuego, y cociné con Fabio, y me reí de todas las bromas de El Rato, y antes de irme a dormir jugué con Gio. Sin embargo, dentro de mí, me sentía volar muy lejos. Y mirar a Miguel me era imposible.

Después de la cena, dije que tenía mucho sueño, me acurruqué en la hamaca y esperé. También Miguel quiso irse a la cama y apagó el fuego. Escuché a los chicos que hablaban en sus hamacas, después se durmieron y solo quedaron los ruidos de la selva, el canto de los pájaros nocturnos, el arrastrarse de las serpientes.

En la oscuridad, vi a Miguel cuando estaba justo encima de mí.

–Es hora de irse.

Se había quitado la ropa habitual y ahora estaba descalzo y semidesnudo, a excepción de una falda corta de piel que le envolvía las caderas. En bandolera llevaba tres cáscaras de coco vacías atadas con un hilo.

Se acercó al fuego ya apagado y removió las cenizas para revelar brasas aún encendidas, sopló para hacerlas brillar, después, con las manos desnudas, cogió una y la metió en la primera cáscara de coco. Añadió unas ramitas pequeñas para mantener vivo el fuego.

–Vamos –ordenó.

–Miguel –respondí–. Yo con esta oscuridad no veo. Ahora la luna se refleja sobre la quebrada, pero en cuanto estemos entre los árboles...

–Tendrás que hacerlo. Me seguirás de cerca.

En cuanto nos alejamos de las cabañas, Miguel abrió el camino, manteniendo la cáscara con el fuego delante de mí, como una lámpara. Incluso así no veía casi nada, por eso tenía que ir despacio y fiarme de su voz. Me caí dos veces y él esperó a que me levantara sola. Sentía el olor selvático, las ramitas y las hojas que me rozaban la cara. Esta vez no tenía miedo, es más, me sentía emocionada. Estaba a punto de ocurrir. De verdad.

Salimos ante la lupuna, no conseguía verla en la oscuridad, pero percibía su fuerza colosal. El paraguas de las hojas, elevado sobre nuestras cabezas, cubría todo el claro y oscurecía las estrellas de la noche, volcando sobre nosotros un negro absoluto.

–Por esto he traído el fuego –me explicó Miguel.

Con las manos excavó entre las raíces del árbol, después echó encima las brasas y con las demás ramas creó una pequeña hoguera.

En ese momento volví a ver: el rostro del viejo estaba marcado por las sombras, el claro se estrechaba a nuestro alrededor como un abrazo.

–Siéntate aquí –dijo–. Con la espalda contra la lupuna. No te duermas.

–Está bien –respondí.

–Ahora te explico lo que va a suceder. Yo recogeré la flor, beberé su zumo y caeré en un sueño muy profundo. Entre tanto, no deberás hablarme por ninguna razón, y permanecerás despierta toda la noche para proteger mi cuerpo durmiente, porque mientras el alma está en el mundo de los espíritus, el cuerpo que permanece aquí es muy vulnerable. En fin, tendrás que ser mi asistente. Cuando salga el sol, la luz me volverá a llamar a esta dimensión y te revelaré lo que me han dicho los espíritus. Finalmente, volveremos con los demás. ¿De acuerdo?

–De acuerdo. Eeeh...

–¿Qué?

–Yo en la oscuridad casi no veo, y no tengo armas conmigo. Si viniera alguien, un animal feroz, ¿cómo te defenderé?

–Si permaneces despierta no vendrá nadie. Estate tranquila. Y te he dejado ramas suficientes para alimentar el fuego. Si tuvieras miedo, canta la canción que escucharás durante el rito y te calmarás.

Asentí sin añadir nada más.

Miguel se sentó delante de mí, al otro lado del fuego, y permaneció observando las llamas durante un largo momento.

Se puso a cantar. Era una canción sin palabras, o, si las tenía, pertenecían a una lengua que yo no conocía.

Empezó muy bajito, tanto que enseguida pensé que me la había imaginado, después noté cómo los labios de Miguel se movían un poco y la cabeza ondeaba acompañando la melodía.

La canción era monótona y repetitiva como una nana.

Sin darme cuenta, vi que seguía el ritmo golpeando una ramita contra una piedra.

Después de un rato muy largo, Miguel se puso de pie y, aún cantando, bailando al ritmo de su música, se acercó al árbol de la flor perdida, se arrodilló ante él y se volvió a levantar.

Con una dulzura infinita alcanzó una de las flores y quitó solo un pétalo. Solo uno.

Lo metió en la segunda cáscara de coco que llevaba en bandolera y bailando y cantando volvió cerca del fuego.

Cogió una piedra pequeña y redonda y la usó para triturar el pétalo de la flor. La piedra se volvió roja enseguida, como si el pétalo estuviera lleno de zumo del color de la granada.

Miguel trituró el pétalo con la piedra con mucho cuidado y, cuando terminó, dejó la piedra dentro de la cáscara. Después, cogió el último de los recipientes que había llevado consigo y lo destapó: contenía agua.

La echó con mucha atención dentro de la cáscara donde estaban la piedra y el pétalo aplastado, y agitó todo bien.

Mientras, yo ya me había aprendido la canción y sus palabras misteriosas, me había unido a Miguel, cantando bajito y usando la rama y la piedra como un tambor.

El viejo cerró los ojos, se llevó la cáscara a la boca y bebió el contenido de un sorbo.

Entonces, retomó la canción, manteniendo los ojos cerrados, balanceándose hacia delante y hacia atrás.

En cierto momento, se quedó en silencio, con las piernas cruzadas, la cabeza inclinada sobre el cuello.

Y yo lo entendí. Su viaje había comenzado.

Miguel ya no estaba conmigo

La lupuna brillaba con luz propia. Las vetas doradas de la corteza resplandecían en la oscuridad. Las raíces se sumergían en el vacío. Las ramas abrazaban galaxias.

Detrás de mí, la planta de la flor perdida ardía con altas llamas bermejas.

Doblé las patas para inclinarme.

–Gracias, flor sagrada, por haberme hecho viajar.

Después, agité la cola, sintiendo en mí la fuerza del jaguar.

Debajo de la lupuna, la chica estaba agazapada. Con un palito marcaba el ritmo de mi icaro: el canto sagrado de la ceremonia.

La chica estaba completamente cubierta de fango. Parecía una estatua de arcilla informe, en el lugar de la cabeza, una máscara redonda de creta escondía sus facciones, y a cada golpe de la rama contra la piedra, de las manos y de los hombros caían nubes de polvo.

Era una imagen terrorífica y sentí un gran dolor; la enfermedad ya estaba en un estado muy avanzado.

Un murciélago bajó en picado sobre la cabeza de Laila y voló a su alrededor.

–Hermano alado –rugí.

El murciélago aleteó asustado, describiendo un amplio giro sobre la chica.

–Hermano alado, no tengas miedo. Debo hablar contigo.

–Dime, jaguar –chirrió.

–Veo que proteges a esta alma –dije–. ¿Desde cuándo la acompañas?

–Desde el día en el que entró en el hospital –respondió el murciélago–. Estaba en una gran ciudad, encerrada en una caja con el frío dentro, y también ella estaba helada. Tenía miedo. Volé hasta ella y la protejo desde entonces.

–Eso está bien –exclamé.

Mi maestro decía que, entre todos los espíritus animales, el murciélago era uno de los más fuertes, compañero en la muerte y en el renacimiento. Un buen guía para una chica enferma.

–Pero no has conseguido salvarla de su mal.

–Por desgracia, ya estaba así cuando llegué. No puedo protegerla de lo que estaba antes de que yo apareciera en su vida.

–Quizá la enfermedad sea más fuerte que tu espíritu, ¿no?

–Puede ser –admitió el murciélago–. Esta enfermedad es muy mala, no sé cómo echarla.

–¿Crees que yo podría conseguirlo?

–Tal vez –repitió–. Un jaguar es mucho más fuerte que un murciélago.

Era la batalla que me había estado preparando para combatir.

Me levanté sobre las patas posteriores y lancé un fuerte rugido, después tomé impulso y brinqué encima de Laila.

Durante el vuelo, el tiempo se paró y yo me volví cada vez más pequeño. Aterricé, no mucho más grande que un insecto, sobre la máscara de creta que cubría la cabeza de la chica.

El terreno era friable y resbaladizo, saqué las garras y las planté en aquella cáscara en busca de un punto de entrada.

El polvo hirvió y se convirtió en barro, se solidificó en torno a mis patas aprisionándome, después, un viento de arena afilada me azotó el cuerpo.

El primer golpe fue tan fuerte que lancé un grito desesperado; el segundo, por poco no me hizo perder el sentido.
Intenté liberarme, sin éxito. El barro me atrapaba muy
fuerte. Entonces, mordí y arañé, mientras sentía cómo la
arena abría heridas dolorosas bajo mi pelaje.

Al final, el fango dejó a su presa, me caí del rostro de Laila y recobré mis dimensiones habituales.

Me encontré otra vez cerca de ella, y cerca del fuego, con
el murciélago volando alrededor, preocupado.

La lucha había durado menos de un minuto y casi me había costado la vida.

–Tampoco tú lo has conseguido, amigo jaguar...

–Nunca he visto una energía tan mala. Una enfermedad
realmente terrible. Ninguno de los espíritus que conozco
podría vencerla.

–Ninguno de los espíritus menores, eso es seguro –admitió el murciélago–. Pero quizá podrías ir a ver a la Sachamama y pedirle su ayuda.

La Sachamama. El alma de la jungla.

–No siempre la presta con gusto a los seres humanos –ob-
jeté–. Sobre todo si vienen de lejos.

–Es verdad, pero la chica perfuma de selva, la has preparado bien. Y es especial. Yo lo he sentido enseguida. Quizá
también ella lo sienta.

Las palabras del murciélago me animaron.

–Te lo agradezco, amigo alado. Cuida de Laila hasta que
yo vuelva.

Agité la cola a modo de saludo, después crucé el claro y
me dirigí por un estrecho túnel de ramos entrelazados. Hojas afiladas me irritaban las heridas, haciéndome gemir de
dolor, aun así no me paré y no corrí más despacio.

Bajé siguiendo el perfil de un valle. Cuando el túnel terminó, me di cuenta de que había vuelto a mi cabaña. Las
hamacas de los chicos se balanceaban despacio por la brisa.

Tres delfines nadaban en el aire sobre los hermanos dormidos, mientras que una libélula con alas iridiscentes revoloteaba en torno a la hamaca de El Rato.

Me acerqué sigilosamente. No eran muchos los insectos que podían proteger las almas humanas y, entre todos, la libélula era la más especial: el batido de sus alas creaba mentiras, mientras que su mirada agujereaba esa ilusión para atrapar la verdad.

Al igual que el murciélago, también ella era un animal de viaje y cambio: no me sorprendía que aquellos dos chicos hubieran conseguido cruzar Perú juntos, superando todas las dificultades.

Dejé atrás las hamacas y fui hacia la quebrada. Tenía las aguas fluorescentes y era vasta –un océano–, tanto que no se podía ver la otra orilla.

Nunca la había visto tan inmensa.

–*Hay una gran magia esta noche* –dijo una voz.

Era más profunda que el abismo y resonaba al Espíritu de la Tierra. Sin querer, el pelaje se me erizó en el cuello, y enseñé los dientes.

–*¿No querrás luchar conmigo, jaguar?*

La Sachamama se arrastró fuera de la selva y se colocó en la orilla.

Mostraba uno de sus aspectos menos aterradores: una boa muy larga y grande, como un toro. Las escamas estaban formadas por rocas y cuarzos brillantes, le crecían encima arbustos florecidos, y lianas se le enrollaban alrededor.

La serpiente se enroscó, y al final levantó la cabeza, grande y cuadrada, tan antigua como el tiempo. Los ojos tenían el color del fuego, el mismo que la savia brillante de la flor perdida.

–Gran Sachamama –dije–. Nunca lucharía contigo. Es más, he venido esta noche para pedir tu ayuda.

–*Veo que estás herido, jaguar. ¿Quién te ha dejado así?*

–Los espíritus de una enfermedad que no conocía.

–*Hablas de la chica del murciélago, ¿verdad?*

–Sí, Sachamama. Ha hecho un largo viaje para llegar hasta aquí, y ha demostrado tener un coraje como nunca antes había visto. Tú, que lo sabes todo, conocerás también su historia. Por favor, ayúdala.

Quedé a la espera. El viento dejó de soplar, la noche y el tiempo se pararon.

Después, la cabeza grande de la serpiente se inclinó, sus ojos encontraron los míos.

Y dijo:

–*LA CHICA MORIRÁ.*

Escuché que mi corazón se paraba y desvié la mirada.

–Sachamama –imploré–. Tu sabiduría es infinita, si pudiéramos hacer algo... Te ofrezco un sacrificio... Un acuerdo.

La diosa abrió la boca de par en par y la volvió a cerrar, el chasquido tuvo un millón de tonos.

–*Cuidado, jaguar. Corres el riesgo de ofenderme, y no querrás que eso ocurra.*

–Claro que no, madre de la jungla. Sin embargo...

–*Escucha mis palabras. La chica morirá. No hay nada que yo ni ningún otro espíritu de cualquier universo pueda hacer para evitarlo.*

–Pero... ¿por qué...?

–*La enfermedad de la chica es terrible y ya se ha adueñado de su cuerpo. Los ojos casi han dejado de ver, la corrupción se extiende por todas partes. También por la mente. Es demasiado tarde. Si te consuela, ya era tarde cuando se cayó por primera vez y los doctores la mandaron a vivir a una casa de curas. Ya entonces no había nada que hacer. Ese es el destino. Y ni tú, ni yo, ni ella podemos cambiarlo.*

Lancé a la luna un largo maullido de derrota y de dolor.

No podía creerlo. Había jurado que la ayudaría, le había dado esperanzas, pero, finalmente, había fallado. Tenía la piel cubierta de heridas y el mordisco de la derrota latía en mi interior.

Pero me obligué igualmente a levantar la cabeza para dirigir a la diosa mi última súplica:

—Gran Sachamama, sé que el destino es la fuerza suprema, y que su voluntad solo puede ser aceptada. Laila morirá, si así está decidido. Pero debe, debe de haber algo que podamos hacer por ella. Te lo ruego.

El espíritu de la Sachamama cerró los ojos de serpiente y agitó la enorme cabeza hacia delante y hacia atrás, al ritmo de una música silenciosa.

Después dijo:

Sí.

Esperé, y después de otro momento largo añadió:

—*Hay algo. Una opción. Que no salvará su cuerpo, pero podría cambiar su alma.*

—¿Qué debo hacer, Sachamama?

—*Tráela hasta mí —respondió—. Trae a la chica aquí, conmigo. Y yo hablaré con ella.*

Me desperté cuando el sol ya estaba alto.

Había dormido mucho, pero con sueños extraños: desde la selva había surgido un jaguar, se había acercado a mi hamaca y me había sonreído. ¿Cómo hace un jaguar para sonreír?

Me di cuenta de que todos los demás aún no se habían despertado.

–¡Chicos! ¿Qué os pasa hoy? ¡En pie!

Fui a la hamaca de Gio y la sacudí para hacerlo caer, porque normalmente él, cuando se levantaba, venía a darme pellizcos.

–¡Ay! Rato…

–Venga, enano. Ayúdame a levantar a tus hermanos.

Gio se lanzó sobre Fabio, su infección en las piernas se había curado gracias a algunos potingues que Miguel le había untado, y ya no se rascaba durante la noche.

Yo me ocupé de Ramírez.

–¡Despierta!

–Mira que no estaba durmiendo…

–Ya, claro que no. ¡Pero si hasta roncabas!

Había dejado a Laila para la última a posta. Si hubiéramos estado ella y yo solos, probablemente habría intentado hacer algo romántico. Solo que con los demás allí me daba vergüenza.

Por eso, me limité a decirle:

—Creo que es tarde...

Pero su hamaca estaba vacía. También la de Miguel.

—Eh, ¿dónde están?

—No sé.

—¿Habéis oído algo?

—Yo no, pero he dormido mucho —dijo Gio—. Además, he tenido un sueño curioso...

Al levantar la mirada vi que el chamán salía de la selva y me paralicé. No se parecía ni un poco a la persona a la que había visto la tarde anterior.

Su rostro estaba oscuro, iba prácticamente desnudo y caminaba muy lentamente, encorvado, y parecía sentir dolor por todas partes.

—¿Qué ha pasado? —preguntó Ramírez—. ¿Estás herido?

—¿Dónde está Laila? —pregunté yo.

—Después —dijo él—. Necesito recobrar fuerzas. Por favor, poned agua a hervir.

—¿Dónde está Laila? —volví a preguntar.

—Os explicaré todo... dentro de un momento. Por favor.

Mientras Ramírez y yo encendíamos el fuego, Fabio corrió hasta la quebrada y llenó la cacerola.

Mientras tanto, Miguel se metió en la cabaña y salió con un rollo de piel curtida bajo el brazo. Lo extendió sobre el suelo. Su interior estaba lleno de plumas, conchas, hierbas y un montón de hojas secas de diferente tipo.

Miguel eligió algunas con mucho cuidado, mirándolas a contraluz; después, las echó en el agua que bullía y se sentó delante del fuego.

Parecía que aquellos simples gestos le hubieran costado un esfuerzo infinito.

Después de unos minutos se sirvió la infusión en una cáscara de coco y se lo bebió todo. Al final, dio un largo, larguísimo suspiro.

–¿Qué pasa? –pregunté nervioso–. ¿Nos quieres decir ahora lo que ha pasado? ¿Dónde está Laila?

–La he dejado en la selva.

–¿Ha pasado algo? ¿La has dejado sola? ¿Dónde?

Yo ya tenía la mirada puesta en la jungla, pero Miguel negó con la cabeza.

–¡Espera, Rato! Antes de que vayas a buscarla, debo hablar contigo. Siéntate aquí, por favor. Vosotros también.

Nos reunimos todos en torno al fuego. Yo empecé a preocuparme de verdad, el extraño comportamiento de Miguel me asustaba. ¿Por qué Laila no estaba con él? Quería ir a buscarla.

Sin embargo, el chamán posó la mano sobre mi brazo, y dijo:

–Anoche fue el momento adecuado y recogí para Laila la flor perdida. Hicimos una ceremonia… Por desgracia, no salió bien.

–¿Tus pociones le han hecho algo malo? –solté.

–Ella no ha bebido ninguna poción. He sido yo el que ha entrado en el mundo de los espíritus. Pero me han dicho que no pueden hacer nada para ayudarla. Vuestra amiga no se curará. Su enfermedad es demasiado grave. No podemos pararla.

Me levanté temblando, lancé un grito agudo y pataleé el fuego; tiré la cacerola llena de agua hirviendo y lancé por todas partes ramas y brasas incandescentes.

Gio gritó, Ramírez y Fabio saltaron encima de mí para pararme, pero yo casi ni me di cuenta. Daba vueltas y repartía patadas a todo lo que encontraba. Rama, piedra, cáscara de coco.

–¡No es posible! –grité–. ¡No es justo!

–No, no lo es.

–¿Le has dicho la verdad?

–Claro. Pero los espíritus también me han contado algo

más, y es muy importante. He intentado explicárselo a Laila, pero no ha querido escucharme. Si tú pudieras...

—¡Claro que no ha querido! —volví a gritar—. ¡*Meimportanunbledo* tus espíritus, a la mierda ellos y la selva y toda la magia del mundo!

Antes de darme cuenta estaba corriendo en dirección a la espesura de la selva.

Laila... no se puede curar... no se curará... no podemos pararla... en el mundo de los espíritus... para ella... no es justo... la ceremonia no ha salido bien... su enfermedad es demasiado grave... le he dicho la verdad... no ha querido escucharme

Si habían recogido la flor, Laila debía de estar aún allí, en el claro de la lupuna. Me apresuré por el camino que se perdía entre los árboles. Salté piedras y raíces, arañándome la cara, sin aliento, cubierto de sudor.

Salí al claro y vi los restos de la hoguera.

Laila estaba con la cabeza apoyada en el tronco del gran árbol.

Pensaba que estaba dormida, sin embargo, tenía los ojos abiertos. Miraba al vacío.

–¡Laila! –grité.

–Déjame en paz.

Corrí a su encuentro y me arrodillé, intenté abrazarla, pero me dio un puñetazo que me tiró hacia atrás.

–Te he dicho que me dejes.

–Yo… lo sé. Laila.

–No lo digas. No digas que lo sientes. ¡No quiero escuchar ni una palabra!

–Laila…

–¡Vete!

Me tambaleé. No sabía qué hacer y simplemente me quedé cerca de ella, inmóvil.

–Todo ha sido en vano, ¿entiendes? La fuga…, los aviones…, el secuestro… No ha servido para nada.

–¡No es verdad! –exclamó Miguel, que llegaba al claro–. Eso no es cierto.

Maltrecho como estaba, parecía increíble que nos hubiese alcanzado tan deprisa. Vino a sentarse cerca de nosotros.

–Pero es así –aseguró Laila–. Moriré igualmente.

–Claro. Y también yo. Y El Rato. Ramírez. Fabio. Incluso el pequeño Gio. La muerte forma parte de la vida, antes o después nos llegará a todos. Pero no hoy. Y aún hay algo que podemos hacer. Intenté decírtelo antes.

Al principio no había querido escuchar, pero ya cualquier cosa me parecía mejor que quedarme cerca del árbol, de las cenizas, de Laila, tan pálida y vacía.

−¿Y bien? −murmuré.

−Esta noche he hablado con el Espíritu de la selva.

−Y ha dicho que no puede ayudarme.

El chamán suspiró.

−Ha dicho que no puede curarte. Pero quiere hablar contigo y ofrecerte una opción. Me ha explicado que no podrá salvarte la vida, pero que podría cambiar tu alma.

−No me interesa.

−Laila, es importante. Lo más importante que jamás te haya sucedido... Verás, la Sachamama es una diosa antigua y potente. No se suele ocupar de los asuntos de los hombres. Para ella, nosotros somos... demasiado pequeños. Es insólito que quiera hablar con una humana, pero eres muy especial. Seguramente quiere decirte algo muy importante.

−No sé si quiero escucharlo.

−Deberías. De verdad.

Intenté abrazar de nuevo a Laila y esta vez me dejó hacerlo, apoyó la cabeza contra mi hombro y lloró.

No dije nada, permanecí allí durante un buen rato.

Cuando terminé, intenté sonreír.

−Hemos hecho un largo camino para llegar hasta aquí, y aunque... Bueno, en mi opinión, deberías hacer este último esfuerzo.

−Tengo miedo, Rato.

−¿Sabes qué te digo? Que si vas a ver a esa Sachamama, yo te acompaño. Es inútil que Miguel intente pararme, porque lo haré, aunque me tenga que comer todo el matorral de flores perdidas una después de la otra. Y escucharemos qué tiene que decirnos ese pez gordo. ¿Qué te parece?

Laila no dijo nada.

Y no podría asegurar si había una media sonrisa en su cara, porque todo era demasiado triste y trágico para reírse. Pero sus ojos brillaron, solo un poco, y entendí que estaba contenta de que estuviese con ella.

No tenía madre, y si hay un momento especial en la vida de cada persona, yo aún no lo había encontrado. Ni en el hospital, ni en los Andes, ni tampoco en el viaje a través del río ni de la selva. No era ni siquiera aquel preciso instante, en el claro, bajo el árbol gigantesco con una amiga que había recibido la noticia más terrible de todas.

Pero fue allí, en el claro, bajo el árbol gigantesco, etcétera, cuando entendí la verdad.

No la de todos, solo la mía.

Encontrar el momento más importante ya no me interesaba.

Me bastaba con que estar con ella.

Entonces, todo estaría bien.

Y punto.

Permanecimos juntos bajo la lupuna durante mucho tiempo. El Rato no se movió y yo tampoco. Después, también llegaron Ramírez, Fabio y Gio.

–Perdona por haber venido –masculló Fabio–, solo queríamos decirte que te queremos.

–¡Laila! –gritó Gio.

Me abrazó y sollozó.

Esta vez, yo no. Me sentía cansada y vacía, pero la presencia de los chicos me ayudaba.

Miguel, que no había vuelto a decir nada desde que El Rato se había ofrecido a acompañarme a ver a los espíritus, ahora sacudió la cabeza.

–Está bien –dijo–. Antes de poder beber el zumo de la flor perdida se necesita una larga dieta de purificación, y vosotros ya la habéis hecho. Durante estos días juntos, os he hecho comer y beber lo necesario.

–¿Por qué a nosotros también? –preguntó Ramírez.

–Para cocinar solo una vez –respondió el chamán con una sonrisa–. Además de la dieta, sin embargo, también es necesario el adiestramiento, pero no tendremos tiempo para hacerlo. Así que será peligroso. Sobre todo para ti, Rato.

A Laila la esperan en la otra parte. A ti no. Podría suceder cualquier cosa.

Miré a mi amigo, tuve miedo de que se echara atrás. En cambio, sonrió:

–Iré de todas formas.

Miguel asintió:

–Está bien.

–¡Esperad un momento! –intervino Ramírez–. ¿Y nosotros tres?

–Eso es –le hizo eco Gio–. ¿No pretenderéis dejarnos aquí solos?

–Tendréis una tarea muy importante –explicó Miguel–. La misma que tuvo Laila la pasada noche. Os quedaréis custodiando nuestros cuerpos durante el viaje. Al partir, seremos muy vulnerables. Seréis nuestros guardianes.

Yo no había dormido en toda la noche y habría querido volver a la hamaca para descansar, pero Miguel fue inflexible, dijo que había muchas cosas que hacer. Nos hizo trabajar en la selva como un día cualquiera, y a mí y a El Rato no nos permitió comer nada y solo nos concedió un poco de agua.

Cuando se puso el sol, me sentía débil.

–Mejor así –dijo Miguel–. El cansancio te ayudará a dormir.

También él se saltó la cena, así pues, mientras Ramírez, Fabio y Gio comían, nosotros organizábamos todo lo necesario para la ceremonia.

Miguel dijo que esta vez no nos colocaríamos bajo la lupuna, sino en el campo, en torno al fuego, y sacó de la cabaña un gran tambor y sonajeros hechos con huesecillos atados con cuerdas.

Con solemnidad se los entregó a los tres hermanos.

–Durante toda la noche deberéis estar despiertos, tocar y prestar atención a nuestros cuerpos, que estarán tumbados al otro lado del fuego. Los icaros son canciones mágicas que protegen y ayudan: serán vuestra arma. ¿Habéis entendido?

–Sí, señor –respondió Gio.

–Por favor, sobre todo tú, que eres el más pequeño. La noche es larga y en cierto momento podríais sentiros cansados, pero no debéis dormir ni dejar de tocar. ¿De acuerdo?

–Vale.

Miguel nos miró a mí y a El Rato.

–Puesto que deberemos viajar juntos, usaremos una magia especial que se llama canoa de los espíritus. Dibujaré en el suelo la forma de una barca. Laila se sentará en la proa, El Rato detrás, y yo en el puesto del timonel. Puede parecer un juego, pero no lo es: deberéis concentraros en ello e imaginar que estáis sentados en una barca de verdad. Será nuestro escudo durante el viaje, por eso, intentad construirla sólida y robusta.

–Está bien.

Miguel alimentó el fuego con mucha leña para que ardiera una buena parte de la noche, después se quitó los zapatos y la ropa y se quedó solo con la faldita de piel de la vez anterior.

–De ahora en adelante que nadie hable –dijo–. Es hora de comenzar.

Cogió una rama y la usó para trazar en el polvo la silueta de la canoa, después, metió la punta de la rama en la hoguera para hacer una antorcha.

Se dio la vuelta y se puso a deambular por la selva, en silencio, y nosotros lo seguimos, yo agarrándome fuerte a El Rato para no caerme.

Mientras caminaba oí que Miguel había empezado a cantar, muy bajito, como la primera vez. Puesto que ya conocía la canción, me uní a él, después oí que también El Rato y los tres hermanos lo hacían, en cuanto se aprendieron la letra y la música.

De esta forma, cantando a la luz de la antorcha, llegamos al claro, Miguel se arrodilló delante de la planta de la flor perdida, cogió tres pétalos y los metió en la cáscara de coco que había traído consigo; después, volvimos a la cabaña.

Tardamos mucho tiempo. Ahora que el chamán había recogido la flor se movía con gran lentitud, balanceándose sin dejar de cantar.

Tras llegar a la quebrada, Ramírez empezó a golpear a tempo el tambor, Fabio y Gio cogieron los sonajeros y se sentaron cerca de él.

Miguel trituró con una piedra los pétalos de la flor, después echó agua en la cáscara.

Era el momento, y no hacía falta que lo dijera él. Yo lo sentí.

Me senté en mi lugar, con las piernas cruzadas, con la espalda en dirección a la selva y la cara hacia la quebrada, que brillaba a la luz de la luna.

Oí que El Rato se colocaba detrás, colocando las piernas cruzadas al lado de las mías. Después, también Miguel se subió a la canoa.

Porque realmente la sentía, la canoa, a mi alrededor, como si fuera de verdad. Era mucho más pequeña que el pekepeke, pero también más robusta.

Mientras la canción seguía, Miguel pasó la cáscara de coco con la poción a El Rato, que me la ofreció a mí.

Era yo quien tenía que beber la primera.

La olí. No percibí nada especial, solo aroma a hierbas y bosque. Tenía miedo, pero la canción me calmaba, y la voz de Miguel, detrás de mí, me animaba.

Me llevé la cáscara a los labios y bebí un sorbo, después se la ofrecí a El Rato y él también bebió. No me di la vuelta. Era suficiente con los sonidos.

Detrás de mí, mi amigo arañaba el suelo con los *dedos, como*

...ra empujando nuestra barca imaginaria con las manos. Entonces remé yo también; mientras mi boca cantaba y sentía los ojos cada vez más pesados... por otro lado, estaba cansada, ¿cuánto hacía que no dormía? Y aquella música, tan relajante y profunda, estaba bien, y el mundo... el mundo... y el... y el... y el mundo.

El mundo estaba bocabajo.

No me lo esperaba, por eso lancé un chillido y agité las alas. No me esperaba tampoco tener alas, por eso, volví a chillar.

–¡AAAH!

Detrás de mí oí un rugido que, sin embargo, era también la voz de Miguel. Decía:

–No tengáis miedo, chicos.

Estaba colgada de las patas a una tabla de madera. Y estaba cabeza abajo, así que volví a agitar las alas para enderezarme y poder ver las cosas de forma normal.

Entendí que estaba en una canoa de verdad, la misma con la que había soñado junto al fuego. Solo que en la popa había un jaguar enorme, con el pelaje dorado con manchas de diamantes oscuros, y con los ojos muy verdes.

–¿Miguel? –dije–. ¿Rato... Rato?

–¿QUÉ OCURRE...? –gritó mi amigo, y una centella irisada pasó delante de mi cara hasta chocar con el fondo de la canoa.

Era un insecto, o, mejor dicho, una libélula con cuatro alas translúcidas que se agitaban a una velocidad de vértigo, alas grandes, al menos tanto como las mías, ah, claro, porque yo también tenía alas (¿por qué las tenía?, ¡las alas?).

Me agité y me elevé un palmo en el aire, grité otra vez y me caí.

–Chicos, nada de miedo. Todo va bien. Hemos llegado a la realidad de los espíritus, donde las cosas son un poco diferentes, ¿recordáis lo que os dije? Por ejemplo, ahora habéis tomado el aspecto de vuestro animal de poder. Que para Laila es un murciélago y para El Rato, una libélula.

–¡Las libélulas son cosa de chicas!

–La libélula puede guiar tanto a varones como a mujeres, y es muy potente; deberías estar contento de que te haya elegido a ti. Es más, yo en tu lugar, tendría cuidado de no ofenderla, porque un animal de poder puede abandonar a su protegido si no se siente apreciado, o incluso volverse en su contra, y serían problemas muy serios.

–Ah –dijo El Rato–. Perdona, espíritu-libélula. Me conoces, quizá, en fin, sabes que me gusta bromear. Una libélula me va bien.

Yo había pensado algo muy parecido del murciélago, por suerte, me lo guardé para mí. Los murciélagos son ciegos, y yo también estaba a punto de serlo, quizá era precisamente el animal perfecto...

Por cierto, ¿por qué veía?

Por primera vez en un montón de tiempo conseguía distinguir las estrellas: millones, miles de puntitos luminosos que se amontonaban sobre mi cabeza en estelas de colores, en corrientes móviles y brillantes.

Nuestra canoa estaba volando a gran altura sobre la selva, y podía distinguir todos los árboles, uno por uno, como si fuera de día, y en aquella inmensidad destacaba el árbol de la lupuna, que llegaba hasta el cielo y lo sujetaba con sus ramas luminosas.

En la lejanía, la selva se interrumpía para dejar espacio a un vasto océano del color de la luna.

–¿Qué es eso? –pregunté.

–¿No la reconoces? Es nuestra quebrada.

–Pero ¿por qué brilla así? –preguntó El Rato–. Es fosforescente, parece casi radiactiva.

–En la realidad de los espíritus cada cosa muestra su aspecto mágico. Ahora, bajemos, alguien nos está esperando.

El jaguar agitó la cola y nuestra barca se lanzó en picado. Rozamos las cimas de los árboles con el casco, escuché el crujido de las ramas que golpeaban el fondo, después, con una curva nos encabritamos sobre el agua resplandeciente y redujimos la velocidad para posarnos sobre la orilla.

Aquel lugar se parecía mucho al campo que habíamos dejado, pero también era diferente. Estaban Ramírez, Fabio y Gio, que tocaban junto al fuego, aunque los veía un poco desenfocados, como si se tratara de sombras o reflejos. También las llamas de la hoguera eran opacas y no emanaban luz. Sobre las cabezas de los tres chicos volaban delfines que nos dedicaron un saludo con la cola.

Las hamacas y la cabaña, al mirarlas, eran completamente normales, lo único extraño es que surgían a orillas de un océano, en lugar de una pequeña poza. Y entre el agua y la casa ahora se elevaba una montaña empinada y oscura.

Después, la montaña tembló. Se movió. Y solo entonces comprendí que se trataba de una serpiente, una boa colosal con escamas de color esmeralda y centellas de cristal que recorrían su cuerpo.

La boa se giró hacia nosotros y dijo con un silbido:

–*Me has traído a la chica, jaguar.*

–Sí, Sachamama –respondió Miguel.

–*Sin embargo, no te pedí que me hicieras conocer a otros huéspedes. ¿Quién es esta libélula?*

–Soy El Rato. He venido a acompañar a Laila. Soy su amigo.

La gran serpiente erigió la parte superior del cuerpo, subiendo en la noche tan alto que no se veía su final. Después, abrió la dentadura gigantesca y se lanzó sobre nosotros.

La boca era tan grande que podía tragarse todo el claro de un solo mordisco, y vi el arco desdentado del paladar, la lengua rugosa como la corteza y el túnel oscuro e imposible de la garganta.

Intenté, instintivamente, irme volando; sin embargo, solo cerré los ojos y oí el estruendo de la mandíbula, que apretaba al cerrarse en torno a nuestras cabezas.

Volví a abrir los ojos.

El Rato aún estaba allí conmigo. Agitaba las alas, temblando. Pero estaba vivo.

—*Es bonito tener amigos. Y hay pocos dispuestos a demostrar tanta lealtad. Puedes quedarte.*

—Gracias, Sachamama —dijo Miguel.

—*Bajad de la barca y venid aquí para que pueda veros mejor.*

La cabeza de la serpiente se apoyó en la orilla, en diagonal, y el jaguar se bajó de la canoa y se colocó delante.

El Rato y yo volamos para unirnos a él, y el ojo rojo de la boa me observó.

—*Tú eres Laila.*

—Sí, señora.

Hubo un trueno, una serie de estallidos como golpes de cañón. Después, entendí que la gran boa se estaba riendo.

—*¿Señora? Existo desde hace mucho más tiempo que las señoras de tu mundo. Puedes llamarme por mi nombre, y punto.*

—Sí, Sachamama.

—*Te conozco, niña. Y tu historia ha conmovido incluso a una criatura como yo, con tantos milenios sobre los hombros. Lo que tú has hecho no es común. Bueno, lo que habéis hecho los dos. Los seres humanos están obsesionados con los héroes: guerreros y comandantes. Sin embargo, la*

mayor parte de ellos no tiene ni la mitad de vuestra valentía. Ni de vuestras habilidades.

—Gracias, Sachamama.

—Y ahora te espera otra prueba. Aceptar el futuro que
te aguarda. Yo no puedo curarte de la enfermedad. No
puede hacerlo nadie.

—Lo sé. Miguel me lo ha contado. —Intenté mantener la voz
tranquila. No lo conseguí, pero lo hice lo mejor que pude—.
También me ha dicho que querías hablar conmigo.

—Y así es. Para ofrecerte una opción. Es importante, por
eso quiero que lo pienses muy bien. Deberás decidir rápido
y no tendrás una segunda oportunidad.

Asentí.

—Está bien, estoy preparada.

—Entonces volved a la canoa y navegad hasta el centro
de la quebrada. Después, lanzad las redes y pescad. Cuando
vuestra barca esté llena, volved a la orilla. Y hablaremos.

No me lo esperaba: quería saber la opción de la Sachamama; quería, por así decirlo, aplacar mi pensamiento.

En cambio, la serpiente había terminado de hablar y se
volvió a enrollar sobre sí misma, recobrando su aspecto de
montaña.

Miguel volvió a subir a la canoa y El Rato lo imitó. Yo
alcé el vuelo, di un pequeño giro sobre la Sachamama, que
parecía dormir, hasta colocarme en la proa.

—¿Estáis preparados? —maulló Miguel—. Partamos.

Empujada por una fuerza invisible, la canoa se deslizó sobre la superficie luminosa y plana como el vidrio, aunque no
estábamos navegando realmente: volábamos suspendidos a
un palmo del agua, dibujando una sombra oblonga sobre el
líquido resplandeciente.

En teoría, con el reflejo de toda aquella luz, el cielo sobre
nosotros tendría que ser invisible. No era así. Las estrellas
brillaban más que nunca.

La maravilla que me rodeaba era tan increíble que me conmoví.

Y yo conseguía verla.

De verdad: ya no tenía el campo restringido de mis pobres ojos enfermos y percibía todo con una intensidad absoluta.

–La serpiente ha dicho que pesquemos –exclamó El Rato.

–Pero ¡ninguno de nosotros tiene manos! Y, sobre todo, no tenemos una red...

–En la realidad de los espíritus, se tiene todo lo que se necesita –respondió Miguel.

Y bajo nuestros ojos, en el fondo de la barca, se materializó una red de plata muy fina.

–Creo que es tu deber lanzar las redes la primera, Laila.

–Es que... –Sacudí mi peluda cabeza de murciélago–. No sé cómo se hace, Miguel. ¿No podrías... hacerlo tú por mí?

–Como prefieras.

La canoa navegó durante un rato sobre la quebrada, alejándose tanto de la orilla que esta desapareció en el horizonte. Después, la barca se paró, el jaguar aferró la red de plata con una garra y la arrojó al agua.

Me pregunté cómo me las apañaría para tirar de ella, sin embargo, la red saltó por sí sola desde la superficie y volvió hacia nosotros.

–Oooh –dijo El Rato.

En la red se había quedado atrapado un pececito, no más grande que mi dedo meñique cuando soy la Laila de siempre.

El jaguar Miguel lo liberó de un zarpazo.

El pez voló en el aire entre nosotros, con cada movimiento de las aletas producía un sonido, y aquel sonido se transformó en voz, y empezó a hablar:

«Aquella noche fui a cazar a la selva. Corrí durante horas en la oscuridad y entre los árboles, hasta que llegué a una roca que dominaba la llanura...»

–¡Miguel! –grité–. ¡Este pez tiene tu voz!

–Sí…, es… –El jaguar parecía confuso–. Es un recuerdo mío. La primera vez que supe que vendrías a verme, a la selva. Tengo la impresión de que ha pasado mucho tiempo…

Miguel agitó la cola y en el fondo de la barca apareció un cuenco ricamente decorado. El pez luminoso terminó de hablar y se lanzó dentro de la canoa, en aquel preciso instante se transformó en una piedrecita, con un extraño símbolo grabado encima.

Me acerqué para mirar: era un dibujo dorado de un jaguar.

–¿Qué significa? –pregunté–. ¿Por qué un recuerdo tuyo se ha convertido en un pez que se ha convertido en una piedra?

–Es como en los sueños –farfulló El Rato–. Es todo absurdo.

–Sí y no –explicó Miguel–. Es como en los sueños, pero nada es absurdo. Todo tiene un significado. Solo que a veces no lo entendemos. Y en este caso, quizá lo comprenderemos después. Creo que mientras tanto será mejor que continuemos pescando. –Se agazapó sobre las patas–. Ahora inténtalo tú, Laila. ¿Dónde lanzarás la red?

Me concentré, porque me parecía una pregunta importante. Sospechaba que no estaba en el lugar apropiado, quizá un poco más a la derecha… Y la canoa viró bruscamente en aquella dirección. Me asusté y volé.

–Vuelve aquí, no te preocupes –me llamó Miguel–. Se mueve con el pensamiento. Solo debes decidir dónde echar las redes.

–Ánimo, Laila –me alentó El Rato.

Me tranquilicé y volví a mi sitio, continué concentrándome. La quebrada estaba como viva, el agua respiraba, me parecía sentir su corazón. Nos movimos en zigzag durante un momento, mientras intentaba interpretar el extraño latido sumergido.

Hasta que me paré y dije:

–Aquí. El sitio adecuado es este, creo.

Agarré la red con los dedos que me salían de los extremos de las alas, alcé el vuelo un poco por fuera de la barca y la lancé.

Al igual que había ocurrido la primera vez, la red volvió un momento después con un pececito, que cantó:

«Cuando entramos en los Barrios Altos, el conductor subió las ventanillas y bloqueó las puertas...»

El Rato chilló y empezó a volar como enloquecido en torno al pececillo.

—¡Laila! —gritó—. Esa... ¡es tu voz!

—Sí —balbuceé—. Es otro recuerdo..., del día que llegué al Santo Toribio.

—Chis..., dejadme escuchar —nos rogó Miguel—. Quiero saber lo que dice.

Y el pececillo, nadando en el aire en medio de nosotros, contó con mi misma voz el inicio de la historia. Cómo un día había cruzado las puertas del hospital, y que el señor Tanaka me había dicho «ganbarimasu: hagámoslo lo mejor que podamos.»

Después, el pez dejó de hablar y también se lanzó al cuenco para transformarse en una piedra. Esta vez, el dibujo dorado tenía el símbolo del murciélago.

Estaba confusa: ¿por qué la Sachamama me había pedido que pescara en la poza? Y ¿por qué las voces me acababan de contar el inicio de la historia? Ya la conocía. Yo misma la había contado muchas veces: a Chaska, al compañero Ladoga, a la señora Blanca del mercado de Belén...

—Venga, Laila, ¡vuelve a intentarlo enseguida! —exclamo El Rato.

Y así lo hice, guie la barca durante otro trozo y, en cuanto me sentí preparada, lancé la red y pesqué un tercer pececillo, que nadó hacia nosotros cantando:

«Entró en el Nido y se quedó allí plantada como un bloque de hielo. Y quizá lo fuera, con aquella piel tan clara...»

—Este eres tú, Rato.

—Yo... pero yo...

–¿Eso pensabas? ¿Que yo era de hielo?

–Sí, pero hace mucho tiempo. ¿Estás enfadada?

–No, ¿por qué? Es adorable.

Era verdad. Escuchar mi voz me había descompuesto; la de El Rato, por el contrario, era divertida y graciosa. Justo como él. Y con sus palabras, la historia parecía diferente.

–Miguel –pregunté–, ¿podemos seguir pescando?

–Ya habéis escuchado a la Sachamama. Hasta que la barca esté llena.

Y de esa forma, continuamos.

Por turnos, El Rato, Miguel y yo seguimos las corrientes subterráneas de aquel océano imposible y lanzamos nuestras redes.

Sacamos peces pequeños y graciosos, y otros grandes y horribles.

Un monstruo marino parecido a un tiburón usó mi voz para contar la historia de cuando me había colado en el estudio del director y había descubierto por primera vez mi enfermedad. «Ceroidolipofuscinosis.»

Y un elegante calamar roció una nube de tinta que hablaba con la voz del doctor Clarke:

«La selva amazónica no se puede explicar. Tiene una belleza de luces incandescentes y sombras profundas...»

Seguimos trabajando sin descanso. Llegó la voz de Chaska, el atentado, el secuestro. Una gran anguila eléctrica nadó los colores de mi primera crisis epiléptica, y una ostra narró cómo El Rato había intentado protegerme y planificado la fuga.

Un pez tropical habló con la voz de Auka, la mujer de Miguel, y él escuchó llorando.

Y un delfín, como yo imaginaba, cantó la historia de Ramírez.

Continuamos durante horas a merced de una energía febril, solo escuchando y pescando y mirando las piedrecillas que se acumulaban en el recipiente.

Aunque los peces que recogíamos eran todos diferentes, las piedras, después, se volvían todas iguales.

Uno contó lo que había ocurrido la noche anterior, cuando Miguel había entrado en el mundo de los espíritus para hablar con la Sachamama.

Otro usó la voz de El Rato, que había decidido acompañarme.

Finalmente, un último pez, con mi voz, relató la ceremonia hasta el momento en el que yo me había encontrado en el mundo de los espíritus.

Entonces, el cuenco estaba tan lleno que ya no entraba nada más, y yo comprendí que era el momento de volver.

La historia había terminado.

Ya la habíamos recogido por completo.

–Es la hora, ¿verdad? –pregunté a Miguel.

–Creo que sí, niña. Ya es casi de día. Debes hablar con la Sachamama. Debes elegir.

De esta forma, volvimos a conducir la canoa a través del océano de la quebrada, hasta que al fondo distinguimos la orilla, y la gran serpiente enrollada, y el fuego inmóvil de los tres amigos que, durante todo el tiempo, en la otra realidad, habían estado tocando.

En cuanto aterrizamos, la Sachamama levantó la cabeza, se cernió sobre nosotros. Sus ojos de fuego miraron el recipiente lleno de piedras que habíamos recogido:

–Sácalas –ordenó el espíritu.

Obedecí y coloqué el cuenco entre mis dedos de murciélago. Cogí una piedra y todas las demás se movieron con ella. Estaban unidas por hilos brillantes, con una empuñadura de cuerda en un extremo.

–*¿Has entendido lo que es, niña?*

Miguel le había dado uno idéntico a Fabio y a Gio, para acompañar el canto sagrado del icaro.

–Creo que sí, Sachamama –respondí–. Un sonajero.

–*¿Solo un sonajero?*

–También es mi historia. Es más, la nuestra. Porque están El Rato, y Miguel, y... todos los demás.

–*Eso es. Vuestros recuerdos, lo que habéis construido y aprendido en este viaje.*

La boa permaneció en silencio, después añadió:

–*Lo estabas haciendo desde el principio, ¿no es verdad? Recoger las voces. He pensado en simplificarte el trabajo.*

Volvió a reírse, como si lo encontrara muy divertido. Después se movió. A una velocidad fantástica para un ser tan enorme, la Sachamama se desenrolló completamente y nos rodeó con sus espirales, a mí y a la canoa y a El Rato y a Miguel. Después, se enrolló, una capa encima de la otra, creando con su cuerpo una inmensa cúpula de escamas cada vez más estrecha hacia arriba, hasta que solo quedó un agujero central desde donde ver las estrellas. En aquel agujero, después de un instante, se metió la cabeza de la boa tapando toda vía de escape.

Éramos prisioneros de un muro insuperable de carne y sangre de reptil. Me estremecí.

–*Escucha, niña* –dijo la Sachamama–. *He decidido hacerte un regalo, aunque no pueda ayudarte a curarte. Y he decidido dejarte elegir qué prefieres. Para ello, escucha bien, porque podrás tener solo uno.*

–Te escucho.

–*El primer regalo es el sonajero que tienes en la mano. Tu historia. Las voces que tanto te importaba mantener y que querías tener contigo cuando no pudieras ver. Ahí las tienes. Te autorizo a llevártelas a tu mundo. Te harán compañía mientras puedas escucharlas. Después, acompañarán a los demás, a los que queden cuando tú ya no estés. Tu madre. El señor Tanaka. O personas a las que nunca has conocido, que de esta manera sabrán quién eras y recordarán a Laila. Se conmoverán. Reirán contigo. Y así, mantendrán viva tu memoria, tu coraje y el de tus amigos.*

—Gracias, Sachamama —dije—. Es un regalo maravilloso.

—*Espera, porque aún debes conocer el segundo. Y es otro don precioso. En eso que tú llamas el mundo real, Laila deberá morir por una terrible enfermedad. Pero tú no estás obligada a regresar a ese mundo. Puedes convertirte en un espíritu y quedarte aquí para siempre, en la realidad donde yo también vivo.*

—¿Qué? —balbuceé.

—¿Qué? —preguntó El Rato.

—*Si aceptas mi segundo don, tus amigos se despertarán al final de la ceremonia y tú no estarás al lado del fuego. No se acordarán de ti, nunca sabrán que en sus vidas existió una chica de nombre Laila. Todo lo demás será idéntico: El Rato creerá que llegó a la selva él solo. Tú nunca habrás existido y no tendrás una historia. También tú te olvidarás de haber sido nunca humana. Volverás a nacer como espíritu y gozarás de nuestros poderes. Los chamanes te invocarán en sus ritos y te pedirán que seas su aliada. Podrías asumir mil formas y formar parte de la gran magia universal. Como te decía, Laila no puede ser salvada. Pero tú ya no serás Laila. De esta manera, serás eterna y estarás viva para siempre.*

Miré el sonajero colocado en el suelo al lado de mis patas. Miré a El Rato y a Miguel. Por último, miré a la Sachamama, que estaba encima de nosotros.

—*Es tu decisión, Laila. Puedes coger este sonajero y llevártelo contigo al mundo del que provienes. O puedes cortar el hilo que lo une y renunciar a esa realidad para siempre. Permanecer aquí. Pocas personas han obtenido el don que te ofrezco, porque decidir es un gran privilegio. Significa ser libres. El destino no se puede vencer, pero sí ser elegido. Por eso, escoge, Laila. Coge el sonajero o rómpelo. Decide quién quieres ser. Lucha. Sé libre, ahora y para siempre.*

La cabeza me daba vueltas.

No estaba preparada. ¿Se podía estar preparado para una elección de tal calibre?

–¿Qué hago? –le pregunté a Miguel.

–Sea lo que sea lo que decidas, irá bien –respondió él.

–No es verdad –intervino El Rato–. Yo preferiría acordarme de Laila.

–Yo también –confesé.

Él me observó e hizo el amago de coger algo, después negó con la cabeza e intentó sonreír.

–Laila... perdóname. Soy muy egoísta. Porque, a ver... te ofrecen la vida eterna. Estar siempre en este lugar, donde todo... En fin, debe de ser una pasada. Yo no sé qué preferiría.

Claro.

–Antes de que decidas, ¿puedo decir algo? Si esta fuese la última vez que nos vemos, yo también tendría un último deseo. Sachamama, ¿me escuchas? ¿Puedo expresar yo también un deseo?

–*Sabía que lo pedirías.*

La libélula alzó el vuelo y cruzó la cúpula formada por las espirales de la serpiente, se acercó a la gran cabeza que se cernía sobre nosotros, dijo algo, y después volvió a tierra.

–*Que así sea* –murmuró la Sachamama.

La libélula voló sobre mí. Y mientras se acercaba, sus alas se volvieron brazos y piernas. El cuerpo se agrandó, el morro se alargó y se convirtió en el rostro de mi amigo. Sus ojos negros, las orejas de soplillo que me habían parecido graciosas y que ahora consideraba bonitas.

Era justo él, El-Rato-del-mundo-real, con su ropa habitual y las botas de montaña que le había comprado en Cuzco.

–Laila –dijo.

Di un paso y comprendí que también yo me había transformado, había vuelto a ser humana, con los ojos que me impedían ver bien, las manos, el pelo, todo.

Tropecé y El Rato me sujetó.

Me cogió entre sus brazos, me apretó.

Apoyó su frente en la mía.

Nos miramos.

Y, de toda la noche increíble que habíamos vivido,
fue aquel el momento
más mágico
y especial.

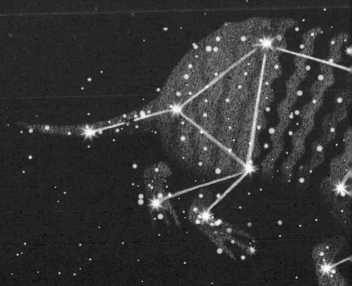

La mirada de El Rato se posó en mí y reía y decía más que todos los peces brillantes del mundo.

Nuestros labios se tocaron y ya no hubo ni Sachamama ni Miguel, y en aquel beso me pareció transformarme otra vez, era ligera, hervía como un río en invierno, era gélida como un volcán, y dejé de ser yo para ser nosotros dos, allí, abrazados a un sueño convertido en universo.

Me separé de El Rato cuando me quedé sin aliento y en un segundo él volvió a ser otra vez una libélula, mientras que yo seguí siendo chica, de pie, en el centro del claro.

–Perdona –dijo El Rato–. Si eliges quedarte aquí, entre los espíritus, este beso no habrá ocurrido jamás, pero yo... no podía renunciar a él. ¿Entiendes?

Le sonreí. Sentía lo mismo.

Después, suspiré y encontré entre mis manos el sonajero que podía romper o tocar.

–*Laila* –me llamó la Sachamama–.
Es el momento. No podemos esperar más.

Tenía razón, y yo, de hecho, estaba lista.

Sonreí, cerré los ojos.

Y tomé mi decisión.

Ostras, qué dolor de espalda.
¿Por qué me dolía tanto?
Ah, sí, estaba claro. Qué estúpido.
Había dormido en el suelo toda la noche. Y también todo me retumbaba, como si alguien me hubiera puesto sobre la cabeza un tambor y después lo hubiera golpeado durante horas muy fuerte.
Abrí un ojo y vi los restos del fuego apagado, y también a Ramírez de espaldas a su tambor. Ahí estaba.
Fabio y Gio se habían dormido abrazados con sus sonajeros agarrados en un puño, mientras que Miguel estaba tumbado a poca distancia, desnudo como un gusano, es decir, excepto por aquella especie de faldita.
¿Qué había ocurrido la noche anterior?
No conseguía acordarme.
Cero.
Vacío absoluto.
Un gigantesco agujero negro.
¿Era culpa de la flor? Probablemente. Uno piensa que las plantas, puesto que son naturales, no pueden hacerte daño; sin embargo, es un gran error. Muchas setas, por ejemplo,

son mortales. Yo había bebido aquella poción sin pensarlo dos veces y quizá había arriesgado el pellejo.

Debería hablarlo con Miguel.

Después.

Primero, tenía que hacer que se me pasara el dolor de espalda, el de cabeza y recobrar el conocimiento.

Me puse de pie, muy confuso.

El sol estaba saliendo, la quebrada tenía una mitad en penumbra y la otra de color rosa. Qué espectáculo. También hacía bastante fresco, tal vez durante la noche había llovido y no me había dado cuenta.

Di unos pasos y mi estómago lanzó un rugido de jaguar. ¿Rugen, los jaguares? Y ¿por qué se me había ocurrido justo aquello en lugar de, qué sé yo, un león? Misterios. Pero, para ser honestos, tenía mucha hambre. Y no me extrañaba, todo el día anterior había estado en ayunas, caminando y corriendo sin echar nada en el estómago, era un milagro que siguiera vivo.

Mientras esperaba a que los demás se levantaran, pensé en comerme un tentempié. Fui a la cabaña donde Miguel guardaba las provisiones.

−¡Rato!

Di un salto memorable y me golpeé contra una tabla de madera.

−Qué...

−¡Soy yo, Laila!

Suspiré fuerte para recuperarme del susto.

−Claro que eres tú, es solo que me has asustado.

−¿Aún te acuerdas de mí?

−Ja, ja, qué graciosa.

Encontré una cascara de coco llena de bayas negras de huasai y me metí en la boca un puñado. Estaban dulces, muy maduras, y me dieron una descarga de felicidad en el cerebro.

Justo después me di cuenta de que, por culpa del hambre, aún no le había hecho a Laila una pregunta muy importante.

–¿Qué pasó ayer por la noche? –dije–. ¿Fue... un fiasco?

–¿En qué sentido?

–La flor no funcionó..., ¿verdad? Es decir, hicimos la ceremonia, los tambores, etcétera, pero después me quedé dormido. Creo que la magia de Miguel necesita más de un ajuste.

–¿Lo dices en serio o bromeas?

–¿En qué sentido?

Laila se me acercó, tenía toda la ropa llena de polvo.

–Rato, ¿qué recuerdas de anoche?

–Ya te lo he dicho: nada. Me dormí. ¿Por qué? ¿Qué recuerdas tú?

–¿No recuerdas a la Sachamama? ¿Y la pesca en el océano? ¿Ni siquiera... el beso?

–¡El beso no lo olvidaré nunca! En Aguas Calientes, a la orilla del río...

–No me refiero a ese. Tú eras una libélula y volaste hasta la Sachamama para pedirle...

¿Una libélula? Qué va, no me veía con esas alitas delicadas de chica. Estaba a punto de decirlo, solo que en el último momento me pareció más sabio guardarme el comentario.

–Lo siento, Laila –la interrumpí–. Yo no recuerdo nada. Es más, me parece que, sin ofender, lo has soñado todo. Un bonito sueño, debo decir. Pero si quieres un beso, solo tienes que pedirlo y...

–Tonto.

Me reí y me metí en la boca otro puñado de huasai.

–¿Y si me lo cuentas todo? Parece interesante.

–¡Eso es! –exclamó Laila–. El cuento... ¡Las historias! ¡El walkman!

–¿Qué?

Laila me enseñó su preciado walkman con grabadora incorporada. Estaba lleno de polvo y tenía un aire, cómo decirlo, de estar un poco estropeado.

–Esta mañana cuando me desperté lo tenía entre las manos. ¿Entiendes? El walkman es el sonajero. Es decir, en la realidad de todos los días es precisamente un walkman, pero en la otra... ¡La Sachamama ha mantenido su promesa! ¡Está todo claro!

Para mí, todo estaba más bien oscuro; intenté decírselo, pero no me escuchaba.

–¿Dónde las habré puesto?

Se puso a hurgar, movió una caja, otra, al final se giró hacia mí elevando triunfante su bolso con los osos.

–¡Aquí está! –dijo.

–¿Tu bolso?

–¡No, estas!

Sacó dos pilas y me las enseñó como si fueran un tesoro.

Vale, ahora estaba seguro de ello: mi amiga necesitaba ayuda urgentemente. El zumo de la flor le debía de haber hecho un efecto horrible.

–¿No recuerdas lo que dijo Miguel? Todo tiene dos caras. La lupuna es un árbol normal, pero también puede ser enorme y sujetar el cielo. Tú eres un chico, pero también una libélula. Y este walkman...

Metió las pilas en su compartimento, después apretó el botón. Los cabezales empezaron a girar.

–¿Lo ves? Después del baño en Belén se había estropeado; sin embargo, ahora funciona otra vez. ¡Es mérito de la Sachamama!

–¿Te ha arreglado el walkman?

Me puso los cascos en las orejas.

FRRRRRRRRRRRRRRRRRRRRRRRRRRRRRRRRRRRRR
RRRRRRRRRRRRRRRRRRRRRRRRRRRRRRRRRRRRR
RRRRRRRRRRRRRRRRRRRRRRRRRRRRRRRRRRRRRR
RRRRRRRRRRRRRRRRRRRRRRRRRRRRRRRRRRRRR

–¿Has oído?

Cogí el walkman, negué con la cabeza.

–Laila, mira, no tiene cinta. ¿Cómo voy a oír algo?

–La cinta no importa, la magia está en el aparato. ¡Dámelo!

Me quitó los casos, se los puso, volvió a pulsar el botón. Esperó, con los ojos cerrados, hasta que gritó de felicidad y empezó a saltar alrededor de la cabaña como si hubiera enloquecido.

–¡Sí! ¡Se oye! Es tu voz, estás contando la historia de cuando construimos la apacheta, en la montaña, ¡para congraciarnos con los Apu! ¡Y después apareció el espíritu que nos guio hasta Pisac!

–Laila...

–¡Funciona! ¡La Sachamama tenía razón! ¡Tengo mi historia! ¡He grabado toda mi historia y mis recuerdos!

Me lanzó los brazos al cuello y me plantó un beso en la mejilla. Que no era precisamente como los emocionantes que me gustaban a mí, pero, bueno, bayas y un beso para desayunar, ¿qué más podía pedir?

Volvimos a salir y los demás ya se habían despertado; Miguel se puso de pie y corrió hacia Laila. La estrujó en un abrazo.

–Buena chica –murmuró–. Valiente, valiente niña.

Me di cuenta de que estaba llorando, y ver a aquel viejo semidesnudo llorar me retorció algo por dentro.

–¿Tú lo recuerdas? –balbuceó Laila.

–Claro, claro.

–Mi walkman. Funciona otra vez. ¡Ahora está todo dentro!

–Ey –dijo Gio–. ¿Por qué estáis tan contentos? ¿Hemos ganado?

Miguel sonrió.

–Yo diría que sí, Gio. Hemos ganado. Eso es.

–Ehm –dijo Ramírez–, ¿y si nos lo contáis también a nosotros?

Laila asintió.

–Claro. Es el momento de contar. Siempre lo será, de ahora en adelante.

De esta manera, puesto que todos teníamos mucha hambre, preparamos el desayuno con algunos pescados ahumados y fruta, y mientras comíamos, Laila nos explicó lo que había ocurrido la noche anterior en su sueño. Es más, ella repitió que no había sido un sueño, sino que había sucedido de verdad, solo que en una realidad diferente a esta.

De todas formas, sueño o no, por lo que parecía, había pasado algo extraordinario: Laila había tomado una decisión muy valiente. Y, sobre todo, nos habíamos dado un beso legendario que yo no recordaba, y esto me parecía la mayor de las injusticias.

Como si no fuera suficiente, cuando empezó a contarme aquella parte, Gio se empezó a reír.

–Pero entonces, ¡sois novios!

–Cállate, bicho.

Después del desayuno, seguimos charlando durante un rato. Llenamos a Miguel de preguntas y él no respondió a casi ninguna, alegando que eran misterios demasiado grandes para nosotros.

Paciencia.

Lo importante era que, por primera vez desde hacía mucho tiempo, sentía paz.

Incluso más.

Felicidad.

Y me preguntaba por qué, puesto que, desde un cierto punto de vista, nuestro viaje no había servido para nada y Laila seguía enferma.

Pero aquel punto de vista era estúpido y errado.

Habíamos crecido.

Habíamos intentado cambiar el mundo y habíamos encontrado otros.

–Vale –bostecé en cierto momento–. ¿Qué hacemos ahora?

–Yo querría ir a cazar a la selva –exclamó Ramírez.
–Yo también –dijo Fabio.
–Yo también –añadió Gio.
–Está bien –concluyó Miguel.
Laila se iluminó.
Le brotó una sonrisa grande y magnífica que hizo que el sol brillara en su cara.
–Sí, está bien. Vamos todos a cazar a la selva. Y después... Después cre

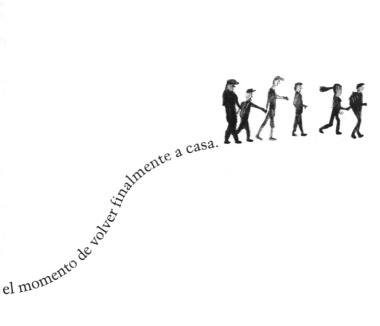

el momento de volver finalmente a casa.

En la jungla.

¿Cómo había hecho mi hija para terminar en la otra punta de Perú? ¿En pleno Amazonas?

No importaba. Ya solo me interesaba que fuera ella y que estuviera bien.

Siempre había pensado que el dolor tenía un límite. Durante el último mes y medio había descubierto que eso era absurdo: el dolor puede ser infinito. Crece, crece y lo devora todo.

Había respondido al teléfono con un hilo de voz. Según la centralita, venía de la alcaldía de Iquitos.

–Hemos encontrado a una niña... Corresponde a la descripción... Un bolso de tela con ositos... Dice que se llama Laila Raskinen. ¿Quiere hablar con ella?

–Sí –balbuceé–. Sí, claro.

Algunos sonidos incomprensibles. Después:

–¿Mamá?

Y yo estallé en llanto.

En cuanto colgué, me dirigí a Aarni. Desde que Laila había desaparecido, también él había cambiado. Había dejado de comer, de dormir. Las tardes se las pasaba en la oficina con la cabeza entre las manos. Se torturaba por no haber ido nunca a verla cuando estaba en el hospital, por haberla dejado sola. Era nuestra única hija y él la había abandonado cuando más lo necesitaba.

Lo encontré con la mirada perdida.

Me dijo:

–Outi, ¿estás segura?

Asentí.

–Alquilaré un avión. Partiré de inmediato.

–Partiremos, los dos.

Negó con la cabeza.

–Ya ha habido falsas alarmas... Aquella llamada desde la región de Cuzco... Y ahora esta....

–Reconozco la voz de mi hija. Era ella en Cuzco y es ella ahora.

–Pero Iquitos está muy lejos de las montañas. ¿Cómo ha hecho para llegar hasta allí?

–No importa. Vamos a recogerla y punto. Juntos.

Aarni llamó al señor Tanaka para organizar una partida inmediata.

Una hora después ya estábamos en el coche.

Tras otra hora, en el avión.

Los tres. Mi marido, Tanaka y yo.

No habló ninguno, cada uno inmerso en sus pensamientos. En sus miedos.

Después, el piloto anunció:

–Aterrizaremos dentro de pocos minutos.

Miré por la ventana la profunda inmensidad verde de la Amazonia y el río sinuoso como una serpiente. ¿Por qué Laila había ido hasta allí? Y ¿cómo? ¿Alguien le habría hecho daño? ¿Cuánto habría empeorado su enfermedad?

Tocamos tierra y nos desabrochamos los cinturones antes incluso de estar completamente parados. Desde la ventanilla vi una camioneta que venía a recogernos a la pista.

El piloto abrió la puerta, me abalancé hacia fuera la primera.

Mientras tanto, la camioneta también había abierto las puertas.

Y de ella bajó una chica.

Laila.

Sí. Era ella.

Corrí hacia ella volando, mi hija, la levanté a pulso, Laila, qué delgada estaba, qué guapa, cómo había crecido...

Aarni se unió a nosotras un segundo más tarde, y nos abrazó a las dos, dejándonos sin aliento. Era fuerte, Aarni, siempre lo había sido. Solo que lo había olvidado durante un tiempo.

–¡Papá!

–Laila. Laila, perdóname...

–Perdonadme vosotros, por todo...

–¿Dónde has estado? ¿Qué ha pasado? ¿Te han hecho daño?

–No, no, perdonadme, he sido yo. Fui yo quien quiso escapar. Tenía que hacerlo, tenéis que entenderlo.

No conseguía quitarle los ojos de encima.

Y también Laila nos miró fijamente.

–Estoy a punto de morir, y ahora lo sé, no puedo hacer nada al respecto. Estoy a punto de morir. Pero ahora está bien. Porque he vivido.

¡Otro avión! Y mucho mejor que el de Pedro.

–¿Qué son esos? –preguntó mi hermano Fabio.

–Motores de reacción –respondí–. Reemplazan las hélices, y van muy rápido.

Me di la vuelta hacia el tío encorbatado que había salido del avión justo después de los padres de Laila.

–¿Este avión es supersónico?

–Me temo que no, señorito. Pero el Cessna Citation III es, desde luego, un modelo óptimo.

–Hala. ¿Crees que podremos darnos una vuelta?

–Quizá más tarde –sonrió el hombre–. Primero, estaría bien hacer algunas presentaciones.

–Claro, claro, disculpad –dijo Laila.

Entre llantos y abrazos, hacía ya un rato que estábamos en medio de la pista, bajo el sol. Y yo también estaba un poco molesto. A ver, estaba contento por Laila, desde luego. Pero a la vez la envidiaba. No por la enfermedad, sino porque tenía padres dispuestos a venir a recogerla con un avión como aquel. Debían de tener un montón de pasta. Incluso más que el tío, que vete a saber qué pensaba que nos había ocurrido... Sobre todo, vete a saber qué nos haría si supiera lo que había sucedido de verdad. No quería ni pensarlo.

–Vale –dijo la chica–. Estos son mis padres, Aarni y Outi. Y él es el señor Tanaka, que trabaja en la embajada, pero en realidad es..., sería como mi ángel de la guarda. Mientras que ellos son tres hermanos: Ramírez, Fabio y Gio. Son todos mis amigos.

Nos dieron la mano por turnos, primero los padres, después el tipo de la corbata.

–Él es Miguel Castillo. Nos salvó en medio de la selva, nos dio de comer y nos trajo de nuevo hasta Iquitos en barca.

–Gracias, señor –dijo el papá de Laila, que hablaba con un acento muy extraño–. No sé cómo agradecérselo.

–Por otro lado, este es El Rato. Nos conocimos en el hospital. Cuando le dije que quería escapar intentó detenerme y, puesto que no consiguió convencerme, me acompañó. Desde entonces siempre ha estado a mi lado. Me ha salvado la vida un millón de veces y sin él habría terminado mal.

–¿En serio? –exclamó el padre–. Tienes todo mi reconocimiento, hijo.

La madre fue hasta él y le dio un beso.

–También Ramírez me ha salvado –añadió Laila justo después–. Tuve una crisis epiléptica y me caí al río, corrí el riesgo de ahogarme, pero él me pescó.

La madre me besó también a mí. Después, al ver las miradas celosas de mis hermanos, hizo lo propio con Fabio y Gio.

–Qué ganas tengo de saberlo todo.

El conductor de la camioneta, que nos había acompañado hasta allí, encontró la excusa para dar un paso al frente.

–Si les parece bien, el alcalde los está esperando en su residencia. Se ha permitido prepararles la cena y espera que quieran aceptar la invitación.

–Ah..., claro. Con mucho gusto –dijo el padre de Laila.

–No pretenderás ponerte a hablar de trabajo, ¿no? –lo regañó su mujer.

–No, tienes mi palabra.

De esta forma, volvimos a montarnos en la camioneta y entendí que la posibilidad de dar una vuelta en el avión se había esfumado.

Después, el tipo de la corbata, Tanaka, me guiñó un ojo.

–Aún no está dicha la última palabra –comentó.

Le devolví el gesto.

–Realmente, eso espero.

Un chamán nunca deja su tierra de magia.
La enseñanza del maestro estaba clara, y era justa.
Sobre todo, a mi edad.
Sin tener otro lugar adonde ir.
Porque, ¿adónde podía ir yo? Después de lo que había hecho. Después de haber dejado a Auka con dos niños. Que ahora tenían niños propios. Y yo había descubierto todo aquello al escuchar los recuerdos de la poza mágica, mientras que ellos no sabían nada de mí.
Y me odiaban.
Por otro lado, con razón: en su lugar yo sentiría lo mismo.
Entonces, ¿para qué irme de la selva?
No lo sabía.
Pero en la historia de Laila había escuchado de su padre que había tenido miedo de la enfermedad y había escapado. Ahora lo veía bajo el pórtico de la casa del alcalde, con su hija en brazos, como si fuera una niña.
Si lo perdonaban a él, ¿no podrían perdonarme a mí también?
Probablemente, no. En mi caso todo era diferente, empezando por los años que habían pasado.

Pero quizá no fuese demasiado tarde para un gesto de valentía. Enfrentarme a mi mujer, a mis hijos, y decirles la verdad. Todo lo que me había ocurrido.

Y pedir perdón por haber sido el peor padre y marido que pudieran tener.

Hacia el final de la cena, el alcalde se ofreció a alojarnos en su casa, pero los padres de Laila tenían prisa por volver a Lima.

—Tendrá que perdonarnos, señor, pero hemos pasado demasiado tiempo separados. Tenemos que recuperar el tiempo perdido.

—Y mis amigos, ¿pueden venir con nosotros? —preguntó Laila—. No tienen documentos, es un asunto complicado... Pero no tienen familia ni lugar donde vivir. Ninguno de ellos.

—En el avión hay espacio. Una vez en Lima, encontraremos una solución.

El padre lo dijo así, como una sentencia, y vi cómo los chicos temblaban. Los cuatro: El Rato, Ramírez, Fabio y Gio.

Por el contrario, la madre sonrió:

—Será una buena solución. Ya veréis.

Se relajaron.

Fue entonces cuando yo hablé.

—Perdónenme, señores, ¿por casualidad no tendrán un lugar también para mí? Querría acompañarlos a Lima. Y desde allí me gustaría llegar a Cuzco. Yo tuve una familia, hace un tiempo. Y es hora de volver con ellos.

Llegué a la pollería con la garganta seca y con dolor en las piernas.

–¿Cómo ha ido? –preguntó Viktor.

Tenía un delantal puesto y estaba limpiando la parrilla con una espátula.

–Pues cansada.

Aquella mañana me había contratado una comitiva de turistas alemanes entrados en años. Me habían pedido que les hiciera de guía. Muy bien, pensé, viejos como son, irán tranquilos. Sin embargo, ¡atletas de incógnito! Habían querido dar la vuelta al parque dos veces y después habían escalado hasta la cima del Wayna Picchu.

Además, querían saberlo todo: la historia del parque, el nombre de cada pájaro que volaba por encima de nuestras cabezas.

–Esta tarde puedes descansar, no habrá mucha gente. Conmigo, Miguel y Marta será suficiente.

–Casi casi...

Viktor me sonrió. Se había cortado la barba y a mí me gustaba: las mejillas lisas le hacían parecer mucho más joven, se notaba menos la diferencia de edad entre los dos. Además, así era menos reconocible en el caso de que alguien, policía o terrorista, viniera a buscarlo precisamente a Aguas Calientes. En realidad, eso me parecía bastante improbable. Aunque el pueblo era lugar de paso para llegar a Machu Picchu, seguía siendo un sitio salvaje y apartado. No creía que nadie pudiera llegar hasta aquí en nuestra busca.

–¡Chaska! ¡Chaska!

Marta entró en la pollería a toda velocidad.

–Te esperan en la oficina postal. Hay una llamada para ti. Ha dicho que espera en la línea.

–¿Quién es?

–¡Laila!

–¡Ay, cielo santo!

Nos lanzamos fuera del local los tres, Viktor aún con el delantal puesto.

Sentía el corazón en la garganta. No había pasado ni un solo día sin pensar en aquellos chicos en la jungla. En Laila, que tenía la edad que tendría mi hija y que estaba enferma, al igual que la pobre María.

Durante dos días, El Rato y ella, juntos, habían conseguido trastocar toda mi vida. Hacerme feliz.

La oficina postal no estaba lejos, llegamos allí en un momento, con o sin dolor de piernas.

–¿El teléfono?

La empleada tenía el auricular en la mano. Se lo quité de sopetón.

–¿Diga? ¡Soy yo, Chaska!

–Hola, soy Laila –dijo una voz muy lejana desde el otro lado.

–¡Laila! ¡Gracias al cielo! ¿Estás bien? ¿Dónde estás?

–En Lima... Estuvimos en la selva durante un tiempo, ahora hemos vuelto. Estamos en casa. Bueno, yo estoy en el hospital, pero siempre vienen a verme.

–¿En el hospital? –Bajé la voz para preguntarle–: ¿Cómo estás?

–Mal. Bueno, no va muy bien.

—¿Tu viaje no salió como esperabas?

—No, no, eso sí. Fue una gran aventura. Encontré a Miguel.

—¿Qué Miguel?

—El abuelo de Miguel el de la pollería. Lo encontramos en mitad de la selva, es una larga historia. Te la contaré algún día. Me gustaría mucho. Pero te llamo para pedirte un favor. Miguel quiere ir allí, a Aguas Calientes. Volver a ver a su mujer, hablar con sus hijos. ¿Crees que lo querrán ver?, después de tanto tiempo...

—Eh, no lo sé...

—¿Podrías tantear un poco las aguas? ¿Contarle a la señora Auka que su marido está vivo y que quiere pedirle perdón?

—Sí, sí, claro, con mucho gusto.

—Genial. Gracias. ¿Cómo está Viktor?

—Bien.

—Mi padre también querría hablar con él, con calma. Ha dicho que quizá pueda ayudarlo. Limpiar su reputación, o algo así.

—Ay, sería... fantástico. Realmente fantástico.

—Esperemos que sí. Gracias, Chaska, te llamo pronto. Te quiero mucho. También te saluda El Rato.

—Sí, niña. —Sonreí—. Yo también te quiero.

Y, en fin, así es como terminó.

Todo para bien.

Al menos, en parte.

Miguel volvió a los Andes, mientras que nosotros, es decir, Ramírez, Fabio, Gio y yo, nos quedamos en Lima.

Al principio, el padre de Laila negoció para garantizar la seguridad de los hermanos, dado que su tío no era un personaje muy recomendable. Intentó también conseguirnos documentación y, puesto que no era tan fácil, decidió resolverlo todo de raíz. Y nos adoptó. Bueno, mejor dicho, adoptó a los otros tres, yo no quería ni pensar en convertirme en el hermano de Laila, gracias, ¿por quién me habéis tomado?

No obstante, a mis dos apellidos se añadió un tercero, y me convertí en Juan Pablo Brown Mamani Tanaka.

–Siempre he sido un solitario, me hará bien un poco de compañía –dijo él–. Pero hagamos un pacto.

–¿Cuál?

–Que tú y Laila y los demás dejéis de llamarme señor Tanaka. Soy Hiroshi.

–Está bien, señor… Digo, está bien.

En la práctica, fue como convertirse en una única gran familia.

Nos tocó inscribirnos en la escuela, la misma donde iba Laila y donde pretendían hacernos estudiar un montón de cosas nuevas como matemáticas e inglés.

En fin, en todo este asunto yo perdí un Secreto e hice realidad un Gran Sueño, y fue todo fantástico, tanto como puede serlo la vida, que tiene momentos bonitos y otros no tanto; periodos en los que ríes, otros en los que se te hace un nudo en la garganta.

Mi padre, por ejemplo. No el de verdad, que no sé quién es, sino el doctor Brown. Cuando Laila y yo partimos en busca de la flor perdida, él decidió volverse a Luisiana, donde había nacido. Parece que allí hay terrenos pantanosos no muy diferentes de los de la selva amazónica. Sin embargo, después de algunos meses, murió. En realidad, ocurrió de una forma agradable, en mi opinión: terminó de atender a un paciente en el hospital, se sentó un rato, cerró los ojos y adiós.

No obstante, cuando me lo dijeron sentí un gran vacío. No habría querido estar mal por ello, en el fondo tenía poco menos de cien años. Pero sentía no haber podido decirle adiós.

Y luego estaba Laila.

Poco tiempo después de volver de la selva, tuvo otras crisis y la ingresaron de nuevo en el Santo Toribio. Yo, aunque no estuviera ya en el Nido con ella, iba a verla todos los días, después de la escuela.

Cada vez veía menos, se cansaba enseguida, así que a veces prefería ir a dar una vuelta en silla de ruedas. Además, hablaba de forma extraña, de vez en cuando no recordaba el nombre de las cosas y se esforzaba por explicarlo, pero era difícil entenderla.

Un día fui al hospital y la encontré jugando a Truco con otros pacientes de la sala de pediatría. En cuanto llegué dejó enseguida la partida y quiso que la llevara fuera, después me confesó que ya no veía las cartas. Prácticamente, estaba jugando a tientas.

Empujé la silla de ruedas hacia el pórtico y ella se dio la vuelta y dijo:

–Rato, te quería pedir un... **como cuando alguien te pide y después tú lo haces por él o ella...**

–¿Un favor?

–Eso, sí. Un favor.

–¿Quieres un beso?

–Tonto. Hablo en serio. Cuando vengas la próxima vez podrías traer... **esas cosas en las que escribes...**

–¿Un bolígrafo? ¿Quieres un bolígrafo?

–Ah, sí. ¡Y un cuaderno! Es para todas las voces que recogí **en la cosa, la cosa,** en fin, la selva... Querría escribirlas. Para... **es decir, tenerlas siempre conmigo...**

–Conservarlas.

–Eso, incluso cuando ya no esté. ¿Qué me dices?

¿Qué debía decirle? Claro.

Así que, al salir de allí, le pedí a Hiroshi que me acompañara a la papelería y compré un bolígrafo y un cuaderno.

Elegí uno que me recordaba mucho al diario del doctor Clarke porque era gordo, con las páginas de papel amarillento sin líneas y una cubierta de cuero blando con un lacito para cerrarla.

Al día siguiente se lo enseñé a Laila, y ella dijo que era perfecto.

Fuimos a la capilla, tras las rejas, ante la estatua del Cristo Pobre.

–Empecemos –dijo ella–. Yo hablo, tú escribes.

Se había traído su walkman sin cinta. Se puso en la cabeza los cascos y empezó a contar, lentamente, con los ojos cerrados.

En aquel momento ocurrieron dos cosas increíbles.

La primera es que después de haber pulsado el botón dejó de confundir las palabras y empezó a hablar rápidamente, tanto que parecía precisamente la Laila de antes.

La segunda es que, en cierto punto, también contó mi parte, es decir, lo que yo había vivido solo, en primera persona, y lo relataba exactamente igual-igual a mis recuerdos. A mis pensamientos.

Tanto que enseguida me asusté.

¿Cómo hacía Laila para saber *todas aquellas cosas*?

Desde que había vuelto a la ciudad me había repetido a mí mismo que lo que ella había vivido en la jungla había sido solo un sueño. Una fantasía. Porque, venga ya, los espíritus no existen, y no crean extraños pactos con los humanos.

¿No?

Sin embargo, quizá, en una noche lejana, yo realmente me transformé en libélula y conocí una serpiente con los ojos rojos, y pesqué peces resplandecientes en un océano fluorescente.

Y quizá Laila conoció a la Sachamama y tomó una decisión.

No sabía qué pensar. A lo mejor era solo otra de mis mentiras.

No obstante, creo que incluso una mentira puede cambiar el mundo.

Porque creer significa desafiar el destino.

Y puesto que Laila creía, decidí que también lo haría yo.

Eso es todo.

Sacudí la cabeza.

Y dejé que mi bolígrafo siguiera su voz.

Crucé la puerta y el guardia me dejó pasar.

–Buenos días, Camilo.

–Buenos días, Juan.

Lo dijo con una sonrisilla, los pulgares metidos en el cinturón.

Sabía lo que estaba pensando, en el fondo, lo decían todos en el Santo Toribio, sin preocuparse demasiado de si yo podía escucharlos.

«Ahí va el viejo Juan Suerte, que se va a la cama.»

«No hace nada en todo el día.»

«Ser bibliotecario sí que es una bonita profesión.»

«Quién sabe cómo hace para dormir tanto.»

Estaba acostumbrado, sacudía la cabeza y les dejaba decir.

Después de todo, no podía hacerles cambiar de opinión. Y, además, por la mañana, cuando entraba en el hospital, estaba tan cansado que no conseguía mantenerme en pie.

A aquella hora el patio de la fuente aún estaba medio vacío, solamente había los enfermeros que fumaban después del turno de noche y los pacientes que paseaban antes del desayuno. Pablo, del equipo de electricistas, estaba sentado en un banco leyendo *El Comercio*.

–Es de esta mañana –me dijo doblando el diario–. Después te lo presto, si quieres.

–No, no, –respondí–, gracias.

No sé qué cara habría puesto si hubiera sabido que, solo unas horas antes, el mismo periódico había pasado precisamente por mis manos.

Allí era donde pasaba las noches el vago de Juan Suerte, habría querido decirle a todos los que hablaban mal de mí. En la sede de Pueblo Libre, cargando las bobinas de papel en la rotativa, controlando las máquinas, para después coger las pilas de periódicos recién impresos y meterlos en los camiones.

Venid, vosotros, sentid lo que significa no necesitar una cama porque el trabajo ocupa veinticuatro horas y la única manera de reposar es estar medio tumbado encima de un escritorio.

Además, durante los últimos tiempos las cosas no iban nada bien. El director De la Torre había amenazado con despedirme, en la imprenta pensaban lo mismo. Y Alejandra se quejaba de que nunca estaba... Digo yo, ¿cómo sacas adelante a una familia de seis personas si no es trabajando hasta la extenuación?

Cogí el mazo de llaves y entré en la biblioteca.

Una vez dentro, coloqué el escritorio delante de la puerta, de forma que no fuera posible abrirla ni un poco sin golpear la esquina de la mesa.

Era una técnica que había probado durante los últimos tiempos y funcionaba a la perfección. Si alguien quería entrar, chocaba y yo me despertaba. Así no me arriesgaba a recibir el enésimo sermón.

Me puse lo más cómodo que pude, con la cabeza sobre los brazos doblados, y caí en los brazos de Morfeo.

Abrí un ojo, solo un poquito.

Vi la puerta entreabierta, el director no era, seguro, porque él las puertas normalmente las derriba, o casi.

¿Quizá el pomo no cerrara bien?

Pensé en levantarme y controlar, pero no tenía muchas ganas, mejor volver a acomodarme...

El ruido llegó de nuevo y esta vez vi un mechón de pelo oscuro pasar solo un poco por encima de la altura de la mesa, a escasa distancia de mis codos. Después, un trozo de oreja. Muy grande, debo decir.

El Rato.

Aquel condenado chiquillo me había perseguido durante años con sus bromas. Pero hacía tiempo que no se dejaba ver. Desde la fechoría que casi había demolido la biblioteca entera.

Según Camilo se había ido del hospital, había hecho un viaje y después lo había adoptado una familia de verdad, rica e importante.

Bien por él, pensé, y bien por mí, también.

Entonces, ¿qué hacía aquí ahora?

Mi primer instinto fue levantarme, agarrarlo por el cuello y darle una patada en el culo.

Pero lo pensé mejor. Porque El Rato y yo teníamos una cuenta pendiente y era el momento de saldarla, de una vez y por todas. Seguramente quería hacer algo criminal, y si lo pillaba con las manos en la masa, como se suele decir, podría llevarlo ante el director. Y, al fin, comprenderían que Juan Suerte sabe hacer su trabajo.

Me limité a esperar y dejé que El Rato pasara delante de mí, totalmente agachado como un ratón. Llevaba en bandolera un bolso de tela descolorido con dibujos de animales que, hacía tiempo, debían de haber sido gatitos.

¡Si se había traído ese bolso estaba claro que quería robar!

Observé cómo cruzaba el vestíbulo y se metía en el primer pasillo.

Entonces, muy despacio, me levanté de mi sitio. Para estar más cómodo me había quitado los zapatos, lo que era perfecto para tenderle una emboscada. Mis antepasados, que habían sido guerreros incas, habrían estado orgullosos de mí.

Me arrastré hacia delante sobre el suelo de madera, me asomé entre las estanterías. Nada.

Recorrí todo el pasillo y giré a la derecha, después me asomé otra vez.

¡Pillado!

Estaba mirando los libros con un aire de verdadero ladronzuelo. Y estaba en la sección de los textos más antiguos, los de mayor valor. Aquel delincuente debía de haber entendido que allí había suficiente para hacer fortuna.

Abrió el bolso.

Después, sacó un libro con la portada de piel.

El Rato lo sujetó como si fuera muy preciado, lo hojeó, sonrió, inclinó la cabeza hacia atrás como si se hubiera conmovido.

Entonces, lo metió en una estantería en medio de todos los demás y salió corriendo.

Podría haber saltado para detenerlo, o incluso gritar, eso también podría haberlo hecho.

No hice nada.

Estaba perplejo.

¿Por qué El Rato había añadido un libro a la estantería? ¿Lo había cogido prestado y lo estaba devolviendo? Allí solo había manuales de medicina... ¿Qué hacía un chico como él con eso?

Por curiosidad, fui a ver y no tardé mucho tiempo en encontrar al intruso.

No era un libro, sino un cuaderno con la cubierta de piel, y no parecía tan viejo, pero lo debían de haber usado mucho, porque las páginas estaban arrugadas.

Una vez abierto descubrí que estaba escrito a mano. De vez en cuando en la parte superior de la página había un dibujo de un animal, después, un montón de palabras que, en otras páginas, formaban dibujos y tramas, garabatos...

¿Lo había hecho El Rato?

Porque, he de admitirlo, era muy bonito.

Y yo estaba sorprendido.

Aunque vivía entre libros, me limitaba a custodiarlos. Y punto. Para ser honestos, nunca había leído ninguno. No los consideraba objetos demasiado interesantes.

Pero ahora me había picado la curiosidad, y me senté en el suelo con las piernas cruzadas.

En la primera página del cuaderno estaba escrito, en letras grandes:

> En caso de pérdida, se ruega que lo devuelvan al hospital Santo Toribio, en la calle de las Maravillas, Lima, Perú.
> Se ofrece generosa recompensa.

Sonreí.

Qué tontería, ya estábamos en el hospital. El Rato debía de estar loco.

Pasé a la página siguiente.

En la parte superior vi el dibujo de un murciélago, grabado en negro, con las alas extendidas. Con un bonito diseño.

Debajo, el cuaderno empezaba así:

> Estoy a punto de morir. Esta es la verdad.

Maldita sea, pensé.

Contuve la respiración.

Y comencé a leer.

NOTA FINAL PARA QUIEN HAYA LLEGADO HASTA AQUÍ

Este libro está ambientado en Perú, en 1986, y los personajes piensan y actúan con la sensibilidad de aquella época histórica en la que, por ejemplo, no había *smartphones* y se podía subir a un avión sin los controles de seguridad a los que estamos acostumbrados.

Los años ochenta en Perú fueron un periodo complejo, con fuertes contrastes sociales y una extrema pobreza. La guerrilla provocó decenas de miles de muertes inocentes, tanto a causa de los revolucionarios como de los soldados enviados por el gobierno para detenerlos. El atentado en el tren a Machu Picchu es, por desgracia, real: ocurrió el 26 de junio de 1986. En la explosión murieron siete personas, y treinta y ocho resultaron heridas.

El Perú que cuento en estas páginas es una tierra mucho más salvaje y pobre que hoy. Las descripciones de ambientes y estilos de vida no corresponden a la realidad actual: a los viajeros que vayan les aconsejo que compren una buena guía actualizada.

La religión peruana era, y en parte aún es, sincretista, es decir, une el cristianismo con las divinidades tradicionales, la magia y las leyendas.

El chamanismo es un conjunto de creencias y rituales presentes, con increíbles parecidos, en todos los continentes.

En estas culturas, el chamán es el que puede abandonar nuestra realidad para entrar en el mundo de los espíritus. De sus viajes extrae conocimientos inexplicables y grandes poderes, entre los que se encuentra sanar a los enfermos. El chamanismo, al menos el amazónico, se basa también en el conocimiento de las plantas y de sus propiedades curativas. Tales prácticas no sustituyen a la medicina tradicional. Este libro habla de chamanismo y de religión sin pretender ofender las convicciones de nadie.

Las ceroidolipofuscinosis neuronales (NCL) son un grupo de enfermedades de origen genético. Son muy raras y muy graves, y aún hoy para muchas de ellas no existe una cura. En Italia hay una asociación nacional de enfermos, la A-NCL, que se ocupa de dar apoyo a las familias y a los investigadores que trabajan sin descanso para que las historias de chicas y chicos como Laila puedan tener, en el futuro, un final diferente. Colaborad si podéis.

AGRADECIMIENTOS

Ya hace bastante tiempo, en 2012, se me ocurrió una idea para una historia: cuatro chicos piden una pistola por catálogo y reciben por error un reloj roto.

Aquel libro, ambientado en Luisiana a principios del siglo pasado, se convertiría en *El sorprendente catálogo de Walker & Dawn*, y mientras lo escribía ya sabía que nunca tendría una continuación en el sentido tradicional del término. Pero pensé que me gustaría escribir otras dos novelas, en cierto modo, conectadas: historias de ríos y de aventuras, narradas en primera persona por los protagonistas, con un diseño un poco experimental.

Gracias a la ayuda de muchas personas, mucho trabajo y una buena dosis de suerte, lo he conseguido.

El segundo libro de esta extravagante trilogía, *La deslumbrante luz de dos estrellas rojas*, está ambientado en Rusia en 1941 y se desarrolla a las orillas del río Neva.

Mientras que el tercer libro es el que acabas de terminar de leer.

Después de una aventura que ha durado siete años, ha llegado la hora de dar las gracias a todas las personas que han estado a mi lado durante este recorrido.

Empiezo por Laura, mi compañera de vida, que esta vez ha venido conmigo hasta la cima de los Andes y me ha acompañado entre los árboles de la Amazonia. Laura es neuróloga e investigadora, y ha sido una asesora insustituible sobre la JNCL. Gracias. Sin ti aún vagaría perdido por la selva.

Un enorme agradecimiento para Marta Mazza, de Mondadori, que ha querido este libro y lo ha hecho crecer con cuidados, pasión y mucha paciencia. (Gracias a Alessandro Gelso por los dos primeros.) Gracias a Stefano Moro por el extraordinario trabajo gráfico de la trilogía; a Paolo Domeniconi y Andrea Guerrieri por las ilustraciones; a Veronica e Irene, que han dibujado con la mano de El Rato.

Gracias a otros profesionales de ese maravilloso equipo: Chiara Pontoglio, Viola Gambarini, Giulia Geraci y Fernando Ambrosi.

Y gracias a Enrico Racca, que ha propiciado que todo esto suceda.

Gracias a Pierdomenico Baccalario, porque siempre puedo contar con su amistad y generosidad creativa. Gracias a todos los amigos de Book on a Tree y, en especial, a Lorenzo Rulfo, aunque aún no sé muy bien por qué, a Barbara Gozzi por la edición y más, a Rosamaria Pavan, Andrea Pau y a su hermano Stefano, a Andrea Vico, Alessandra Donadoni, Igor De Amicis, Paola Luciani, Davide Calì, Jacopo Olivieri, Lucia Vaccarino, Christian Antonini, Alessandro Gatti, Andrea Canobbio, Azzurra D'Agostino, Daniele Nicastro, Giuseppe Festa, Guido Sgardoli, Sarah Rossi, Tommaso Percivale, Manlio Castagna. Gracias a Eduardo Jáuregui por la ayuda con el español, a Christian Hill por haberme explicado todo sobre los aviones y los aeropuertos de los años ochenta, a Paolo Assandri de Need You ONLUS por la asesoría psicológica sobre los adolescentes que deben enfrentarse a enfermedades graves.

Debo un agradecimiento especial a mi hermana Chiara, porque cuando dije que tenía que ir a Iquitos, me dijo: «No fastidies, mi mejor amiga vive allí.» Entonces descubrí que los hilos luminosos existían de verdad.

Y otro agradecimiento especial es para Glenda Ramírez: con una energía imparable me ayudó a organizar el viaje a Perú y me puso en contacto con las personas adecuadas. Sin ella, este libro habría sido muy diferente.

Gracias también a Lizardo Fachín Malaverri, nuestro guía en la jungla. Si alguien sueña con viajar por la Amazonia en bicicleta de montaña, que mire su página: PeruAmazonBike.

Gracias a Fernando Fonseca, poeta que lo dejó todo para retirarse a la selva. Y gracias al señor Mariano, chamán de la etnia murui, que nos habló de sus ritos y de sus técnicas de curación.

Gracias a los tres jóvenes marineros de Nauta: Ramírez, Fabio y Gio, que son chicos extraordinarios y que, por suerte, no tienen un tío.

Gracias a Carlos Cayo Vásquez, escritor loretano y estudioso del chamanismo.

Gracias a Néstor Flórez Ramírez. Gracias a la doctora Pilar Elena Mazzetti Soler, exministra y directora del Instituto Nacional de Ciencias Neurológicas de Lima, que nos permitió visitar la clínica haciéndonos de guía. Y gracias al catedrático Juan de Dios Altamirano del Pozo.

Gracias a todos los demás amigos que me han aconsejado y ayudado: a Katharina Ebinger, Gusti Rosemffet, Luca Tarenzi, la librería Viale dei Ciliegi de Cesena, la librería Scuola e Cultura de Roma y a los chicos de la Cecco Angiolieri, la librería Punto Einaudi de Bari, a Nicola y Simone, de la Asociación Cultural Hamelin de Bolonia.

Gracias a la familia.

Finalmente, gracias a ti, que has leído estas páginas. Sin tu ayuda, el viaje habría sido imposible. Espero que te haya gustado.

REFERENCIAS
FOTOGRÁFICAS

51: © Croisy / Shutterstock e © WindAwake / Shutterstock • 66-67: © DesignPrax / Shutterstock, © Supertrooper / Shutterstock e © amiloslava/ Shutterstock • 72-73: © Lina_Lisichka Shutterstock • 109: © nekosanki/ Shutterstock • 136-137: © Fears / Shutterstock • 145: © VAZZEN • 150 151: © vector work / Shutterstock • 170-171: © artellia / Shutterstock • 202: © Essl / Shutterstock • 218-219: © dikobraziy / Shutterstock • 224-225: © Giorgio Morara / Shutterstock • 260: © Enache Dumitru Bogdan / Shutterstock • 291:©lawing design / Shutterstock • 304-305: © qpiii / Shutterstock e © Evgeniya Pautova / Shutterstock • 341: © Valenty / Shutterstock • 353: © De-V / Shutterstock.

REFERENCIAS
BIBLIOGRÁFICAS

La cita de Jorge Luis Borges en el epígrafe del volumen está tomada del libro *El Aleph*.

Para la definición de ceroidolipofuscinosis neuronal juvenil de la página **65**, el autor consultó Orpha.net, la base de datos en línea sobre enfermedades raras y medicamentos huérfanos.

La cita de la página **75** está tomada de Yamamoto Tsunetomo, del libro *Hagakure, A la sombra de las hojas*.

ÍNDICE

PRIMER ESPÍRITU - EL CRISTO POBRE
Lima, Perú - mayo, 1986 11

SEGUNDO ESPÍRITU - EL APU
Andes, Perú - junio de 1986 125

TERCER ESPÍRITU - LA SACHAMAMA
La selva, Perú - julio de 1986 255

NOTA FINAL PARA QUIEN HAYA
LLEGADO HASTA AQUÍ 433
AGRADECIMIENTOS 435
REFERENCIAS FOTOGRÁFICAS 439
REFERENCIAS BIBLIOGRÁFICAS 441

Davide Morosinotto

Nació en 1980 cerca de Padua y actualmente vive en Bolonia. Es periodista, viajero y escritor. En 2007 ganó el Mondadori Junior Award y publicó su primer libro. Desde entonces ha escrito más de cuarenta, entre los que se encuentran *El sorprendente catálogo de Walker & Dawn* (Mondadori, Superpremio 2017) y *La deslumbrante luz de dos estrellas rojas*, también publicado por Mondadori en 2017. Para escribir esta novela viajó hasta la Amazonia, donde fue a conocer a los últimos chamanes.

Bambú Exit

Ana y la Sibila
Antonio Sánchez-
Escalonilla

El libro azul
Lluís Prats

La canción de Shao Li
Marisol Ortiz de Zárate

La tuneladora
Fernando Lalana

El asunto Galindo
Fernando Lalana

El último muerto
Fernando Lalana

Amsterdam Solitaire
Fernando Lalana

Tigre, tigre
Lynne Reid Banks

Un día de trigo
Anna Cabeza

Cantan los gallos
Marisol Ortiz de Zárate

Ciudad de huérfanos
Avi

13 perros
Fernando Lalana

Nunca más
Fernando Lalana
José M.ª Almárcegui

No es invisible
Marcus Sedgwick

*Las aventuras de
George Macallan.
Una bala perdida*
Fernando Lalana

*Big Game
(Caza mayor)*
Dan Smith

*Las aventuras de
George Macallan.
Kansas City*
Fernando Lalana

*La artillería de
Mr. Smith*
Damián Montes

El matarife
Fernando Lalana

*El hermano
del tiempo*
Miguel Sandín

*El árbol de
las mentiras*
Frances Hardinge

Escartín en Lima
Fernando Lalana

Chatarra
Pádraig Kenny

La canción del cuco
Frances Hardinge

Atrapado en mi burbuja
Stewart Foster

El silencio de la rana
Miguel Sandín

13 perros y medio
Fernando Lalana

*La guerra de
los botones*
Avi

Synchronicity
Víctor Panicello

*La luz de las
profundidades*
Frances Hardinge

Los del medio
Kirsty Appelbaum

*La última grulla
de papel*
Kerry Drewery

Lo que el río lleva
Víctor Panicello

Disidentes
Rosa Huertas

El chico del periódico
Vince Vawter

Ohio
Àngel Burgas

*Theodosia y las
Serpientes del Caos*
R. L. LaFevers

*La flor perdida del
chamán de K*
Davide Morosinotto

*Theodosia y el báculo
de Osiris*
R. L. LaFevers

Julia y el tiburón
Kiran Millwood
Hargrave / Tom de
Freston